DAS FRAGMENT DES SCHICKSALS

DIE SCHICKSALSFRAGMENTE № 1

ISABEL AUST

IMPRESSUM

Bibliografische Information der Deutschen Nationalbibliothek:
Die Deutsche Nationalbibliothek verzeichnet diese Publikation in
der Deutschen Nationalbibliografie; detaillierte bibliografische
Daten sind im Internet über dnb.dnb.de abrufbar.

© 2021 Nina Austermeier
Ellerauer Str. 39, 25451 Quickborn
Lektorat und Korrektorat: Raphaela Schöttler-Potempa/
zeilenfeuerlektorat.com
Umschlaggestaltung und Satz: Nina Austermeier
Herstellung und Verlag: BoD – Books on Demand, Norderstedt

ISBN: 9783754373422

www.isabelaust.com
instagram.com/isabelaust

TRIGGERWARNUNG HINTEN IM BUCH!

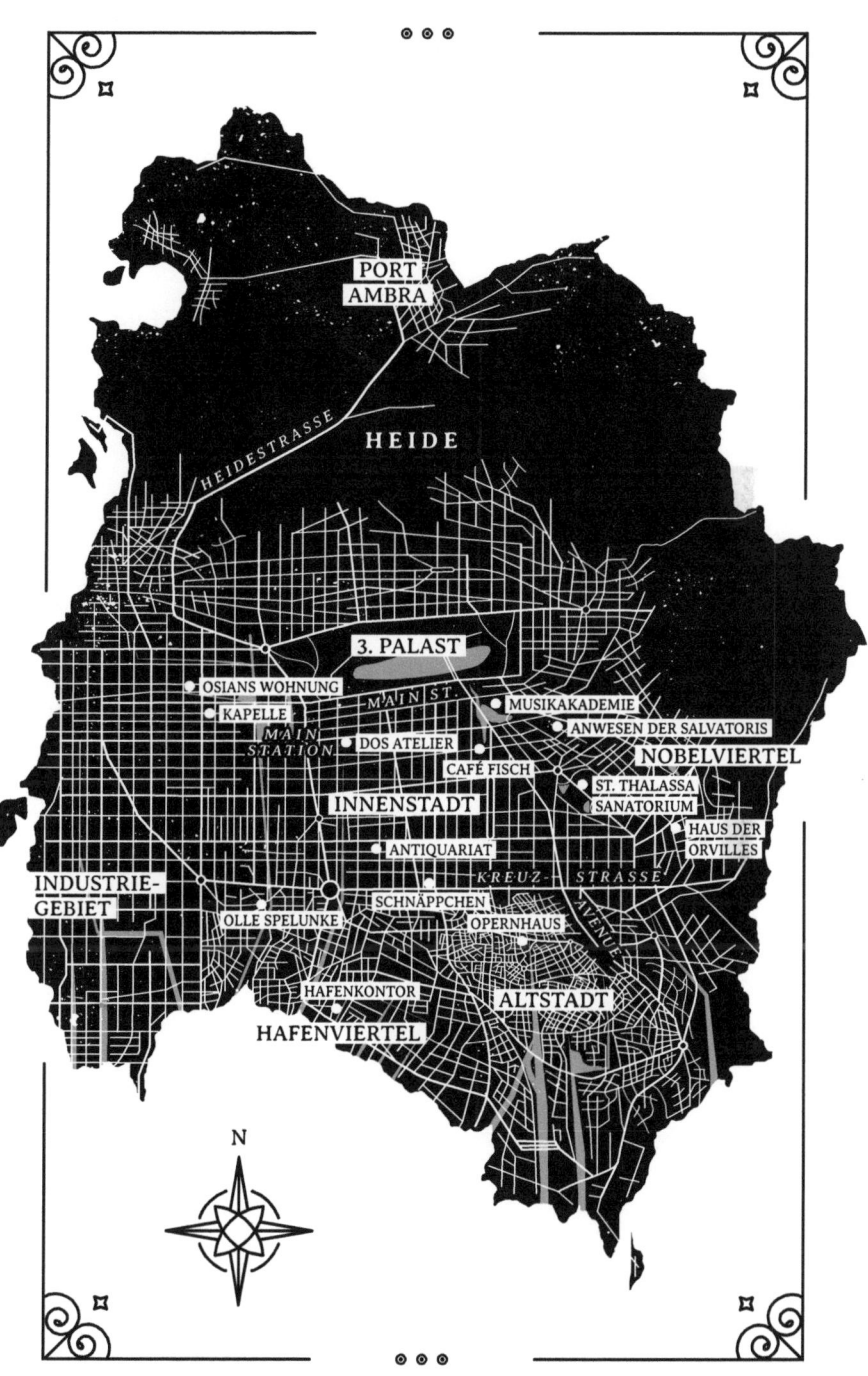

TIARA

PROLOG

TOD

Du hast einmal gesagt, der Tod habe viele Gesichter, aber heute ist er vor allem unzuverlässig. Das Ticken der Standuhr ist die einzige Vibration in der Hitze, die sich über den Vormittag in diesem Höllenloch gesammelt hat. Die Vertäfelung ist wie ein Käfig, der die Luft zu einem undurchdringlichen Block formt. Bald werde ich darin ersticken. Seit ich am Sterbebett unserer Mutter sitze, habe ich das Gefühl, dass ich den Atem anhalte. Wegen des allgegenwärtigen Geruchs kalter Zigaretten, und weil ich gar nicht hier sein dürfte.

Nessa hat die anderen rausgeschickt, als ich hier einfiel. Aus Respekt, wie sie sagte, doch es hatte den üblichen schalen Beiklang. Ich lasse den Kopf auf die Sessellehne zurücksinken und die Gestalten, die mich durch den Türspalt beobachten, weichen zurück. Ich blinzle zu Tempest.

Tempest passt in dieses Haus wie all meine unglücklichen Erinnerungen. Wie sie mit verschränkten Armen auf dem Fenstersims sitzt, gleicht sie einer Statue. In ihrem klassischen Profil fehlt das übliche gemeine Grinsen, das ich von ihr kenne, wenn sie Unheil gestiftet hat.

»Hab Geduld«, sagt sie, weil sie weiß, wie ich mich fühle.

Ich zwinge mich, die Feder, die ich schon fast ganz aus dem Polster gezogen habe, loszulassen. »Du hast leicht reden, du hast alle Zeit der Welt.« Obwohl ich leise spreche, wird hinter mir getuschelt. Ich senke die Stimme zu einem Flüstern. »Wie lange noch?«

»Macht das noch einen Unterschied? Du hast sie schon so lange ertragen.«

»Eben. Tu mir den Gefallen.«

Sie seufzt theatralisch und erhebt sich. Ihr unendlich langes Haar ist geflochten, nur die grauen Strähnen um ihr Gesicht schweben scheinbar schwerelos. Es ist ihre einzige Regung, als sie Mutters Stirn berührt. »Ein paar Minuten wirst du dich wohl noch gedulden müssen.«

Mutters hagere Hände liegen auf der Bettdecke gefaltet wie zu einem stillen Gebet, doch ich weiß aus Erfahrung, dass das nicht stimmen kann. Diese Frau glaubt an nichts und niemanden. Nicht an Gott, nicht an ein Leben nach dem Tod oder die Wiedergeburt. Auch nicht an Vergebung, sonst hätte sie vielleicht irgendwann versucht, die Dinge anders zu sehen. Sorgen, Fehler, Reue, die sie immer mit sich herumgetragen hat, werden erst jetzt sichtbar. Sie fressen sich mit vereinten Kräften in die Haut, obwohl nichts mehr daran zu ändern ist, was kommt.

Ich schaue zum hundertsten Mal auf die Standuhr.

Mutter umkrallt meinen Arm.

»Amian«, krächzt sie. Ihre Augen starren durch mich hindurch. »Mein lieber Junge, du bist zurückgekommen.«

Wie falsch sie damit liegt.

Amian, immer Amian. Doch damit ist jetzt Schluss. Ich nehme ihre Hand und beuge mich über sie. Mir schlägt der Geruch von Schweiß und Urin entgegen.

»Soll ich dir ein Geheimnis erzählen?« Mein Mund ist trocken, meine Stimme heiser von der Finsternis, die dahinter lauert. »Ich bin nicht Amian.«

Keine Ahnung, ob ihr der Gedanke Angst macht oder mein Lächeln. Auf Mutters Gesicht breitet sich Grauen aus. Ihre Augen weiten sich, gelb und krank und aderndurchzogen. Wenn sie mich früher so fixiert hat, stach es wie eine frische Schramme.

»Du hättest verrecken sollen«, röchelt sie. »Die Dämonen sollen dich holen, die Teufel ...«

Gleich zwei Dinge, von denen ich nicht gedacht hätte, dass sie an sie glaubt. Das ist zu gut, um wahr zu sein. »Sie sind deinetwegen hier«, antworte ich und kann meine bösartige Freude nicht länger verbergen.

Sie saugt die Luft ein. Der letzte Funken in ihren Augen erlischt, und sie ist nur noch ein Kokon, in dem die Made vertrocknet. All die Jahre hat sie sich in diesem Zimmer eingeschlossen. Als Kinder durften wir es nicht einmal betreten. Jetzt ist sie Teil davon geworden, wie die mit Tüchern abgedeckten Möbel oder die Rahmen an den verquarzten Wänden, in denen Schmetterlingsflügel auf Stecknadeln Staub ansetzen. Staub, der in meinem Hals kratzt.

Alles wirkt so viel kleiner als früher, schäbiger. In meiner Erinnerung kommt dieses Haus einem Palast gleich. Ich habe mich nie gefragt, wie es wäre, es noch einmal zu betreten; ich hatte es ehrlich nicht vor.

»Das war gemein von dir«, tadelt Tempest, streicht mir dann aber über den Kopf wie eine seichte Brise. »Ich bin stolz auf dich.«

Bin ich froh, dass sie hier ist; eine Verbündete, eine Freundin. Eine Retterin, wenn es sein muss. Keine Wände oder Türen könnten sie aufhalten. Offener Himmel, nur einen Atemzug entfernt. Der Gedanke beruhigt mich, und ich sinke zurück in den Sessel. Tempest verwirbelt vor mir wie das letzte Flackern eines Kerzenlichts.

»Ist es vorüber?« Nessas Stimme lässt mich zusammenzucken. Die Schatten spucken sie hinter mir aus, ganz lassen sie sie jedoch nicht los. Sie hängen in ihrem tintenschwarzen Haar und dem herablassenden Zug um den Mund.

»Ja«, antworte ich knapp. Nicht weiter darauf eingehen. Keine Höflichkeiten. Nicht einmal für dich. Ich habe mir nicht umsonst angewöhnt, sie wie Gefahrgut zu behandeln. Eilig springe ich auf und sammle mein Jackett ein.

Nessa nimmt es mir ab. »Du willst doch nicht etwa schon wieder gehen? Wir haben uns so lange nicht gesehen. Lass uns über alte Zeiten reden.«

Sie kann nicht ernsthaft glauben, dass das ein Argument ist! Alte Zeiten sind der Grund dafür, dass ich gehen will. Wie schade, ich habe Verpflichtungen, das wäre meine Antwort. Aber gerade bin ich du. Und du stimmst zu – mit einem Lächeln auf den Lippen. Meine Beobachter von vorhin sind verschwunden. Ich gehe jede Wette ein, dass sie mich im Verborgenen weiter belauern. Dazu kommen die Augen dutzender Ölschinken, die Nessa und mir zum Salon folgen. Wenn man genau hinhört, ist da ein leises Raunen, ein Flüstern, und ich habe nie herausgefunden, ob es das Haus selbst ist oder nur seine Bewohner.

Im Salon sperren die schweren Vorhänge vor den Fenstern auch das letzte bisschen Licht aus. Keine Spur vom Himmel. Er ist trotzdem da, sage ich mir – und Tempest ebenfalls. Kein Grund, nervös zu werden. Ich wische mir die Hände an der Hose ab. Sollte ich mich nicht längst an diese schummrige Umgebung gewöhnt haben?

Nessa nimmt auf dem Sofa Platz wie auf einem Thron und bringt dabei die Glasperlen zum Klimpern, die an langen Strängen von der Decke hängen. Eine Kanne mit verblasstem Goldrand zwischen uns speit Dampf, der nach Kaffee schmeckt. Nessa schenkt uns ein.

Es sind lächerlich kleine Tassen. Ihretwegen stahl Nessa eben dieses Geschirr, wenn sie früher mit uns Kaffeekränzchen spielen wollte. Ich fahre mit dem Finger über den Sprung, an dem ich mir mit sechs oder sieben die Unterlippe aufgeschnitten habe. Zwanzig Jahre ist das her.

»Jetzt gehören sie mir«, sagt Nessa zufrieden.

»Wie alles.«

Sie lacht. »Das ist dir zu verdanken.«

Ihre langen Nägel klimpern über das Porzellan. Früher hat sie an ihnen gekaut, bis sie bluteten. An den meisten hier hinterlässt das Leben Spuren, bei ihr ist es umgekehrt. Das Lächeln, mit dem sie schon immer alle verzaubert hat, verspricht nun ein Geheimnis. Die Unschuld – so gekonnt zur Schau getragen – gibt an genau den richtigen Stellen den Blick frei.

»Pass auf«, sagt sie, »dass du dich nicht wieder schneidest.«

Meine Finger verkrampfen um den Henkel. In Gedanken wiederhole ich den Tag: den Weg hierher, die Begrüßung, das nervöse Kribbeln in meinem Nacken, das mich erst nach Stunden losgelassen hat. Nicht ein einziges Mal hat Nessa meinen Namen gesagt.

»Denkst du, dass ich hier sitze, war Glück?« Sie winkt mit ihrer leeren Tasse. »Ich erkenne eine Fälschung, wenn ich sie sehe.«

Ich halte den Blick starr auf den Kaffeerest gerichtet. Versuche, unbeteiligt zu wirken. Nessa soll mir meine Überraschung nicht anmerken.

Wir beide, du und ich, haben das gleiche braune Haar, das in alle Richtungen absteht, das gleiche breite Kinn. Doch bei dir hat sich schon in jungen Jahren ein Wohlwollen um die Augen eingegraben, das mir gänzlich fehlt. Verrückt, wie viel das ausmachen kann.

»Wo ist er?« Nessas Ton ist Salz in längst vergessenen Wunden. Sie hat ein Talent dafür. Das muss in der Familie liegen.

»Würfele ein paar Knochen«, antworte ich kalt. »Leg dir die Karten. Du bist die Wahrsagerin.«

»Du weißt es also nicht.«

»Dir würde ich es nicht sagen.« Das klang bissig. So viel zu meinem Versuch, mich unbeteiligt zu geben.

Nessa schürzt beleidigt die Lippen, doch ich durchschaue es als das verzerrte Grinsen, das es tatsächlich ist. Glaubt sie, sie sei die Einzige, die Fälschungen erkennt?

»Ich bin deine Schwester«, sagt sie.

Nur zur Hälfte, aber das spreche ich nicht aus. Es hat keinen Sinn, alten Streit erneut auszufechten. Ich bin nicht hier, um wieder Kind zu sein. Mit klammen Fingern greife ich das Jackett und stehe auf. Noch einmal lasse ich mich nicht davon abbringen, endlich zu gehen.

Im Treppenhaus poltert es, als unzählige Ohren das Weite suchen. Nessas Schritte neben mir sind geräuschlos. Sie wusste schon immer, welche der Dielen knarren.

An der Tür hält sie mich zurück. Im scharfen Licht, das von draußen hereinfällt, hat sich ihr Lächeln verdunkelt. »Diese Weissagung ist umsonst, Amian: Eines Tages werden deine Dämonen dein Untergang sein.«

Wenn ich etwas auf ihre Worte geben würde, hätte ich vielleicht Angst. Aber ich halte ihr stand, reiße meinen Ärmel aus ihren Krallen und ziehe die schwere Eichentür hinter mir zu.

Vor dem Haus bleibe ich kurz stehen, um mir eine Kippe anzuzünden. Im Zigarettenrauch erscheint Tempests Umriss. Ich weiß, ich weiß, sie kann es nicht leiden, wenn ich rauche. Sie beäugt mich kritisch – wie immer, wenn ich dumme Entscheidungen treffe. Ausnahmsweise sagt sie nichts.

Als ich mich umdrehe, lauern die verzerrten Gesichter unserer Familie hinter welligem Fensterglas auf mich. Gänsehaut jagt über meine Arme wie eine Warnung, noch bevor ich Horace unter ihnen entdecke; ein Schädel, bezogen mit verfaulendem Pergament.

Seine Augen bohren sich so tief in meine Brust, dass ich Kupfer schmecke.

Ich wende mich ab, recke den Hals und fokussiere mich auf den Himmel zwischen den Dächern. Blau und grau. Meine Schultern entkrampfen. Ich atme durch. Der Qualm spült das Metall von meiner Zunge und vermischt sich mit dem Dunst der leeren Avenue:

Zwei endlose Häuserreihen, vier und fünf Stockwerke hoch, mit schmiedeeisernen Toren und Stuck um die Fenster. Sie stehen sich so dicht gegenüber, dass man selten überhaupt die Gelegenheit bekommt, ihre hohle Schönheit zu bewundern. Kabel spannen sich zwischen ihnen, vielerorts hängt Wäsche über der Straße wie das Dach eines zerfetzten Pavillons.

Hier leben die Marianos seit Generationen. Einer unserer Urgroßväter hat das Haus erworben, niemand weiß so recht, wann und wie; Teile des ehemaligen Stadtkerns von Tiara sollen noch aus der Vergangenen Welt stammen.

Nun ist diese einst herrschaftliche Gegend ein Gefängnis, abgeschottet vom Rest der Stadt. Eine Zelle, die ich mir mit dir geteilt habe, als wir Kinder waren.

»Er hätte kommen sollen«, sagt Tempest, als hätte sie meinen Gedanken gelauscht. »Es war falsch, es dir zu überlassen.«

»Er hatte keine Zeit.«

Doch sie hat recht. Dich hätte man mit offenen Armen empfangen. Deshalb sind wir hier – und, weil ich es mir einfach nicht nehmen lassen konnte, Mutter wenigstens einmal leiden zu sehen. Zumindest dieser Wunsch hat sich erfüllt.

Ich drücke die Kippe auf dem Asphalt aus. Dafür, dass ich meine Vergangenheit lange hinter mir gelassen habe, klebt sie so hartnäckig an mir wie Pech.

1

HEILIGTUM

Auf dem Heimweg halte ich am einzigen Kiosk in der Umgebung. Seit ein paar Wochen ist der mit Plakaten bepflastert, auf denen eine Frau mit leuchtend blauem Schal hervorsticht.

»Wie immer?«, fragt der Verkäufer.

Ich nicke und krame Kleingeld heraus, stecke die Packung Kippen ein und schnippe das Rückgeld ein paar Schritte weiter einem Mädchen namens Nomi zu. Sie ist die Prophetin, die schräg gegenüber des Antiquariats Posten bezogen hat. Diesen Irren läuft man wirklich überall über den Weg.

»Fick dich, Mariano!« Sie schleudert mir die Kupfermünzen zurück. »Besitz ist Blasphemie! Was soll ich damit bitte anfangen?«

»Was weiß ich? Kauf dir einen Kaffee oder Kippen, du siehst aus, als könntest du beides gebrauchen.«

»Ich bin elf!« Sie schneidet eine Grimasse, die ihr kleines, kreisrundes Gesicht wie einen wütenden Mond aussehen lässt. Es hat dieselbe Farbe wie ihr weißes Kleid und ist ebenso voller Flecken und staubiger Streifen. Ein Leben ohne Besitz ist so lange eine nette Idee, bis man frierend und hungrig hinter einem Kiosk herumlungert.

Nomi ist eine von hunderten, die auf den Straßen Tiaras leben. Dies war eine der ersten großen Metropolen, die die Menschen nach dem Untergang der Vergangenen Welt errichtet haben. Eine gewisse Hoffnung auf die Zukunft gehört da wohl dazu.

Ein Jahrtausend später ist die neue Welt auch nicht mehr das, was sie einmal war. Die Straßen sind zu eng für die Automobile, die hier entlangrattern. An Häusern, die man in der Mitte geteilt hat, um Platz für neue Straßen zu machen, prangen Schmierereien. Es sind nicht die einzigen Gebrauchsspuren.

Der Briefkasten, in dem eigentlich eine Antwort von dir hätte stecken sollen, hängt verbeult neben der ebenso verbeulten Gittertür, hinter der das Antiquariat verbarrikadiert liegt. Am Schloss entdecke ich neue Kratzspuren und seufze. Dieses Schmuckstück von Laden zieht immer wieder unerwünschte Gäste an. Das könnte am Emblem auf dem Fensterglas neben der Tür liegen: eine Krone aus Blattgold mit verschnörkelten Lettern darunter, die auf deinen größten Fund hinweisen.

Das Antiquariat war ein genialer Einfall – dein Einfall. Du wusstest: Für ein echtes Fragment der Vergangenen Welt würde jeder einzelne Bürger in Tiara seinen rechten Arm geben. Ständig kursieren Gerüchte über die sagenhafte Macht seltener Antiquitäten. Die Leute sind verrückt danach, ich habe nie verstanden, warum. Fragmente sind erstunken und erlogen. Und die Krone ist die größte Lüge von allen.

Ich wappne mich gegen den übermächtigen Geruch von alterndem Holz und muffigen Polstern und schließe auf. Der Luftzug bringt den Staub zum Wirbeln, vorbei an Teetischchen und Zinnkannen, Wanderstöcken und Teppichen, die aufgerollt in einer Reihe stehen. Vitrinen mit Kompassen, Taschenuhren und tanzenden Porzellanfiguren säumen die Wand, und es ist eine lange Wand. Der Laden ist wie ein Schlund in die Hölle, wenn es in der Hölle gehäkelte Platzdeckchen gibt. Alles, was irgendwie alt aussieht, findet hier seinen Platz, stapelt sich bis unter die Decke und in die hintersten Ecken und bringt ein Vermögen ein.

Als ich eingezogen bin, stieß ich mir jeden Tag die Schienbeine an dem Krempel. Aber ich habe Übung darin, mich in dein Leben einzufinden. Gekonnt drücke ich mich zwischen einem Paravent und einem Regal voller angelaufener Tabakdöschen vorbei.

Hinten steht ein Ohrensessel mit freiem Blick auf das vergitterte Schaufenster; Cordbezug in Senfgelb, zweiundsiebzig Jahre alt.

Definitiv kein Fragment. Er war das erste Möbelstück, das du für den Laden erworben hast. Obwohl er wie alles andere genug Gelegenheit hatte, Staub anzusetzen, ist er als einziges unverkäuflich – aus dem einfachen Grund, dass Tempest gerne darin sitzt. Man könnte sie mit einer Hauskatze vergleichen, doch hören sollte sie das lieber nicht. Meist drapiert sie ihr langes Haar über die Lehne und kommentiert und ergänzt die Lügen, die ich den Kunden auftische. Hanebüchene Geschichten. Bei Gelegenheit werde ich dir ein paar davon erzählen.

Ich stapfe an Tempest vorbei, die sich schon auf ihrem Sessel ausgestreckt und die Augen geschlossen hat, als würde sie dösen. Sie döst nie.

Im Büro knipse ich das Licht an und erstarre.

Der Aktenschrank ist verschoben und die Papiere auf dem Schreibtisch liegen durcheinander. Der Aschenbecher ist heruntergefegt worden. Kristall, fünfundachtzig Jahre alt, jetzt bestehend aus etwa zweitausend Teilen.

»Scheiße«, murmle ich und lasse den Arm sinken. So ein Chaos.

»Was gibt es?«, fragt Tempest von nebenan.

»Ärger.«

»Mmh«, macht sie gelangweilt. Manchmal bewundere ich sie für ihre Einstellung. Mir flattern die Nerven.

Es ist, als hätte jemand das Zimmer genommen und geschüttelt, bis alles über den Boden verteilt ist. Ich kann mir lebhaft vorstellen, wie du ohne einen weiteren Blick auf dem Absatz kehrtmachst, um den Verantwortlichen zu finden. Aber ... Wo anfangen? Ich fasse mir ein Herz und steige über aufgeblätterte Mappen.

Erstmal Bestandsaufnahme.

Überall Unordnung und schwarzblaue Farbe, die aus einem Tintenfass unter die Zettel gelaufen ist. Es wird ewig brauchen, das sauber zu machen! Wenn ich Tempest wenigstens einen Schwamm in die Hand drücken könnte ... Sie wird bloß auf dem Sessel hocken und altkluge Wortwitze vortragen, und ich werde schrubben, das weiß ich jetzt schon.

Ich ziehe die Schreibtischschublade auf. Der Schlüsselbund liegt nicht mehr an seinem Platz. An meinem Hals pocht es immer unangenehmer, während ich mich durch den Schubladeninhalt wühle.

Nichts.

Sollte ich die Polizei rufen? Und dann? Der Einbrecher ist doch längst auf und davon. Und der Schlüssel ... Dokumente sind eine Sache, aber der Schlüssel ...

Da ist er, unter dem Tisch zwischen den Scherben!

Beim Auflesen schneide ich mich. Verflixt ... Blut tropft auf den Boden und vermischt sich mit der Tinte. Aber ich bin zu erleichtert über meinen Fund, um mich weiter darum zu scheren.

Aus der Besenkammer nebenan hole ich eine Klappleiter, die ich eilig zwischen Schreibtisch und Schrank aufstelle. So groß der Laden ist, im Büro ist kaum genug Platz dafür. Aber anders gelangt man nicht an das ockerfarbene Landschaftsgemälde, das als das Zweite von rechts unter der Decke hängt. Es ist eines von dutzenden, die aussehen, als wären sie aus dem Laden herübergekrochen, Zentimeter für Zentimeter. Bis vor den Geheimschrank in der Wand.

Ich steige auf die Leiter und schiebe das Bild zur Seite. Glück im Unglück: Die Schranktür ist noch verschlossen. Jetzt geht mein Puls etwas ruhiger. Ich sehe über meine Schulter; im Geschäft schien alles an seinem gewohnten Platz zu sein. Durchatmen. Wenn ich hier fertig bin, brauche ich dringend eine Kippe.

Ich öffne die Tür, erfühle mit einer Hand Papier und ein Geldbündel und bemerke zu spät, dass mir bei der anderen das Blut bis zum Ärmel läuft. Aus dem Schrank kommt mir eine Kette entgegen. Ich kann sie eben gerade noch fangen – mit der blutigen Hand. Die Leiter schwankt gefährlich.

Ich schiebe rutschende Papierstapel zurück und wische die Hand an meinem Hemd ab – das ist eh nicht mehr zu retten.

Dieses Medaillon hatte ich schon fast vergessen.

Der Anhänger ist eine Münze, deren Prägung mit der Zeit unkenntlich geworden ist. Ich würde sie auf etwa eintausend Jahre schätzen. Nach manchen Rechnungen wäre sie womöglich ein Fragment. Irgendwann hat jemand eine dünne Kette durch das Loch darin gefädelt und später, sehr viel später, hast du sie mir geschenkt.

Ein vermeintliches Fragment für einen Vergessenen – einen seltsamen Humor hast du. Eines der wenigen Dinge, die wir nicht teilen.

Das Blut an der Münze ist schon getrocknet, ich werde es später abwaschen. Erst einmal hänge ich mir die Kette um, damit ich beide Hände freihabe.

Ich taste mich durch den staubigen Schrank; endlich finde ich die Schatulle mit dem Ring. Ihn habe ich ebenfalls von dir. Er war die Auszahlung für meine Arbeit. Ich klettere von der Leiter und stelle sie wieder in der Besenkammer ab.

Dass du sie kurzerhand in einen Kleiderschrank verwandelt hast, ist praktisch, wenn man notorisch spät dran ist wie ich, oder immer gut gekleidet wie du. Du warst lange Zeit etwas kräftiger als ich, aber über die Jahre sind wir uns ähnlicher geworden. Jetzt macht sich das bezahlt. Tempest hat den Kopf in den Nacken gelegt und beobachtet von nebenan, wie ich mich durch deine Hemden wühle.

»Nimm das Gelbe«, schnurrt sie.

»Ally mag kein Gelb.«

»Das wüsste ich vielleicht, wenn ich sie kennen würde.«

Energisch schiebe ich ein paar Kleiderbügel zur Seite. »Darüber haben wir gesprochen. Du hältst dich da raus.« Die Chancen stehen schlecht, dass das passiert. Ein Konzept von Privatsphäre hatte Tempest noch nie.

Endlich entdecke ich das Hemd mit den feinen Streifen und fische es aus dem Durcheinander. Passend für den Abend. Zwar wäre selbst mit verbundenen Augen etwas dabei gewesen, aber gerade heute ist ein makelloser Eindruck überlebenswichtig.

»Ally hier, Ally da«, sagt Tempest. Ich ziehe mich eilig um, das Medaillon verschwindet unter der Knopfleiste am Kragen, der Ring in der Hosentasche. »Es vergeht kein Tag, ohne dass du von ihr schwärmst. Natürlich muss ich sie näher kennenlernen.«

»Dafür wirst du noch genug Zeit haben. Heute Abend hältst du Abstand.« Wir sind das hundertmal durchgegangen, und hundertmal hat Tempest die Augen verdreht oder eine der schwarz-silbernen Strähnen eingezwirbelt. Eine Antwort bleibt sie mir immer schuldig.

»Tempest.«

Keine Antwort.

»Te...«

»Hast du etwas gesagt?«, ertönt Allys Stimme. Ich beuge mich um die Ecke zum Laden; der Sessel ist verlassen, daher Tempests Schweigen. Sie hätte mich wenigstens vorwarnen können, wenn ich die Silberglocke an der Tür schon nicht gehört habe. Sonst hat sie zu jedem Hut und jedem Schnurrbart etwas zu sagen.

Nur nicht zu Ally.

Sie wartet am Eingang, zurechtgemacht in einem pinken Kostüm, und nutzt ihre Reflektion im Fenster der Ladentür, um ihr blondes Haar zu richten. Für den Anlass hat sie es noch ein bisschen eleganter hochgesteckt als sonst.

»Du hast wieder einmal vergessen, dass du mich von der Arbeit abholen wolltest«, sagt sie.

»Ich muss beim Umräumen die Zeit aus den Augen verloren haben.« Es ist ein offenes Geheimnis, dass ich das St. Thalassa meide, wann immer es mir nur möglich ist.

Sie belässt es dabei – zumindest für den Augenblick – und schlendert zwischen den ausgestellten Waren hindurch, solange ich meine Krawatte binde. Hinter dem Schaufenster bleibt sie stehen.

»Hast du das Kleid etwa auch weggeräumt?« Sie deutet auf eine leere Kleiderpuppe. Dort hing bis vorhin ein hässlicher blauer Fetzen aus dem Müll des Sanatoriums.

Ich habe es gefunden, als ich Ally doch einmal abholte. Man hatte es entsorgt, weil es uralt und kaputt war, und genau aus dem Grund nahm ich es mit. Ich ließ es reinigen und nähen, und es hätte die Kosten zehnfach wieder reingebracht – wenn es nicht verschwunden wäre. Ausgerechnet heute!

»Amian«, sagt Ally, »ist alles in Ordnung?«

Ich nicke mühsam und schiebe den Ärger von mir. Dieser Tag ist nichts für schwache Nerven. Und noch ist er nicht vorbei. Um das Kleid muss ich mich später kümmern.

Ich werfe das Jackett über, will Allys Hand nehmen, doch sie stockt und dreht mein Handgelenk. Die Haut ist rostrot verschmiert. Sie schürzt missbilligend die Lippen. »Ist das etwa Blut?«

»Ach das.« Ich ziehe am Ärmel, bis man den Schnitt nicht mehr sieht. Sie sorgt sich. Einen Moment entgleitet mir die von dir gewohnte Selbstsicherheit, aber ich straffe die Schultern. »Das ist halb so wild. Es war bloß ein Missgeschick.«

»Du wirkst heute nicht wie du selbst«, sagt Ally. Sie hat keine Ahnung, wie goldrichtig sie damit liegt. »Noch können wir den Abend absagen, wenn gerade nicht der richtige Moment ist.«

»Auf keinen Fall. Du hast dich so darauf gefreut, es offiziell zu machen.« Jetzt bin ich zurück in der Rolle, und Ally scheint besänftigt. Falls ihr mein Blick zurück zur Schaufensterpuppe auffällt, bohrt sie nicht weiter, sondern schenkt mir ein nachsichtiges Lächeln.

»Es ist fast acht«, sagt sie. »Wir sollten uns beeilen. Mein Vater kann Unpünktlichkeit nicht ausstehen.«

Du solltest wissen: Du hast Dr. Allinora Orville auf den Tag genau vor einem Jahr kennengelernt, auf einer Feier im dritten Palast. Sie ist die Tochter eines einflussreichen Beamten und glücklicherweise hat sie keine Ahnung davon, dass weder der Ruhm noch der Laden mir gehören – nicht einmal der Name.

Schon eine ganze Weile enden unsere gemeinsamen Abende nicht mehr nach dem Essen. Als wir kürzlich das Wochenende zusammen verbracht haben, nutzte ich die Gelegenheit und fragte sie, ob sie mich heiraten würde. Sie sagte Ja.

Damit hat sie deutlich mehr gesagt als ich.

Die Gelegenheit, alles aufzuklären, will sich auch nach Monaten nicht ergeben. Der passende Zeitpunkt dafür befindet sich irgendwie stets in der Zukunft – wenn du zurückkommst. Doch das passiert einfach nicht.

Dass ich zuletzt mit dir gesprochen habe, ist ebenfalls ein Jahr her. Bis dahin habe ich dich nie glücklich gesehen und nie verzweifelt. An dem Abend warst du beides. Ich würde wetten, dass eine Frau ihre Finger im Spiel hatte. Blind bin ich schließlich nicht, und ich weiß selbst, wie das sein kann.

Bei mir ist es Ally.

Ich war noch nie so glücklich wie mit ihr. Kein Wunder, alles an ihr ist perfekt. Ihr Aussehen – das feine Gesicht, die vollen Lippen –, ihr Sinn für Mode, ihr Selbstvertrauen. Nichts, aber auch gar nichts kann sie aus der Ruhe bringen, und ich weiß, wenn sie jemals erfahren sollte, wer ich bin, wird sie mir mit einem zuckersüßen Wort das Herz in tausend Stücke brechen – eins für jede kleine, hinterhältige Lüge. Ich weiß es einfach.

Trotzdem wünschte ich, ihr könntet euch kennenlernen. Vielleicht würde sie dann sehen, wer ich wirklich bin, wer ich schon immer war; ich, nicht du. Hoffnung ist nicht immer logisch, dafür aber hartnäckig.

Es ist nicht das erste Mal, dass wir die Rollen getauscht haben, und nur knapp das längste. Jeden Tag erwarte ich, dass du vor der Tür stehst, dass alles geklärt ist. Dann müsste ich wohl mit der Wahrheit herausrücken.

Seit dem Moment, in dem Ally den Tisch reserviert hat, zieht die Hoffnung wieder an mir. Als dann vor kurzem die Nachricht aus der Avenue kam, fühlte es sich wie ein Zeichen an. Ich wäre bereit gewesen, alles aufs Spiel zu setzen oder mir neue Lügen auszudenken – was immer besser funktioniert. Ich hätte den Himmel und alle drei Höllen in Bewegung gesetzt, um eine Familie aus den Bruchstücken meiner verschiedenen Leben zusammenzukleben.

Nur ... wie soll das gehen, ohne dich?

Erst jetzt bemerke ich, dass ich stehen geblieben bin. Über uns flattert die Markise des Restaurants im aufkommenden Herbstwind. Ein Automobil rauscht vorbei.

»Was ist, bist du nervös?« Ally hat sich bei mir eingehakt, aber ich kann nicht sagen, dass ich das bemerkt hätte. Eine Strähne hat sich aus ihrem Haar gelöst, und sie versucht zum wiederholten Mal, sie wieder an ihren Platz zu stecken. Mir kommt der Gedanke, dass auch sie nicht sonderlich entspannt aussieht.

»Nein«, antworte ich ehrlich. Ich bin frustriert. Von dir, weil du nicht auf meine Nachricht reagiert hast, und von mir selbst, weil ich weiter lüge und gleichzeitig dermaßen erleichtert bin, dass alles beim Alten bleibt. Nervös wäre besser.

»Das werden meine Eltern an dir schätzen.« Ally nestelt an ihrem Kostüm. »Du behältst immer einen kühlen Kopf.«

»Absolut«, antworte ich, weil noch eine Lüge nichts ändern wird, und küsse sie. Kurz nur, aber es entlockt ihr ein kokettes Lächeln, das nicht verschwindet, bis sie den Lippenstift in ihrer Handtasche gefunden hat und neues Pink aufträgt.

Ich sehe mich nach Tempest um. Sie ist nicht hier. Hat sie tatsächlich auf meine tagelangen Mahnungen gehört? Das kommt einem kleinen Wunder gleich.

Drinnen empfangen uns Kerzenschein und Violinenmusik. Ally hat unser Stammlokal für den Anlass ausgewählt. Das *Schnäppchen* ist noch vom alten Schlag, was nicht zuletzt der Name verrät. Dir würde es gefallen, wenn auch nur, weil es große Ähnlichkeit mit einem Museum besitzt. Das mag an den wackelnden Tischchen und den eingestaubten Setzkästen, rostigen Plaketten und vergilbten Fotos liegen, die jeden freien Platz bedecken. Wann immer wir hierherkommen, haben die Kerzen neue Brandlöcher in den roten Tischdecken hinterlassen. Genau wie das Mobiliar hat der Besitzer seine besten Zeiten lange hinter sich.

Ally findet all das »charmant«. Sie behauptet, ihr Vater habe ein Faible für derartige Restaurants »mit Persönlichkeit«. Im Vorbeigehen werfe ich einen Blick auf die Tageskarte. Lauter Klassiker. Damit will sie ihre Eltern beeindrucken? Die ganze Kreuzstraße herunter gibt es dutzende Restaurants, in denen Festlandküche serviert wird. Die Preise sind paradoxerweise dieselben, für dein Portemonnaie ist es egal.

Ally zieht mich weiter; die Orvilles warten schon.

Allys Mutter ist in genau die gleiche Sorte von Kostüm gekleidet wie ihre Tochter – in Grellgrün, was die maximale Sichtbarkeit bei dieser schummrigen Beleuchtung garantiert. Scheinbar ist ihr Mode wichtig, doch das Bemerkenswerteste an ihr ist die früh ergraute Dauerwelle. Ihr Mann ist ungleich größer und breiter; er versucht, seinen Bierbauch als breite Brust zu verkaufen. Sein Jackett sitzt so eng, dass sich die Kontur seiner Taschenuhr darunter abzeichnet. Ich schüttle Hände, ziehe Ally den Stuhl zurecht und als das Essen kommt, ist das Schlimmste überstanden.

»Wie läuft das Geschäft?« Mr. Orville hackt auf seinen Auflauf ein. »Es ist lange her, dass Sie etwas an die königliche Sammlung verkauft haben.«

»Ich halte die Augen immer für Sie offen«, antworte ich gönnerhaft. Ihm gegenüber fällt mir dein Ton fast schon zu leicht.

Ally hat sich besser unter Kontrolle. Statt uns warnende Blicke zuzuwerfen, klimpert sie lieber mit dem Besteck. »Das ist ein Familienessen! Heute wird nicht über die Arbeit geredet.«

Erstaunlicherweise gibt Mr. Orville klein bei und widmet sich wieder der schwierigen Aufgabe, alles auf seinem Teller mit der Gabel zu durchlöchern. Ich hätte ihm bessere Manieren und lauteren Widerspruch zugetraut; er ist ein hoher Beamter und hat schon Jahre für das Königshaus gearbeitet, bevor du die Idee hattest, das Geschäft dorthin auszuweiten. In gewisser Weise ist es auch ihm zu verdanken, dass ich Ally kennengelernt habe. Mrs. Orville bin ich bisher nur an der Haustür begegnet.

»Sie haben also die antike Krone wiederentdeckt?«, erkundigt sie sich.

»Ganz recht.«

Mr. Orville sieht von dem Durcheinander auf seinem Teller auf, wohl in der Hoffnung, Ally würde etwas einwenden. Vergeblich.

Also erzähle ich die Geschichte über den Bericht eines Archäologen vom Festland, der dich auf die Spur gebracht hat. Über Hehlerei – Mr. Orville rutscht unruhig auf seinem Platz hin und her – und wie du die Krone trotz aller Widrigkeiten ausfindig machen konntest. Ich gestikuliere, wie du es tun würdest, und dein Stolz schwingt genau richtig mit. Allys Augen glitzern vor Begeisterung.

»An dem Abend, an dem ich dem Königshaus die Krone überreicht habe, haben wir uns kennengelernt«, schließe ich und nehme ihre Hand.

»Von all dem wusste ich gar nichts«, haucht sie.

Mrs. Orville hat ihre Suppe ganz vergessen. Sie beugt sich interessiert vor. »Was ist das Geheimnis? Wie unterscheidet man ein echtes Fragment von einer einfachen Antiquität?«

Das bringt mich ins Straucheln. Ich durchforste mein Hirn nach einer passenden Phrase. Die ehrliche Antwort würde ihr nicht gefallen. Sie lautet:

Gar nicht.

Es gibt keine Fragmente.

Es gibt keine Vergangene Welt.

Es ist Betrug.

Nichts von den Geschichten, die man sich in Tiara erzählt, ist wahr. Wenn ich wählen müsste, würde ich noch am ehesten an die drei Höllen glauben. Nicht an das Jenseits der Vergangenen Welt, und schon gar nicht daran, dass irgendein Teil davon in dieser Stadt gelandet ist.

»Man braucht einfach Fingerspitzengefühl dafür.« Ich schenke Allys Mutter ein Lächeln wie das, mit dem du beinahe alles verkaufen kannst.

»Wie aufregend. Das haben Sie sicher geerbt.«

»Ja …«, sage ich gedehnt, »meine Familie hat einen gewissen Ruf.« Und was für einen. Selbst unter den Vergessenen sind wir Marianos berüchtigt für unseren Geschäftssinn. Das würde ich aber niemals aussprechen. Genauso gut könnte ich mich mit dem Tranchiermesser erdolchen, das der alte Kellner liegen lassen hat.

Ally und ihre Mutter tauschen einen Blick. Eine Pause entsteht, in der insbesondere Mrs. Orville auf etwas zu warten scheint.

»Sehr aufregend«, sagt sie so aus dem Zusammenhang gerissen, dass anscheinend niemand bemerkt, dass sie sich nur wiederholt.

Erneut diese Pause. Allmählich wird mir klar, worauf sie wartet. Auf mich.

Auf die Frage, den Ring, die Glocken und am besten gleich die Enkelkinder.

Mr. Orville steht auf und brummt etwas von frischer Luft. Er bedeutet mir, ihm zu folgen.

Ally drückt meine Hand, bevor ich aufstehe, und bleibt auffällig still zurück. Ich habe sie noch nicht oft nervös erlebt – in Privatdingen ist sie mindestens genauso organisiert wie im Beruf. Dass sie jetzt die Falten in der zerknitterten Tischdecke glattstreicht, will mir gar nicht in den Kopf. Meine eigene Nervosität hält sich in Grenzen, um es mild auszudrücken. Ich bin es nicht, der hier verurteilt wird, sondern du. Und du stehst über solchen Dingen, wie immer.

Dennoch bin ich froh, diesen verstaubten Wänden für einen Moment zu entkommen. In den Restaurants der Altstadt wird das Rauchen wegen der Brandgefahr ungern gesehen. Daher sammeln sich einige Gäste um den Aschenbecher, den man vor dem *Schnäppchen* aufgestellt hat. Mr. Orville weicht der fröhlichen Gesprächsrunde weiträumig aus und stellt sich zwischen ein paar brachliegende Blumenkübel.

»Sie meinen es also ernst.« Er zündet sich einen Zigarillo an und steckt das Feuerzeug wieder ein, sodass ich nach meinem eigenen graben muss. »Ich habe mich über Sie erkundigt, wissen Sie?«

Deshalb stehen wir hier. Er will große Töne spucken.

»Sollte ich mir Sorgen machen?«, frage ich.

»Sie sind ein Mann mit blütenweißer Weste.«

»Gut zu hören.«

Er stößt eine dichte Rauchwolke aus. »Sie verstehen mich falsch.«

Meine Hand am Feuerzeug erstarrt; ich wittere Ärger.

Mr. Orville zieht sein zu kleines Jackett zurecht und räuspert sich. »Keine Geschichte zu haben ist nie ein gutes Zeichen. Daher habe ich Sie beschatten lassen – ein paar Tage lang, bis heute früh. Ich nehme an, Sie haben meiner Tochter nichts davon erzählt, dass Sie Familie in der Avenue haben.«

Es gibt etwas, das er nicht über dich weiß: Du bist höflich. Du bist charmant. Aber du nimmst nicht einfach alles hin.

»Das muss ich auch nicht.« Ich lasse das Feuerzeug Feuerzeug sein und greife nach dem Scheckbuch in meiner Brusttasche. »Wie viel?«

Mr. Orville lässt beinahe seinen Zigarillo fallen. »Was?«

Ich tippe mit dem Füller aufs Papier. Eine kleine Bewegung, aber sie fühlt sich grandios an. »Für Ihr Schweigen.«

Innerhalb von kürzester Zeit wechselt die Farbe seines Gesichts von fahlweiß zu hochrot. »Ich bin ein Beamter für das Königshaus!«, empört er sich. Ein paar rauchende Gäste recken die Köpfe. Er verstummt – wohl aus Angst um seinen Ruf – und schnappt still nach Luft.

Ich verkneife mir ein Grinsen und kritzle eine zusätzliche Null, unterschreibe schwungvoll mit deinem Namen und überreiche den Scheck. »Ich liebe Ihre Tochter, was für einen Unterschied macht es da, wo meine Familie wohnt?« Die Antwort kenne ich längst, aber ich kann mich nicht damit abfinden, dass es in Tiara keinen Platz für Ally und mich geben soll.

»Sie sind ein Vergessener«, knurrt Mr. Orville. Er spricht leise, damit die anderen es nicht hören, damit sie nicht erfahren, wer ich bin. Ich – kein Mensch, eher ein Dämon. Vielleicht sogar ein Teufel. Das kommt mir bekannt vor.

»Ich bin ein Vergessener mit Geld«, verbessere ich normal laut und nicht ohne eine gewisse Genugtuung. Es darf gern jeder hören …

Jeder bis auf Ally.

Mr. Orville überfliegt den Scheck und der Protest verstummt.

Damit, dass ich ihn zur Hölle schicke, hat er nicht gerechnet. Du kannst mir glauben: Allein das war das Geld absolut wert.

»Ally möchte nächsten Sommer heiraten.« Ich klopfe ihm auf die Schulter und dränge mich an ihm vorbei. »Kaufen Sie sich von dem Geld bis dahin einen besseren Anzug.«

»Wie hast du es hinbekommen, dass mein Vater sich dermaßen gut benimmt?«, fragt Ally leise.

»Charme.« Ich helfe Mrs. Orville in den Wagen, mindestens so galant, wie du es tun würdest. Dabei wirft sie Ally einen Blick zu, von dem ich genau weiß, dass er meinen Sieg bedeutet. Das Automobil der Orvilles braust davon und lässt uns allein zurück.

Dieser Abend ist allen Hoffnungen und Befürchtungen gleichermaßen gerecht geworden – bin ich erleichtert, dass er vorbei ist! Ich kann gar nicht abwarten, die Krawatte endlich loszuwerden. Für den Moment lockere ich den Knoten. Nur ein Stück. Ally, sonst der Inbegriff von Haltung, ist schon dabei, ihre Ohrringe abzunehmen und in der Handtasche zu verstauen.

Sie bemerkt, dass ich sie beobachte, und schenkt mir ein Lächeln. »Hast du uns ein Taxi gerufen?«

»Ein Spaziergang ist viel romantischer. Und vom *Schnäppchen* zum Antiquariat ist es bloß ein Katzensprung.«

Wir machen uns auf den Weg. Ich will ihre Hand nehmen, doch sie bemerkt es gar nicht. Sie ist zu beschäftigt damit, neuen Lippenstift aufzutragen.

»Amian«, sagt sie nach einer Weile, während der das einzige Geräusch das Klappern ihrer Absätze war. »Der Ring ist wirklich schön. Aber hätte es nicht etwas ... Moderneres sein können?«

»Ich bin Antiquar. Der Ring ist aus geschnitztem Elfenbein und bestimmt über vierhundert Jahre alt. Der ist praktisch unbezahlbar.«

»Eben. Du hättest einen neuen, richtigen Ring kaufen können.«

»Er gefällt dir nicht.« Die Erkenntnis sticht, und vielleicht setzt Ally deshalb nichts nach. Sie kennt mich. Fast schon zu gut.

Zugegeben, es war eine zynische Entscheidung, ihr genau diesen Ring zu schenken. Er stammt von dir, natürlich, und du hast ihn aus der Avenue. Jedes Haus dort besitzt etwas, das man Dummen als Fragment auftischen kann. Er ist ein Familienerbstück, aber mir sollte er mit Sicherheit nie gehören. Nessa würde toben, schon deshalb habe ich mich diebisch darauf gefreut, dass Ally ihn trägt. Ich nehme endlich doch ihre Hand. Es wäre die kleinliche Sorte Rache gewesen. Jetzt drückt das schlechte Gewissen genauso wie das Elfenbein zwischen unseren Fingern.

»Er ist hübsch«, sagt sie. »Aber ...«

Ein kaum merklicher Schauer geht durch die Erde. Ally auf ihren hohen Schuhen verliert das Gleichgewicht. Sie greift nach meinem Ellenbogen. Dann ist es schon wieder vorüber. Ich halte sie, sodass sie sicher steht.

Ihre Schuhe haben dieselbe Farbe wie ihr gerade geschnittenes Kostüm. Der Rock geht genau bis übers Knie. Aber Ally sieht nach so viel mehr aus. Sie ist mehr.

Für mich ist sie alles.

Der Ring ist egal.

»Ich kaufe dir einen anderen.«

Sie schenkt mir ihr perfektes Lächeln und wir gehen Arm in Arm nach Hause.

Der Strom ist ausgefallen. Ich trage Ally im Dunkeln die Treppen hoch und sie lacht bei jeder Stufe, die ich verpasse. Oben setze ich sie auf dem Küchentisch ab und küsse sie.

Ich weiß, dass ihre Lippen bonbonfarben sind. Sie schmecken zwar bitter, doch die Worte, die sie flüstern, sind zuckersüß. Allys Nägel hinterlassen kalte Spuren unter meinem Kinn bei dem Versuch, mich näher zu locken.

Als wäre das nötig.

Ich ziehe ihr die Jacke aus und sie beugt die Schultern, damit ich die Träger ihres Kleides darüberstreichen kann. Dem schmalen Grat ihres Nackens folge ich zur Wirbelsäule, fahre durch ihr Haar und löse das Akkurate auf zu einzelnen Strähnen, in denen ich mich verfangen kann. Sie locken sich über ihre Brust, verhüllen, was ich entdecken will. Allys Hand führt mich. Ihr Kostüm knittert und rutscht ihre Oberschenkel herauf. Ich spüre den Erhebungen und Tälern ihres Körpers nach, taste mich immer weiter vor, bis zu weicher, feuchter Haut.

Wir legen unsere Masken ab. Wenn sie stöhnt, wenn sie seufzt, dann ist sie nicht perfekt. Wir finden Wege vorbei an Schnallen, Stoff und Spitze. Ihre Finger graben sich in meinen Rücken.

»Amian«, haucht sie.

Ich ziehe sie zu mir, sodass sie auf dem Tisch zum Liegen kommt, küsse sie, damit sie schweigt. Morgen werde ich blaue Flecken haben, wo die Tischkante drückt, doch jetzt bemerke ich es kaum. Wir haben alle Worte aufgegeben, sie ist Ally und ich bin Osian, und dies wird das bittersüße Ende eines bittersüßen Tages.

VOR ACHTZEHN JAHREN

Es hatte als Mutprobe begonnen. Den Tag über hatten sie im verwilderten Friedhof hinter der Kathedrale herumgehangen. Nachdem die Furcht verflogen war, tobten die Kinder dort, wo braune Gräser zwischen halb versunkenen Grabsteinen hervorpiksten und Engelsstatuen mitleidige Blicke tauschten. Amian spielte nicht mit, er hatte sich zu den Älteren gesellt, die bei der Gruft rauchten.

Osian hatte ihn allein gelassen. Er hatte behauptet, einen Geist gesehen zu haben. Man sollte denken, dass das auf einem Friedhof zu erwarten gewesen wäre. Der Sinn einer Mutprobe. Aber Osian stellte solche Behauptungen nicht auf, um Anerkennung zu bekommen. Er war zu Amian gelaufen und hatte ihm mit zitternder Stimme davon berichtet. Offenbar hatte Cergio, ein hagerer Kerl von etwa zwölf Jahren, mitgehört. Denn kurze Zeit später wussten es alle: nicht bestanden.

Die älteren Jungen hatten gelacht. Die Mädchen getuschelt. Amian und Osian waren Brüder, gleichalt, und sie sahen sich ähnlicher als die meisten anderen Geschwister. Beide hatten das gleiche wilde Haar und wache Augen. Aber Osian war ein bisschen kleiner, ein bisschen dünner. Und er weinte, während Amian einfach nicht dazu zu bewegen war.

Geister, was für ein Unsinn. Amian fürchtete sich weder vor Gespenstern, noch vor der vielfach beschworenen gruseligen Atmosphäre, die auf dem Friedhof herrschte. Genau genommen fürchtete er sich vor nicht viel, selbst wenn er aus Mutters Zimmer finstere Gesprächsfetzen aufschnappte, die ihm und Osian eine düstere Zukunft prophezeiten. Quatsch, dachte er sich dann jedes Mal. Irrsinn. Die Welt war nur halb so finster, wenn man den Schatten keine Beachtung schenkte.

Aber Osian schenkte ihnen Beachtung, und das hatte ihm den Spott aller eingebracht. Er war nach Hause gegangen und nun schienen die anderen darauf zu warten, dass auch Amian doch noch Angst bekam. Er ließ die Beine von der Mauer baumeln, auf die er geklettert war, und genoss die erwartungsvollen Blicke. Einer der älteren Jungen hatte von etwas Kleingeld Wassereis für all jene gekauft, die die Mutprobe bestanden hatten. Amian würde auf keinen Fall auf eine solche Gelegenheit verzichten.

Irgendwann war das Eis aufgegessen, die Sommerhitze ließ nach und der Abend kam. Die ersten Mädchen machten sich auf den Heimweg. Und als auch die Jungen nach und nach den gemeinsamen Treffpunkt verließen, befand Amian, dass er seinen Mut hinlänglich bewiesen hatte. Er schnippte den Eisstiel weg, traf einen Grabstein und rutschte von der Mauer, um zu gehen.

Zuhause war ein Bau am hinteren Ende der Avenue, ein grauer Klotz, in den es kaum Tageslicht hineinschaffte. Hinter den hohen Mauern wohnten fünf Generationen, von Amians Urgroßonkel bis zu seinem jüngsten Neffen. Genügend Menschen, um eine halbe Stadt zu füllen. Doch sie lebten hier, eingepfercht in die Avenue.

Das Haus war nicht annähernd so alt wie die Kathedrale, trotzdem schlug Amian jedes Mal der Geruch von Jahrhunderten entgegen, wenn er durch das Portal am Eingang trat. Muff und Schimmelpilz saßen in den Wänden, da war nichts zu machen. Genauso hartnäckig wie die Stimmen, die verächtlichen Worte, die wie Staub in der Luft hingen. Sie kamen aus dem verbotenen Raum und jagten Gänsehaut über Amians Rücken. Er schlüpfte aus seinen Schuhen, um lautlos an der Tür vorbeizugelangen.

»Dieses verdammte Balg«, knurrte Mutter. Jahrzehntelanges Rauchen hatte ihre Stimme komplett zerstört. »Diesmal hat er seine Lektion gelernt.«

Etwas durchfuhr Amian wie ein Schock. Osian war doch hoffentlich nicht so dumm gewesen, ihnen von den Geistern zu erzählen? Sie schauten ihm sowieso schon auf die Finger. Aber er war zu naiv, zu ängstlich. Anders als Amian schien er nichts richtig machen zu können.

Amian klemmte sich die Schuhe unter den Arm und lief die Treppen hinauf.

Osian und er hatten eines der Schlafzimmer unter dem Dach, wo es im Winter kalt war und im Sommer brütend heiß. Goldenes Abendlicht flutete den Gang und ließ etwas auf dem Türrahmen blitzen. Der Schlüssel. Sie hatten ihn wieder eingeschlossen. Amian sprang, schnappte sich den Schlüssel und sperrte auf.

Da waren rotbraune Flecken auf dem Teppich. Hinten, halb versteckt unter dem Bett, lag eine Gestalt. Amian wusste, es war Osian. Und obwohl sie ja fast gleich groß waren, sah er unheimlich klein aus.

»Osian?«, fragte Amian leise und trat näher.

Osian regte sich nicht. Das Sonnenlicht schien Streifen auf sein Gesicht zu malen. Amian hockte sich neben seinen Bruder. Nicht Licht und Schatten, sondern Blut. Es verklebte Osian die Augen, pappte sein Haar an seinen Kopf wie Teer und versickerte im Teppich. Er atmete flach.

Da war er vor Geistern geflohen und echten Monstern in die Arme gelaufen, und nun konnte Amian nichts für ihn tun. Er war wirklich nicht der Klügste. Amian setzte sich zu ihm und streckte die Beine aus. Er streichelte Osian übers klebrige Haar.

»Du hättest es für dich behalten sollen«, seufzte er. »Und niemand hätte etwas geahnt.«

2

Ich wache auf, und es dauert ein paar Sekunden, bis mir bewusst wird, dass Ally neben mir liegt. Sie bleibt selten über Nacht.

Im Licht der Straßenlaterne vor dem Haus ist ihr Haar ein goldenes Meer um ein elfenbeinfarbenes Gesicht. Ihr Atem ist lautlos; sie ist es nicht, die mich geweckt hat.

Mein Herz hämmert wie nach einem Alptraum.

Ich fahre mir über das Gesicht, den Kiefer. Im Schweiß an meinem Hals klebt etwas. Die Kette. Das Medaillon auf meiner Brust ist warm – heiß ...

Es *brennt*.

Ich zerre an der Kette, sie schneidet in meinen Nacken und reißt. Der Schmerz lässt nach. Erleichtert seufze ich auf.

Das Medaillon baumelt von meiner Faust. Ich spüre die Hitze, wie sie die Kette entlangwandert; in den Kratzern meine ich sogar, ein wütendes Glühen zu entdecken.

Was bei allen drei Höllen ...? Ich rolle so leise wie möglich aus dem Bett, um Ally nicht zu wecken.

Das fahle Licht, das nur in Badezimmern herrschen kann, blendet. Jetzt sieht das Medaillon vollkommen normal aus, kein Leuchten mehr wie frisch geschmiedet. Auf der einen Seite klebt mein Blut. Ich drehe den Hahn auf und spüle es ab. Nein, nicht nur Blut. Eine dünne Schicht aus Rost färbt das Wasser bräunlich. Etwas an dem Anblick stößt mir sauer auf.

Naturgemäß dauert es nicht lange, bis Tempest im Spiegelbild über dem Waschbecken erscheint. »Der Küchentisch?«, seufzt sie.

»Du bist wirklich ein Traum von einem Schwiegersohn.«

»Wenn du wüsstest, wie viele Nullen auf dem Scheck standen, würden wir diese Unterhaltung nicht führen.« »Mir fehlen die Nerven für Streit mit ihr. Ich reibe mir übers Gesicht. Noch bin ich nicht sicher, ob ich wirklich wach bin. Die Fugen sind unscharf und der Geschmack von Schlaf liegt pelzig auf meiner Zunge.

»Das meinst du nicht ernst.« Tempests Stimme dröhnt hinter meinen Schläfen. Kennt sie denn keine Rücksicht? »Sie ist deine Verlobte, keine Antiquität, die man kauft und verkauft!«

»Ally hätte alles erfahren. Sie würde mich nicht wollen, wenn sie von Nessa und Horace wüsste.«

»Was ist mit dem Gerede über Liebe?«

Nicht zum ersten Mal wünschte ich, sie würde meine Gedanken nicht immer laut aussprechen, vollkommen egal, ob nur ich sie hören kann.

In Tempests Augen lodert Triumph. »Einmal solltest du meinen Rat befolgen.«

»Einmal solltest du mich in Frieden lassen«, zische ich.

Eine Mischung aus verletztem Stolz und Hochmut macht sich auf ihren Zügen breit. Ich spritze mir demonstrativ Wasser ins Gesicht. Manchmal ist es besser, so zu tun, als bemerke ich sie gar nicht. Triefend greife ich nach einem Handtuch. Kälte, kratziger Frottee – das sollte den Alptraum zurück in die Dunkelheit verbannen.

Es hilft nicht.

Er krallt sich mit aller Macht in der Wirklichkeit fest – und brennt weiter auf meiner Brust. Ich lehne mich näher zum Spiegel, ziehe den Kragen zurück und fahre unter meinem Schlüsselbein entlang. Beiße die Zähne zusammen. Meine hellbraune Haut wirft Blasen.

Nein. Ich bin nicht wach. Ich träume noch.

Ich drehe den Hahn wieder auf und schöpfe mir Wasser über Gesicht und Arme. Bis ich zittere, bis ich sicher bin, den Schlaf tatsächlich hinter mir gelassen zu haben. Mein Spiegelbild sieht aus wie nachts um drei von einem kalten Schauer überrascht. Das braune Haar tropft an meiner Stirn. Willkommen in der Realität.

Vorsichtig ziehe ich am Stoff, der durchnässt an mir klebt. Die Brandblasen sind immer noch da. Ich sauge die Luft ein. Kann man sich Schmerz einbilden?

Dieses kleine Bad, in dem mein Atem klingt wie aus einer Blechdose, ist ein seltsamer Ort, um an früher erinnert zu werden. Niemand wollte hören, niemand außer mir konnte sehen, was so offensichtlich da war. Sie alle schwafelten von der Vergangenen Welt. Dämonen, Engel, Fragmente.

Keine Geister.

Nur du hast mir geglaubt. Wenn es eines gibt, was ich daraus gelernt habe, dann das: meine Schritte vorsichtig zu setzen, genau zu prüfen, ob der Grund, auf dem ich mich bewege, trägt.

Das hier, das ist dünnes Eis.

Das hier, das ist echt – die Brandblasen, der Schmerz an meinem Schlüsselbein und das Wissen, dass das nicht sein dürfte.

»Siehst du das?« Die Kacheln werfen mein dumpfes Echo zurück. Tempest ist verschwunden.

Scheiße. Wenn ich einmal ihren Rat hören will ... Schlagartig ist mir schlecht, mein Mund trocken. Vorsichtig breite ich den Stoff wieder über die verbrannte Stelle und stemme mich auf das Waschbecken, um das Kreisen in meinem Kopf zu bremsen. Mein Blick streift das Medaillon.

Es ist bloß eine Münze an einer Kette. Gold, geprägt, etwa eintausend Jahre alt. Mir drängt sich die Erinnerung an ein Gespräch mit dir vor ein paar Jahren auf.

Blut und Fragmente, hattest du gesagt. *Blut und Fragmente gehören zusammen.* Die Worte schwirren in meinem Kopf herum wie das Badezimmerecho, penetrant und viel zu spitz.

Kann das wahr sein? Es ist bloß eine Münze. Aber eine Münze hat verflixt noch eins nicht mitten in der Nacht loszuleuchten wie eine Glühbirne, wenn der Strom wieder angeht.

Meine Finger klemmen am Waschbeckenrand, so fest, dass es weh tut. Langsam wird mir wieder warm. Oder ich spüre die Kälte nicht mehr.

Von Fragmenten, von echten Überbleibseln der Vergangenheit habe ich wenig Ahnung. Das ist dein Beruf. Du kennst die Legenden bis ins Detail.

Mühsam löse ich meine Hände und schnappe mir einen Lappen, um das Medaillon darin einzuwickeln. Schiebe es oben auf den Badezimmerschrank. Besser, wenn Ally es nicht findet. Wer weiß, ob es gefährlich ist.

Ich knipse das Licht aus. Alles dunkel. Kein Glühen.

Habe ich es mir nur eingebildet? – Nein. Irgendwas stimmt mit dem Medaillon nicht. Und morgen werde ich dich fragen, was es damit auf sich hat.

Ich hätte ein Taxi nehmen sollen. Die Züge und Busse auf meinem Weg zu dir ins Arbeiterviertel sind voll, schaufeln die Arbeitskräfte von Straße zu Straße und in die Fabriken. In den engen Abteilen, eingezwängt zwischen anderen Fahrgästen, gibt es keine Möglichkeit, die Gedanken zu ordnen. Und meine flattern wie aufgescheuchte Tauben.

In meinen Ohren hallt für gewöhnlich eine Stimme, die zu allem eine Meinung hat. Es gibt immer einen Schatten, der mir folgt. Eine Kälte, die bis auf die Knochen geht, wenn Tempest angefressen ist, oder eine sanfte Wärme, wenn sie lächelt.

Heute höre ich ihr Schweigen über die gedämpften Unterhaltungen der anderen Fahrgäste. Langsam habe ich die Nase voll davon.

»Tempest«, raune ich und steige an der Main Station aus dem Zug. Nichts. »Tempest, nun sei nicht beleidigt.«

Eine Frau zuckt auf meinen Ton hin verschreckt zusammen und zerrt ihr Kind an mir vorbei auf den Bahnsteig. Ich ignoriere sie. Das habe ich irgendwann gelernt: ganz kann man den Blicken nicht ausweichen, wenn das Teufelchen auf der Schulter derart aufsässig ist.

Ich nehme erst die Treppen hinab in die Bahnhofshalle, dann den Ausgang zur Brücke, die hinter dem Gebäude über den Kanal führt. Links und rechts strecken Löwenstatuen ihre Pranken nach mir aus. Auf den Rücken der beiden letzten sitzt je ein Engel, die Arme in einer ähnlichen Geste erhoben. Eine Mahnung, meintest du einmal. Ich glaube, es ist ein stiller Gruß. Ihre leeren Gesichter wachen über mich, bis ich zwischen den Häusern des Arbeiterviertels eingetaucht bin.

Diese Mauern sind ebenfalls grau, verkrustet von der salzigen Luft, obwohl man die so weit entfernt vom Hafen nicht mehr schmecken kann. Backsteinwände, die aus dem Boden wachsen wie alternde Riesen. Der Avenue ganz ähnlich, doch die überhängenden Dächer, die Wäscheleinen, die leckenden Regenrinnen – all das empfand ich hier immer als Geborgenheit. Laute Nachbarn, Motorenlärm. Der faulige Geruch vom Schlick der Kanäle ist so dicht, dass er bei Ebbe die Luft färbt, aber ich kann freier atmen als an jedem einzelnen Tag meines vergangenen Lebens. Meine Füße finden den Weg nicht, weil es bloß einen gibt, hier gibt es hunderte. Tausende. Ich kenne sie alle, habe sie mir eingeprägt, um das *Davor* auszulöschen. So, wie du jeden Weg aus der Avenue heraus kennst, so kenne ich jeden in die Stadt hinein.

Du hattest nie etwas übrig für diesen speziellen Flecken Erde, für das Haus mit den Laubengängen, das sich zwischen den anderen versteckt, oder den knorrigen Baum davor. Jetzt ist es der einzige Ort, an dem sich unsere Welten überschneiden.

Ich klopfe an der Tür wie ein Besucher in meinem eigenen Leben. Und das bin ich ja auch. Motoren knattern vorbei, Stimmen wehen von der Straße zum Haus. Es ist Vormittag, viele Arbeiter kehren von der Frühschicht zurück.

Mit jeder Minute werde ich unruhiger. Falls mich Nachbarn beobachten – und seien wir ehrlich, das tun sie, die Gegend ähnelt der Avenue nicht nur in einer Art – dann sehen sie mich, Osian, der an seiner eigenen Wohnungstür klopft, der ungeduldig auf und ab geht. Das ist verdächtig, besonders in dieser Gegend.

Über die Jahre haben wir ein paar Regeln aufgestellt. Die erste stammt von dir: kein Kontakt.

Ich hole den Schlüsselbund heraus, doch ich weiß nicht recht, was ich damit anfangen soll. Also klopfe ich noch einmal.

In der anderen Hand habe ich die Kette des Medaillons, das in meiner Hosentasche wartet. Ist es meine Körperwärme, die das Metall aufheizt, oder etwas anderes? Ich will es herausfinden und gleichzeitig – gleichzeitig lieber nicht.

Was, wenn ich umkehre und es auf der Brücke in den Kanal befördere? Wahrscheinlich würde ich es bald vergessen haben. Als könnte ich das! Schließlich hast du es mir gegeben. Ein Jahr ist das her. Ein ganzes Jahr, und in der Zeit waren wir für einander nichts weiter als ein Spiegelbild und ein Gewissen.

Nein – ich muss mit dir reden!

Ich stecke den Schlüsselbund wieder ein und lehne mich über das Geländer.

Ich warte.

Ich warte, und du bleibst verschwunden.

Mein Kopf sinkt auf das kalte Metall. Wo in allen drei Höllen bist du?

Die Antwort ist mir natürlich klar: unterwegs, wie immer. Auf Schatzsuche, auf Abenteuer, versteckt zwischen den Fugen dieser Stadt, in Hinterzimmern und Ballsälen.

Ich werde dir eine Nachricht mit Anweisungen schicken, befolge sie genau.

Das waren deine Worte. Ich krame dein Scheckbuch heraus, reiße die vorderste Seite ab und kritzele ein »Melde dich« darauf. Der Zettel verschwindet im Briefschlitz. Anscheinend halte ich mich genauso wenig an Abmachungen wie Tempest.

Ich hätte nichts dagegen, wenn sie jetzt auftauchen und mir damit in den Ohren liegen würde. Das kann sie gut. Wenigstens wäre es unterhaltsam. Doch sie schweigt weiter, auch als ich später den Laubengang zurücktrotte, die Straße überquere, die Brücke mit den Engeln passiere.

Spontan führt mein Weg an der Main Station vorbei. Es ist nicht weit bis zu Do. Wenn mir jemand weiterhelfen kann, dann er.

Im Wind schwingt der modrige Hauch von grünem und blauem Wasser mit. Ich gehe schneller. Die Beleidigungen, die mir ein paar Propheten am Straßenrand hinterherwerfen, dringen wie aus weiter Ferne. Meine Gedanken lassen sich nicht von dir lösen. Deine letzte Nachricht ist Monate her.

Du tickst wie ein Uhrwerk, es muss einen Grund dafür geben, dass ich so lange nichts von dir gehört habe. Auch wenn wir unsere Kommunikation auf das Nötigste beschränken, damit niemand von unserem Spiel erfährt, gibt es immer kleine Notizen, die den Weg zum anderen finden. Ein paar habe ich dir schon geschickt, um von Ally zu berichten. Dass du nicht geantwortet hast, kann nur eins bedeuten: Du musst etwas Großem auf der Spur sein. Einem weiteren Fragment vielleicht. Als du die Krone gefunden hast, dauerte die Funkstille über Monate an. Dann über Nacht waren die Zeitungen voll mit Berichten zu deinem Fund.

Lautes Hupen reißt mich zurück in die Gegenwart. Zu spät.

Kalte Hände packen mich und für eine flüchtige Sekunde walzen Abgase durch meinen Rachen. Neben mir quietschen Reifen. Das Automobil kommt zum Stehen.

Die Fahrerin steigt aus und redet mit dumpfer Stimme auf mich ein. In meinen Ohren dröhnt es, dafür ist mein Kopf leer.

»... geht es Ihnen gut? Himmel, ich dachte, ich hätte Sie erwischt!«

Es dauert diverse Herzschläge, bis ich meine Stimme finde. »Nein, nein.« Ich winke mit tauben Händen ab. Vor Schreck ist jedes Gefühl aus meinem Körper gewichen. »Mir ist nichts passiert.« Die Worte kommen heraus, obwohl ich keine Ahnung habe, ob sie überhaupt wahr sind.

»Sind Sie sicher?«

Ich nicke, murmle ein »Mir geht es gut« und dränge mich zwischen Passanten hindurch. Die Propheten glotzen stumm.

Meine Hände sind schmierig wie Motoröl. Erst zwei Blöcke weiter geht mein Puls wieder normal. In einer Seitenstraße lehne ich mich an eine schmuddelige Wand, in der Hoffnung, nicht belauscht zu werden.

»Wie lange willst du mich noch anschweigen?«

»Sag bloß, du vermisst mich schon«, gibt Tempests körperlose Stimme an meinem Ohr zurück, ein Trick wie aus einem Horrorstreifen, den sie zu gern abzieht.

Ich bringe es nicht mehr über mich, wütend zu klingen. »Wo hast du gesteckt?«

»Ich soll dich in Ruhe lassen, hast du das etwa schon vergessen?«

Noch immer kann ich sie nicht sehen, doch die grimmige Zufriedenheit in ihrer Stimme ist ätzend genug. Dann ist es still, und nur ein eiskalter Lufthauch in meinem Nacken deutet auf ihre Anwesenheit hin. Ich schlage meinen Kragen hoch und setze meinen Weg fort. »Danke.«

Das Gebäude, das uns nach der Avenue für ein paar Monate als Unterschlupf gedient hat, erreicht man über einen trostlosen Hinterhof, der sich eher wie ein Schacht anfühlt. Ich habe wahlweise den Blick hinauf in den grauen Himmel oder auf die graue Fassade gegenüber. Zu allen Seiten hat trockener Efeu seine Wurzeln in den Putz geschlagen.

Es gibt eine einzige Tür. Darüber hängt ein Schild, von dem Violett und Gold abblättert. Vor Ewigkeiten hat hier der Name »Venturi« in eleganten Lettern geprangt, nun sind nur noch V, E und R übrig.

Ich betätige den Türklopfer, den Ring im Maul eines Löwenkopfes mit Hörnern. Er sieht antik genug aus, um ein Fragment zu sein.

»Douglas Venturi«, dringt es durch das alte Holz, »zu Ihren Diensten.«

»Do, ich bin es.«

Fünf Schlösser werden entriegelt, eine Kette zurückgeschoben, dann schwingt die Tür knarrend auf.

»Du hier!« Do strahlt. Er ist gut zehn Zentimeter größer als ich, sein schwarzes Haar ist zur Seite gekämmt und er bringt den Geruch von viel zu viel Rasierwasser mit. Die Krönung ist der Anzug. Dieses uralte Teil trägt er bei jeder sich bietenden Gelegenheit. Violett, die gleiche Farbe wie das Schild. Er sieht aus, als würde er ausgehen oder vor Publikum auftreten wollen, eins von beidem. Mich würde nicht wundern, wenn er darin schläft.

»Erwartest du jemanden?«, frage ich.

»Dich natürlich, dich erwarte ich immer. Und ... Tempest?« Er reckt sich, als könnte er sie hinter mir entdecken.

»Wie üblich«, bestätige ich. Ihr Blick klebt weiter in meinem Nacken. Wenn Do uns nicht bald hereinbittet, werde ich als Eiszapfen enden.

Er macht eine einladende Bewegung, wartet, bis ich eingetreten bin und Tempest ihn ebenfalls passiert hat, und noch ein paar Sekunden länger.

»Sie ist schon im Salon«, sage ich und folge ihr.

»Ah ja.« Do schließt die Tür.

Auftritt, eindeutig. Im Kamin prasselt ein Feuer. Do entzündet ihn nur, wenn er Gäste beeindrucken will. Er eilt herbei, um mir das Jackett abzunehmen, lässt es hinter einem der Sessel verschwinden und geht dazu über, Whiskeygläser zu befüllen.

»Was bringt dich – euch – hierher?«

»Ich habe meine Familie besucht«, sage ich knapp. Es ist besser, nicht zu sehr ins Detail zu gehen. Do nimmt jede kleine Anekdote und macht ein Epos daraus.

»Ah, die Familie.« Er nickt voller Verständnis. »Und nun brauchst du jemanden, mit dem du einen Mord planen kannst.«

»Mutter ist seit gestern tot«, antworte ich trocken.

Do hat die Whiskeyflasche gerade zurückgestellt. Jetzt schenkt er nochmal nach. »Gut für dich, gut für dich. Überspringen wir also Schritt eins. Du brauchst vielmehr jemanden, mit dem du feiern kannst.«

Immer wieder bin ich beeindruckt, wie schnell sich seine Miene wandeln kann. Kantig und ernst in einer Sekunde, jung, rund und freundlich in der nächsten. Und das trotz des fleckigen Dreitagebarts, den er sich wachsen lassen hat. Damit wirkt Do geradezu antik, dabei muss er etwa so alt sein wie ich. Dinge älter aussehen zu lassen, ist eines seiner vielen zweifelhaften Talente.

Er drückt mir ein Glas in die Hand. »Auf die Vergänglichkeit!«

Wir stoßen an, Do schüttet den Inhalt seines Glases herunter und ich stelle meins auf dem strategisch platzierten Tischchen zwischen zwei Sesseln ab. Dort liegt ein Paket, das Dos neuestes Werk enthalten muss. Seine Geschwindigkeit ist jenseits von Gut und Böse. Fließbandproduktion käme da niemals mit.

»Ich konnte die alte Blaake nicht leiden«, verkündet er mit einer ausholenden Geste. »Grausige Frau. Keine Manieren, keine Loyalität. Kein Geschmack! Ich könnte ganze Bücher füllen mit …«

»Du kanntest sie nicht.«

Er schnaubt. »Du hast hier gewohnt. Weißt du, wie oft ich mir anhören musste, was für eine reizende Person sie war?«

»Reizend ist wohl kaum das richtige Wort.« Ich versuche, ernst zu klingen, aber das Grinsen schleicht sich einfach ein. Viel habe ich nie mit ihm über das Leben in der Avenue gesprochen. Besonders in der ersten Zeit, nachdem wir ausgezogen sind, war ich vorsichtig. Aber ich werde den Teufel tun und Do widersprechen. Lieber lasse ich mich von seiner guten Laune mitreißen. Es ist fast unmöglich, einer solchen Naturgewalt standzuhalten.

»Siehst du«, sagt er zufrieden und schenkt sich nach. »Darauf trinken wir noch einen.«

Ich deute auf die Schachtel auf dem Beistelltisch. »Ist das die neue Ware? Mr. Orville hat sich schon danach erkundigt.«

Do scheucht mich vom Paket weg. »Na na, das ist nicht für dich. Das ist die Auftragsarbeit für eine Kundin. Deine Ware ist noch nicht fertig.«

»Ist ja gut.« Ich setze mich an meinen angestammten Platz in den abgenutzten Sessel links vom Kamin. Nach ein paar Sekunden halte ich es nicht mehr aus und stehe wieder auf. »Ich hatte gehofft, du würdest mir bei etwas anderem helfen.«

»Sicher, sicher.« Umständlich schraubt Do die Flasche zu. »Worum geht's?«

»Ich habe über Fragmente nachgedacht.«

»Brauchst du was Bestimmtes?«, erkundigt er sich. Harmlos, als wäre er vollkommen unbeteiligt. Ich kenne diese Art von Frage: Er wittert ein Geschäft.

»Ich brauche keine Fälschung.« Sondern Informationen. Obwohl ich das nicht laut ausspreche, löst es ihn aus wie eine Landmine. Sein Grinsen wandelt sich von freundlich zu etwas, das einem Raubtier besser stehen würde. Und irgendwie gelingt es ihm, damit noch sympathischer auszusehen. »Wie lange ist es her, dass die Vergangene Welt untergegangen ist?«, fragt er.

Ich ziehe eine Braue hoch. »Lange.«

»Plus minus eintausend Jahre«, verbessert er, »je nachdem, wen man fragt. Du führst ein Antiquariat, wirklich, wie kommst du ohne dieses Wissen aus?« Er wartet keine Antwort ab, greift das Paket und schüttelt es, sodass es darin klappert und ich um den Inhalt fürchte. »Die neue Welt ist wie dieser Karton.« Er hält ihn mir vor die Nase. »Die Zeit davor, die Vergangene Welt, das ist der Inhalt – ein Geheimnis. Und jeder will es lüften. Kannst du dir das vorstellen? Ein ganzes Jahrtausend und die Menschheit kann einfach nicht aufhören, sich zu fragen, was in der verfluchten Schachtel ist. Als gäbe es keine wichtigeren Fragen!«

»Und was ist in der Schachtel?«

»Osian!« Er verdreht die Augen und wedelt achtlos damit hin und her. »Du und Amian und ich, wir verkaufen nicht den Inhalt. Wir verkaufen die Frage! Es geht um die Neugier, das Mysterium. Nicht das Auspacken!«

Ich runzle die Stirn. »Und was soll man mit diesem Mysterium anfangen?«

»Besser nichts. Die Lasur ist hitzeempfindlich.« Er hält inne, betrachtet die Pappe und kratzt sich nachdenklich über den Bart an seiner Wange. »Der ganze Mumpitz über Fragmente kommt daher, dass die Leute nicht loslassen wollen. Es ist ein Mythos, ein bisschen Trost, weil sich alles immer verändert.«

Die Meinung teilen wir also. »Daher die Geschichten in den Kirchenbüchern. Die ganz alten.« Ich weiß, er kennt die Passagen. Er hat das gleiche Interesse dafür wie andere für einen Verkehrsunfall.

Do winkt ab. »Nicht dieser Engelsquatsch. Den lesen sie nur noch in der Avenue.« Er drückt mir die Schachtel in die Hand. Sie ist viel schwerer als erwartet.

»Es gibt also keinen Grund, daran zu glauben?«, frage ich und betrachte die Pappe. »An den ... Inhalt?«

Do greift nach seinem Glas wie jemand, der entweder gleich verdurstet oder eine Menge ertragen muss. »Meine Schachtel ist nicht leer, wenn du das meinst.«

Ich lasse die Hände sinken. »An etwas glaubst du also.«

Seinem Schwanken nach sollte er aufhören, zu trinken. Do scheint es ebenfalls aufgefallen zu sein, allerdings zieht er eine andere Schlussfolgerung daraus als ich. Er nimmt nämlich noch einen Schluck.

»Es ist egal, woran ich glaube«, murmelt er. »Manche Schachteln sollte man nicht öffnen. Bestenfalls sind sie sowieso mit Klebeband verschlossen. Egal, was die Vergangene Welt war, wir können das Jetzt nicht einfach gegen ein anderes austauschen. Wenn es so leicht wäre, Dinge ungeschehen zu machen, hätte ich es schon öfter getan.«

Sein plötzlicher Ernst erinnert mich an die Abende, die wir zu dritt hier saßen – in einem kalten Zimmer, weil Do sich weigerte, den Kamin anzuzünden und darauf bestand, dass Alkohol Wärme genug sei. Wie du ihm davon erzählt hast, dass es in der Avenue genauso war. Dort verkauften sie auch den Glauben. Nicht den an eine Welt hinter der Welt, aber an jede Menge Versprechungen. Quasi dasselbe Geschäftsmodell.

All das ist ewig her. Ich betrachte mein Glas, das immer noch voll auf dem Tisch steht. »Amian war nicht in der Avenue.«

Das lässt Do aufmerken. »Nicht? Das hätte ich allerdings nicht von ihm erwartet. Er ist so *korrekt*.«

»Er hat meine Nachricht nicht einmal beantwortet.«

»Hier war er auch eine Weile nicht.« Do zuckt mit den Schultern. »Denkst du, er ist wieder auf Reisen?«

Dann hätte Do dir den heißen Tipp selbst gegeben, so war es letztes Mal. Er hat seine Ohren überall. Leider nimmt er es mit der Wahrheit nicht sehr genau.

»Er hat dir keinen einzigen Hinweis gegeben?«, hake ich nach. »Hat er dir nichts gesagt?«

»Mir? Ihr seid ein Herz und eine Seele, dir könnte ich die Frage genauso gut stellen.«

»Nein, nichts«, gebe ich zähneknirschend zu. Ich drehe mich zu Tempest um. Sie hat es sich am Fenster gemütlich gemacht, eingerahmt von schweren Brokatvorhängen und zwei unnatürlich symmetrischen Stechpalmen. Sie hat die Knie an die Brust gezogen und das Kinn darauf abgelegt und zwirbelt ihr Haar um den Finger, betont gelangweilt von der Unterhaltung. Do folgt meinem Blick und wirft ein charmantes Grinsen in ihre Richtung. Idiot.

»Es ist bestimmt besser, dich nicht in Amians Angelegenheiten einzumischen«, sagt er. Er muss es wissen. Die meisten deiner Kunden hat er angeschleppt. Aber für falsche Vorsicht ist es eindeutig zu spät.

Ich hole die Kette samt Anhänger aus der Tasche hervor. »Erkläre mir das hier.« Es wäre mir lieber gewesen, ihn gar nicht darauf zu stoßen, doch da du mir nichts darüber sagen konntest, spiele ich lieber mit offenen Karten.

Dos Finger zucken um das Medaillon. Das bringt mich aus dem Konzept, oder vielleicht ist es Tempest, die sich genau in diesem Moment vor dem Fenster regt. Do kräuselt die Stirn und wiegt das Medaillon prüfend auf der flachen Hand. Von seinem rechten Mittelfinger fehlt ein Glied, vom Ringfinger zwei.

Mir ist ein Rätsel, welch ein Geschick er für die Kunstwerke hat, die in seinem Atelier entstehen. Malen, Bildhauen, Vergolden – jede einzelne seiner Arbeiten sieht aus wie aus der Zeit gefallen. Der Landschaftsschinken vor deinem Geheimschrank beispielsweise; ich habe das Original gesehen, es hängt im dritten Palast. Zwischen den beiden gibt es praktisch keinen Unterschied. Do ist ein genialer Fälscher.

»Das Medaillon hat Amian mir geschenkt«, erkläre ich.

Eine von Dos gehobenen Augenbrauen sinkt, sodass er mich fragend ansieht. »Und was hat das mit mir zu tun?«

»Du kennst dich aus mit vermeintlichen Fragmenten.«

»Auskennen ist ein so bedeutungsschweres Wort.« Er presst den Mund zu einem Strich und ich ahne, dass er gleich aufstehen und zur Hausbar zurückwanken wird.

Langsam geht mir auf die Nerven, dass ich ihm jedes Wort abringen muss. »Amian hat mir erzählt, dass es einen Zusammenhang zwischen Blut und Fragmenten gibt.«

»Ah«, macht Do und nickt bedächtig. »Du meinst das wirre Zeug darüber, wie man sie benutzt. Faszinierend. Guter Stoff für einen Horrorfilm, wenn du mich fragst.«

Ich zupfe unschlüssig an meinem Ärmel. Soll ich ihm davon erzählen? »Gestern habe ich mich geschnitten, und ...«

»Nein!« Dos Grinsen wird wieder breiter. »Nein, das meinst du nicht ernst! Du klingst schon wie meine Kunden. Und die haben nicht mehr alle Tassen im Schrank! Sagt man das so? Doch, du hast doch Tassen im Angebot ...«

»Do!«

»Du weißt, wie ich das meine! Seit wann bist du so leichtgläubig? Du kennst das Geschäft, du weißt, wie es läuft. Dachböden und Keller – Nachlässe!« Do wirft die Hände in die Luft, als würde er sich am liebsten die Haare raufen. So weit würde es nie kommen, doch das Medaillon an der Kette fliegt dramatisch klimpernd hin und her. »Fragmente sind bloß der Versuch, für eine gute Geschichte ein paar Heller abzustauben.«

Das ist treffend. Fragmente sind ein zwielichtiges Geschäft, mit dem man gutes Geld verdienen kann, sofern man es mit der Wahrheit nicht zu genau nimmt. Ich kann, ohne zu überlegen, vier Familien in der Avenue aufzählen, die davon leben. Den Marcos hängt gar das Gerücht an, die Heiligenknochen in ihrem Laden stammen in Wirklichkeit von unvorsichtigen Konkurrenten.

»Dann hatte Amian das Medaillon nicht von dir?« Ein paar Sekunden lang scheint das Schweigen zwischen uns ins Unermessliche zu wachsen.

Do grinst. »Ertappt, du hast mich ertappt.« Er hält mir die Hand entgegen, von der die Kette schwingt wie ein Pendel. Hypnotisch. Wir beide betrachten sie.

»Gold«, erklärt Do. »Diese Prägung stammt aus einer Nation, die früher an der Küste westlich von Tiara existierte. Die Symbole stehen für Unsterblichkeit. Solche Münzen waren als Anhänger überaus beliebt, um jederzeit die Überfahrt ins Jenseits bezahlen zu können. Angeblich lag der Eingang hier auf der Insel. Die Besitzer kamen dann allerdings auf eine eher weltliche Weise ...«

Ich blinzle. Auf dem Metall schimmern abwechselnd Tageslicht und Feuerschein. »Und dieses Medaillon hast du gefertigt?«

»Jaja, klar. Amian hat mich darum gebeten.«

Do klingt, als würde er meine Anspannung gar nicht bemerken. Bei ihm kann ich mir nie sicher sein, ob er mir nicht gerade eine Alternativversion der Wahrheit auftischt. Er präsentiert sich meisterhaft als das, was man sehen will. »Wofür brauchte er es?«

»Um es dir zu schenken natürlich. Und das hat er getan.« Do gibt mir die Kette zurück. »Er hat ständig Fälschungen bei mir in Auftrag gegeben.«

»Auch vor unserem Tausch?«

Diesmal antwortet er nicht sofort. Er sieht zum Fenster, durch Tempest hindurch, dann wieder zu mir und schließlich zum Medaillon in meiner Hand. Falten haben sich auf seiner Stirn und unter den Augen gebildet. Plötzlich wirkt er so alt, dass auch eine Staubschicht ins Bild passen würde.

»Ja, er wollte sie verkaufen. Wieder etwas ansparen ...« Er lacht unvermittelt auf. »Schau nicht so! Ohne das Geld hättest du den Laden nicht. Du hättest gar kein Leben hier draußen.«

Damit hat er natürlich recht. Aber wie weit du dafür gegangen bist, das habe ich dich nie gefragt.

Dos beängstigend gute Laune ist zurück, er hält die Whiskeyflasche empor wie eine Trophäe.

»Importiert, vom Festland! Lass uns anstoßen. Und diesmal keine Ausflüchte!« Er wendet sich Richtung Fenster. »Tempest! Auch ein Glas?« Er fragt zu laut und viel zu deutlich.

»Ich kann ihn hören.«

»Sie kann dich hören.«

Do macht ein enttäuschtes Gesicht. »Das ist alles? Keine Antwort? Das heißt dann wohl, sie mag keinen Whiskey.«

»Tempest?«

Sie würdigt ihn keines Blickes. »Sag dem Lackaffen, er soll sich allein betrinken. Und auf dich bin ich immer noch sauer.«

»Klar ...«, murmle ich.

Do neigt ein Ohr in ihre Richtung. »Wie bitte?«

»Sie kann dich nicht leiden.«

»Nun«, seufzt Do ergeben, »da bin ich wohl kaum der Einzige.«

Am Abend treffe ich mich mit Ally in der Innenstadt. Sie besteht darauf, dass wir uns ein Taxi teilen, obwohl das Haus ihrer Eltern weiter östlich liegt.

Der Wagen hält in der Einfahrt, doch Ally bleibt sitzen. »Möchtest du heute mit reinkommen? Meine Eltern würden sich bestimmt freuen, dich wiederzusehen.«

Wenn du aus diesem Auto steigen würdest, wäre alles etwas leichter. Du wüsstest, was zu sagen ist. Ich denke an den Scheck, an den Küchentisch und an Tempest im Badspiegel. Du wärst der Traum von einem Schwiegersohn, wie sie es formuliert hat. Aber mir fehlt heute die Kraft, um so zu sein wie du. Ich sinke tiefer in den Sitz. »Lieber nicht.«

Ally nickt und küsst mich zum Abschied.

Es ist nach Mitternacht, als ich nach Hause komme. Tempest erwartet mich auf ihrem Ohrensessel sitzend wie ein Bösewicht aus einer zweitklassigen Novelle.

»Allein heute?«, schnurrt sie und übernimmt damit auch noch die Rolle der Katze.

Ich winde mich aus meinem Jackett und werfe es achtlos in den Besenschrank. »Seit wann hast du es nötig, überrascht zu tun?«

»Immer denkst du, ich hätte dich bespitzelt.«

Ich kann sehen, wie sich ihr Haar schwerelos um die Sessellehne lockt. Unruhig. Wir beide wussten den ganzen Tag, dass dieser Moment kommen würde.

»Du weichst mir nicht von der Seite«, sage ich. »Das kann man charmant finden. Oder krank.«

»Ein treffliches Wort für jemanden, der mit Geistern spricht«, kontert sie aalglatt. Sie folgt mir hinauf in die Wohnung und ans Küchenfenster, wo ich mir eine Zigarette anstecke. Nachts wird Tempest zu kaum mehr als einem Schatten an der Wand, einer Ahnung und manchmal nur einem Gefühl. Das macht es leicht, ihr auszuweichen.

»Bisher hat meine Anwesenheit dich nie gestört.«

»Bisher«, wiederhole ich und beobachte die grauen Wölkchen, die sich von meinen Lippen aus dem Fenster verflüchtigen. Ich fühle mich schäbig; gegenüber Ally, vor allem aber gegenüber Tempest. Sie begleitet mich schon mein ganzes Leben. Wir sind so eng verbunden, dass es kaum einen Moment gibt, den sie nicht miterlebt hat. Zwischen uns ist kein Platz für Scham oder falsches Schweigen, es gibt keine Geheimnisse, die ich vor ihr verbergen könnte, würde ich es auch noch so sehr wollen. Wir teilen alles.

Alles, bis auf Ally.

Ally weckt in mir den selbstsüchtigen Wunsch, etwas zu haben, das nur mir gehört.

»Sie ist mir wichtig«, erkläre ich wie schon hundertmal zuvor. Das Problem begann nicht erst bei ihr – lange dachte ich, ich hätte mich damit abgefunden.

»Ich habe wirklich versucht, ihr nicht nahezukommen.« Tempest zieht die Schultern hoch. Hilflos. Genauso resigniert wie ich. »Was dich angeht, habe ich keine Wahl.«

»Das weiß ich.« Ich bin erstaunt über dieses Zugeständnis aus ihrem Mund. Es ist eine Entschuldigung, falls wir überhaupt je eine gebraucht haben. Sie kann nichts dafür, weder sie noch ich wissen, wie es zu dieser Verbindung zwischen uns kam.

Tempest setzt sich zu mir und malt Kringel in den Rauch. Obwohl sie selbst nur wenig mehr Substanz hat, entstehen Muster, die mich ein bisschen an Blumen erinnern.

»Gefällt dir ihre Familie?«, fragt sie beiläufig.

»Ich finde sie furchtbar«, antworte ich und ziehe an der Zigarette. »Aber das wusstest du schon.«

»Denkst du denn, ich würde Ally gefallen?«

Ich sehe auf. Über Tempests spitze Zunge vergesse ich häufig, dass sie die Sanftmut eines Engels haben kann.

»Kommt jetzt eine Geschichte von Kindern, die du in einem deiner vergangenen Leben verkorkst hast?«, frage ich herausfordernd.

Sie lacht, und der Rauch macht einen Bogen. »Du wirst Ally heiraten. Ich will sie kennenlernen, auch wenn sie mich hoffentlich nie bemerken wird.«

Das ferne Wetterleuchten in ihren Augen rührt mich. Ich streiche über ihre Wange, die wie ein kühler Lufthauch ist. »Danke.«

»Glaub mir, das Intermezzo auf dem Küchentisch hätte ich gern verpasst«, seufzt sie.

Ich seufze ebenfalls. »Ich wünschte wirklich, das hättest du.«

VOR DREI JAHREN

Zu der Zeit, als Amian noch in der Avenue gelebt hatte, hatte gegenüber ein kleines Mädchen namens Estella gewohnt. Sie war bei allen anderen Kindern sehr beliebt gewesen, und der Grund dafür war Punkt, ihr Chamäleon. Einmal hatte Amian es dabei beobachten können, wie es gerade die Farbe wechselte. Auf seinem Rücken waren die Punkte erschienen, nach denen Estella es benannt hatte.

Amian hatte das Gefühl, dass er Punkt auf gewisse Weise ähnelte. Es gab keinen Ort, an den er nicht passte. In der Hackordnung der Marianos stand er ganz oben. Die Jungen auf dem Friedhof um Cergio respektierten seine ruhige Art und die Mädchen, denen er am Abend vor der Haustür Küsse stahl, äußerten nie auch nur ein schlechtes Wort über ihn. Er ging ein und aus, wo er wollte. Punkte oder Streifen, es war ihm egal.

Das hatte sich mit der Eröffnung des Antiquariats nicht geändert. Im Gegenteil. Das neue Muster war genau sein Stil. Und es gefiel nicht nur ihm, sondern allen um ihn herum. Etwas, das ihm zugutekam, als Douglas ihn anheuerte, um ein Musikstück aufzutreiben.

Er brauchte nur einen Anruf, um herauszufinden, dass ihm ein gewisser Professor Rinaldi an der königlichen Musikschule womöglich weiterhelfen konnte, und einen weiteren, um sich einen Platz an der Tafel des Professors zu sichern.

Der Mann war nicht nur berühmt, sondern auch adelig, und er lebte gut von beidem. Er residierte in einer Villa im Nobelviertel, die so weit hinter einem schmiedeeisernen Zaun lag, dass Amian zunächst glaubte, das Taxi habe sich verfahren.

»Sie sind also der Geigenbauer, von dem Thomasz erzählt hat«, empfing ihn der Professor. Alter und Krankheit hatten ihn an einen

Rollstuhl gefesselt, und seinem Aussehen nach war er mit der Zeit weiter in sich zusammengesunken.

»Ich repariere die Instrumente bloß«, sagte Amian.

Niemand stellte Fragen, und die beiden Aufträge, die er im Laufe der nächsten halben Stunde bekam, würde er einfach an Osian weiterreichen.

Bis Amian den Professor ausfragen konnte, musste er sich gedulden. Zuerst wurde das Abendessen serviert und sein Platz war am anderen Ende der Tafel. Immerhin hatte der Professor die Güte gehabt, ihn neben eine junge Baronesse zu setzen, die aus einem Gemälde hätte stammen können.

»Sind Sie ein Kollege des Professors?« Sie führte eine lockige schwarze Strähne hinter das Ohr, an dem ein übergroßer Klunker hing. Glas, doch Amian tat zu gern, als fiele er darauf herein.

»Ein Freund hat mich eingeladen«, antwortete er, »doch er musste absagen. Woher kennen Sie den Professor?«

Neben ihrem Mund erschienen amüsierte Grübchen. Sie wandte sich wieder ihrer Vorspeise zu. »Ich habe eine Schwäche für Musik. An diesen Abenden wird oft über neue Stücke gesprochen.«

»Ich bevorzuge Altmodisches.« Das sagte er nicht, weil er sich Hinweise von ihr erhoffte, sondern eine Diskussion.

Und tatsächlich; sie sah von ihrem Salat auf, eine Braue kritisch gehoben. »Lassen Sie mich raten, Sie gehören zur Familie Salvatori?«

»Falsch geraten. Mein Name ist Mariano. Ich bin kein Aristokrat.«

»Schade.« Ihre dunkelrot geschminkten Lippen formten ein Lächeln. »Wir hätten gut zusammengepasst. Streifen stehen Ihnen.«

»Wie bitte?«

Sie prostete ihm zu. »Ihr Anzug.«

Sie unterhielten sich über alle sieben Gänge hinweg, bis der Professor ins Nebenzimmer zu einem Gläschen Rum bat. Nicht irgendein Zimmer – die Hausbibliothek.

Der alte Mann hatte sich dermaßen viele Gäste eingeladen, dass es nicht möglich war, ihn auszufragen, ohne ungewolltes

Interesse zu erregen. Also suchte Amian einfach selbst. Er nutzte, dass Zigarrenqualm schwerer und schwerer in der Luft wog und die Unterhaltungen unter dem Einfluss des Alkohols ausgelassener wurden. Er begann im hintersten Teil der Bibliothek, zog systematisch die Bücher aus dem Regal und prüfte jedes einzeln. Er ließ sich Zeit. Wenn er vorne angelangt war, würde kaum noch jemand geradeaus schauen können.

»Sie interessieren sich tatsächlich für Musik«, stellte die Baronesse fest. Sie hatte es sich unbemerkt mit einem Glas Rum auf dem Lesesessel gemütlich gemacht.

»Das sagte ich doch.« Er blätterte weiter, als gälte sein Interesse einem Thema, nicht einem bestimmten Buch. Scheinbar vertieft setzte er sich gegenüber und las. Eine Weile schwieg sie, und er folgte den Zeilen voller Fachwörter, die er nie zuvor gehört hatte.

Sie nippte an ihrem Glas. »Der Professor hat Aufzeichnungen zu vielen alten Musikstücken. Doch das, was Sie suchen, ist nicht mehr hier.«

»Was suche ich denn?«, fragte er, zugegebenermaßen ein klein wenig überrascht.

»Die *Arie der Sirene* von Theodor Paolo.« Sie betrachtete selbstgefällig den Klunker an ihrem Finger, der zu dem an ihrem Ohr passte. »Aber das Stück ist nicht wirklich alt, sondern basiert nur auf Einflüssen aus der Vergangenen Welt. Es gehört nicht zu seinem Spezialgebiet. In gewisser Weise ist es eine Fälschung.«

Amian stand auf und stellte das Buch zurück ins Regal. »Immerhin war das Essen passabel.«

»Und die Gesellschaft«, fügte sie hinzu. Sie leerte ihr Glas in einem Zug, schenkte ihm ein freches Lächeln und verschwand im Zigarrenrauch.

3

FEUER

Für die Inventur hast du regelmäßig Leute eingestellt, doch ich sehe nicht ein, weshalb ich Hilfe brauche, Sachen zu katalogisieren, über die ich jeden Tag stolpere. Keine gute Idee, das ist mir jetzt klar. Seit Stunden klettere ich zwischen staubigem Krempel herum, um mir einen Überblick zu verschaffen.

»Früher einmal war ich eine sehr geschickte Kunsthandwerkerin«, erzählt Tempest von ihrem Sessel aus, während ich die Schubladen einer Kommode durchgehe. Kirschholz, dreiundvierzig Jahre alt, zwei Kratzer auf der Blende. »Ich klöppelte wunderschöne weiße Seidenspitze. Sogar eine der Prinzessinnen kam mit ihrem Verlobten, um bei mir Spitze für ihr Hochzeitskleid zu bestellen. Aber der Bräutigam verliebte sich stattdessen in mich.«

»Natürlich.« Ich runzle bedeutungsvoll die Stirn. Tempest mag es, wenn ich mitspiele.

»Er war ein langweiliger Kerl«, fährt sie in angemessen bedauerlichem Ton fort, »aber er hat wirklich alles getan, um mir den Kopf zu verdrehen.«

»Klar ...«, antworte ich gedehnt.

»Auf der Hochzeitsfeier hat mich die geschmähte Braut dann mit dem Punsch vergiftet.«

»Schande.«

Sie seufzt theatralisch und streckt sich. »Wie lange willst du noch Schubladen zählen?«

»Bis ich weiß, was noch fehlt.« Und es muss etwas fehlen. Es sollte. Papiere sind durcheinander, Akten durchsucht, nur der

Geheimschrank war unberührt. Dein Laden ist voll von teurem Zeug. Wenn ich weiß, was fehlt, kann ich dadurch vielleicht herausfinden, wer hier war. Ich werfe einen Blick zur leeren Schaufensterpuppe; ein verlumptes Kleid aus dem Müll – das ist kein Grund, sondern ein Gelegenheitsdiebstahl.

Was haben die Einbrecher wirklich gesucht? Altes? Wertvolles? Das trifft auf fast alles im Verkaufsraum zu.

Fragmente? Schwachsinn, oder?

Das Medaillon?

Je länger ich über das verflixte Ding nachdenke, desto unwohler wird mir dabei. Wärst du nur zuhause gewesen! Do traue ich kaum zu, dass sein Name echt ist. Schon von Berufs wegen wandelt er zwischen Halbwahrheit und Auslassung. Seine Vorstellung hat mein Unbehagen nur befeuert.

Seit vorhin lagert das Medaillon wieder gut verpackt im Geheimschrank. Und wenn es nach mir geht, darf es da gern erstmal bleiben. Bis du zurück bist. Mindestens. Ich puste den Staub ein bisschen zu resolut aus der nächsten Schublade und verschlucke mich daran.

»Also haben sie den Lumpen am Eingang mitgehen lassen, na und?«, sagt Tempest über mein Husten. »Ich finde viel interessanter, wer es wagt, Amian zu bestehlen.«

»Da habe ich so eine Ahnung«, krächze ich. Es kann kein Zufall sein, dass sich ein Einbrecher hierher verirrt, sobald ich mich ein einziges Mal in die Avenue traue.

Ich wische mir Tränen und Dreck unter den Augen weg, strecke mich. Mein Rücken schmerzt, weil ich den ganzen Nachmittag zwischen Schirmständern und Echtholzstatuen hindurchgekrochen bin; dein Laden ist ein Hindernislauf. Ich ducke mich unter einer Stehlampe hindurch. Das Silberglöckchen am Eingang schellt und ich stoße mir den Kopf an der Lampenfassung und fluche.

»Ich hatte mit einer freundlicheren Begrüßung gerechnet«, sagt Irvine grinsend. Er reckt sich, um die Glocke anzuhalten und stellt seinen Violinenkasten ab.

Von allen schrägen Vögeln, die ich in Tiara kenne, ist Irvine Salvatori der wohl schrägste. Schräger noch als Do, und dazu gehört einiges.

So besteht er etwa darauf, dass wir uns nur noch im Antiquariat treffen. Seit letztem Herbst warten seine Begleiter oder Aufpasser – oder was immer sie sonst sind – vor der Tür. Und weil das nicht auffällig genug ist, trägt Irvine bei jedem seiner vierteljährlichen Besuche denselben altmodischen Mantel, bodenlang und mit Goldknöpfen. Jetzt sticht er zwar nicht mehr allzu sehr heraus, aber im Hochsommer hat es ihn auch nicht gestört, dass er damit nicht zu übersehen war. Ein Aristokrat eben.

Er kommt nicht direkt zu mir. Im Gegenteil. Er tut, als wäre ich gar nicht anwesend und begutachtet die Ware, die ich seit seinem letzten Besuch ausgestellt habe. Wenn sich andere Kunden im Laden befinden, kann das Stunden dauern, weil er dann krampfhaft versucht, keine Aufmerksamkeit zu erregen.

Ich warte an den Ohrensessel gelehnt. Irvine wiegt eine Porzellanfigur in den Händen, Modell »Ballerina«, achtzig Jahre alt, Goldverzierung. An der Kommode, die ich eben noch durchsucht habe, bleibt er stehen.

»Kirsche, geölt«, erkläre ich mit einem Wink. Er blinzelt und scheint sich endlich an meine Anwesenheit zu erinnern. Komiker. Ich bin nicht gut im Verstecken und Irvine ist ein mäßiger Schauspieler.

»Es ist schon wieder viel zu lange her«, sagt er halblaut, als würde er glauben, belauscht zu werden. Die Vorsicht ist vergebens; Tempest auf ihrem Sessel lacht.

»Auf den Tag genau ein Vierteljahr.« Ich neige den Kopf, ein bisschen zu übertrieben.

Wir spielen dieses Spiel, obwohl wir uns ewig kennen und sein erster Besuch Jahre her ist. Damals wartete er noch in meiner Wohnung auf dem kaputten Sofa, bis ich mit den Reparaturen an seinen Instrumenten fertig war – kein Sicherheitspersonal, nur ein Freund, der spontan vorbeischaut. Aber ich habe nichts gegen seine Paranoia. Irvine ist ein feiner Kerl, und dazu bringt er gutes Geld.

Er klopft einen Takt auf die Kommode und sieht sich um. »Was hast du für mich?«

»Ein antikes Kleid«, antworte ich. »Eine Tracht, die bei Tänzen zu Ehren der Heiligen getragen wurde.«

Das ist nur eine Vermutung; ich kenne Zeichnungen solcher Kleider, und sie werden in einigen Kirchentexten erwähnt. Keine Ahnung, wie so etwas im Müll des Sanatoriums landet. Der Fund war pures Glück, und ich wusste gleich, dass es Irvine gefallen würde. Alles, was mit Musik zu tun hat, ist ein sicheres Geschäft.

Seine Augen leuchten. »Spann mich nicht auf die Folter, Osian, wo ist es?«

»In der Reinigung.« Ich reibe mir über den staubigen Nacken. »Es war in keinem guten Zustand. In ein paar Tagen habe ich es zurück. Dann kann ich es dir schicken.«

Irvine nickt begeistert, er hat die Lüge nicht bemerkt. Ich beiße mir sofort auf die Zunge. Langsam wird das zur Gewohnheit – das hat er nicht verdient.

Du warst schon immer der Beliebtere von uns und deine Freunde werden oft zu meinen. Obwohl Irvine uns beide kennt, ist er dir gegenüber aber nie aufgetaut. Das ist nicht nur selten, das ist ein Novum.

»Bis ich das Kleid abholen kann, habe ich noch etwas anderes für dich.« Ich trete zu ihm an die Kommode, lege die Schatulle, in der Allys Ring steckt, vor ihm ab. Irvine klappt den Deckel auf. Seine Augen werden kindlich groß, dabei schätze ich ihn auf Ende dreißig.

»Danke, aber ich bin bereits verheiratet«, sagt er mit einem Zwinkern.

»Das ist ein wertvoller Kunstschatz. Sammelst du die nicht mittlerweile auch?«

Er schüttelt ungläubig den Kopf. »Du wolltest ihn Allinora schenken.«

»Ich habe es mir anders überlegt.« Ich schließe die Schublade mit einem Tritt. Drei Kratzer. Heute ist kein guter Tag. »Zu ihr passt eher etwas Moderneres.«

Wenn Ally ihn nicht tragen möchte, ist die zweitbeste Option, ihn loszuwerden. Nessa wäre außer sich. Ein netter Gedanke.

Irvine mustert mich, streicht sich durch das kurze, blonde Haar und schließt die Schachtel. Er stützt sich auf die Kommode und ich ziehe abwartend die Augenbrauen hoch.

»Hast du die Plakate gesehen?« Er schaut zum Fenster, zu etwas, das ich nicht sehen kann. »Sie hängen überall. *Unter blauen Sternen.*« Er ist wohl zu dem Schluss gekommen, dass es besser ist, das Thema zu wechseln.

»Du meinst die Oper?«

Er nickt, und seine Aufmerksamkeit springt zu mir zurück. »Es ist ein wunderschönes Stück! Wir haben es endlich auf die große Bühne gebracht!«

»Ich habe mir gedacht, dass du damit zu tun hast.«

Irvine strahlt. Wenn er über Musik redet, hält er die Unterhaltung fast allein am Laufen. »Die ganze Musikakademie war beteiligt. Es ist jetzt schon ein Klassiker. Ich habe ja immer daran geglaubt, dass wir Erfolg haben würden. Wenn Silvano mich gelassen hätte, würde ich selbst einen der Seefahrer spielen.«

»Hoffentlich nur die Musik«, necke ich ihn.

»He! Ich bin ein hervorragender Schauspieler.«

Darauf antworte ich aus Prinzip nicht, und Irvine behält seine künstlich beleidigte Miene nicht lange auf. Er zieht zwei Karten hervor, die in demselben Blau leuchten wie die Plakate am Kiosk. »Eine Kleinigkeit«, sagt er, »als Geschenk für dich und Allinora.«

Mir klappt der Mund auf. »Du bist wahnsinnig! Die kosten ein Vermögen! Sogar Ally waren sie zu teuer.« Er drückt mir die Karten trotzdem auf und ich fahre ehrfürchtig über die feine Erhebung seines Namens unter dem Titel. Irvine badet in meinem Staunen wie ein Schauspieler im Applaus. Es fehlt nur die Verbeugung; ihm würde ich sie zutrauen.

Ein großzügiges Geschenk. Nur dafür?

Ich lasse die Karten sinken. »Du willst doch irgendwas.«

Irvine lacht. »Du denkst, ich will dich bestechen? So viel ist deine Seele nicht wert.«

»Aber meine Freundschaft?«

»Sicher.« Er steckt die Ringschachtel ein. »Und weil wir so gute Freunde sind, möbelst du dafür meine Violine auf.«

Wenn es nur das ist. Ich wünschte glatt, es wäre wie früher: meine kleine Wohnung, blecherne Musik aus dem Radio und Irvines Erzählungen aus dem dritten Palast, während ich arbeite. Aus seinem Mund klingen sie nur halb so dramatisch wie das, was in den Zeitungen landet. Er ist ein schonungsloser Optimist.

Ich folge ihm zur Tür, wo er den Violinenkasten stehen gelassen hat. Irvine wirft einen verstohlenen Blick aus dem Schaufenster.

»Dieses Mädchen ist mir schon letztes Mal aufgefallen.« Er deutet auf Nomi. Sie pöbelt gerade einem Passanten hinterher; zum Glück dringen die Details nicht bis zu uns. »Wie nennen sich diese Leute noch gleich? In letzter Zeit tauchen sie überall auf.«

»Propheten«, antworte ich. »Lehnen jeden Besitz ab. Ich glaube, Anstand fällt auch darunter.«

»Deine arme Kundschaft.« Irvine grinst. »Ist das Mädchen denn öfter da?«

Ich strecke die Hand aus, will ihm die Tür aufziehen, bleibe aber mitten in der Bewegung hängen. »Ja ...«, antworte ich langsam. »Eigentlich immer.«

Nomi hat sich die schwarzen Kletten hinter die Ohren geschoben und sitzt im Rinnstein. Beim Anblick des Schokoriegels, den ich am Kiosk gekauft habe, verschwindet der griesgrämige Ausdruck und macht kindlichem Interesse Platz.

Na bitte.

Ich halte die Schokolade gen Himmel. »Zuerst brauche ich Informationen.«

»Ich bin nicht die Auskunft.«

»Aber du bist hungrig.«

Nomi schnaubt. »Was willst du wissen?«

Ich setze mich zu ihr in die Mitte der blassgrauen Kreise, die sie mit einem Kiesel gezogen hat, um sich die Zeit zu vertreiben. »Warst du gestern früh hier? Vor dem Antiquariat?«

»Dein Antiquariat ist eine Ausgeburt der drei Höllen!«

»Erzähl mir was Neues.« Das klang trocken; ich bin einfach in deine Rolle gerutscht.

Ohne darauf zu reagieren, schnippt Nomi den Kiesel auf die andere Seite der Straße. »Trotzdem verkaufst du diesen Schund!«

Wahrscheinlich bemerkt sie den Unterschied gar nicht – als hättet ihr je miteinander gesprochen. Ich entspanne mich etwas. Sie wäre genervt von deiner Art. Schon, wie sie mit verschränkten Armen dahockt, sagt alles.

»Wie sollen die Leute sich jemals eine Zukunft aufbauen, wenn sie an der Vergangenheit hängen?« Ihre Miene ist finster, aber ihre Augen folgen der Schokolade.

Ich zucke die Achseln. Nicht mein Laden. »Nicht mein Problem.«

»Du bist ein seelenloser, skrupelloser, rückgratloser ...« Ich winke mit dem Schokoriegel und sie verstummt. Wir verstehen uns. »Ja, ich war hier.«

»Hast du jemanden hineingehen sehen, während ich unterwegs war?«

»Da war so ein hässlicher, schmieriger Typ. Blond, schiefe Nase.«

Habe ich es doch geahnt! »Ein Vergessener?«

Sie macht große Augen. »Ich wusste es! Er hat dich bestohlen!«

»Wenn du es wusstest, hättest du mir einen Hinweis geben können.« Ich lasse den Schokoriegel zähneknirschend in ihren Schoß fallen.

Sie schleudert ihn zurück, als wäre er giftig. »Besitz ist Blasphemie!«

»Sogar die verdammte Verpackung?«

»Du kannst froh sein, dass der Dieb dich um einen Teil deiner Last erleichtert hat!«

Seufzend packe ich den Riegel aus und reiche ihn ihr mit klebrigen Fingern. »Vor allem hat er mich um ein kleines Vermögen erleichtert.«

Ich bin mir fast sicher, dass er in Nessas Auftrag hier war. Sie hat mich nicht nur durchschaut, sondern auch gewusst, dass niemand im Antiquariat sein würde. Ja, es sieht ihr ähnlich, das auszunutzen. Auch, dass nur das Kleid verschwunden ist, ergibt Sinn. Nessa ist Diebesgut garantiert egal, solange sie mich schikanieren kann.

Das lasse ich nicht auf mir sitzen. Irgendwann werde ich das Antiquariat zurückgeben. Bis dahin hat alles an seinem Platz zu bleiben.

Es ist dein Laden, aber meine Verantwortung.

Ich stehe auf und klopfe mir Kieselstaub und Straßendreck von den Beinen. »Dafür wird sie in der untersten Hölle schmoren.«

»Das werdet ihr sowieso alle«, sagt Nomi und versenkt ihre Zähne in der Schokolade.

Wenn ich es nicht besser wüsste, würde ich an der Lücke zwischen den Häusern vorbeilaufen.

Die Kreuzstraße ist lang, alles sieht gleich aus. Der Verkehrslärm ist dieselbe Kakophonie wie überall in der Stadt. Propheten rufen die Erneuerung der Welt aus, junge Frauen bleiben vor den Schaufenstern stehen. An der Kreuzung, der die Hauptstraße ihren Namen verdankt, eilen die Menschen vorüber. Der Rauch des Krematoriums verdunkelt den Himmel wie eine finstere Ahnung.

Glücklich sind die, die nichts vom Fegefeuer der Avenue wissen.

Und ich? Ich komme auch noch freiwillig zurück.

Den ganzen Weg hierher hat die Wut auf Nessa mich angetrieben. Nun verlangsamen sich meine Schritte. Ich stecke meine schwitzigen Hände in die Hosentaschen. Tempest weiß, dass es in mir rumort. Von ihr dringt unerschütterliche Wärme.

Am schmiedeeisernen Tor, das den Eingang zur Avenue einrahmt, bleibe ich stehen.

Die letzte Wut ist verflogen.

Übrig bin ich.

Dein Alltag ist mit der Zeit auf eine ungewöhnliche Art Teil meines Lebens geworden. Dies ist das erste Mal, dass meine Probleme auf deins übergreifen. Der einzige Grund, dass Nessa sich so weit vorgewagt hat, bin ich.

»Du musst niemandem etwas beweisen«, sagt Tempest, die neben mir aufwirbelt wie Straßenstaub.

Das stimmt nicht. Du würdest nicht zögern, Nessa zur Hölle zu schicken. Wenn irgendwer mir die Rolle abkaufen soll, kann ich den Einbruch nicht übergehen.

»Wir stellen nur ein paar Fragen, drohen ein bisschen und gehen wieder«, schlage ich vor. Tempest verdreht die Augen. Verflixt, ich hoffe wirklich, dass ich das nicht bereue.

Wir biegen in die Avenue. Im ersten Moment bin ich enttäuscht.

So ruhig, wie die Straße daliegt, könnte ich den Gerüchten beinahe glauben, Vergessene seien ein Teil der Vergangenen Welt. Nicht ganz am Leben, nicht ganz tot.

Bei meinem letzten Besuch kam ich so früh morgens hier vorbei, dass die Stände noch aufgebaut waren. Jetzt stehen nur ein paar Tische im Freien und die Türen der Geschäfte sind verriegelt. Plakate flattern im Wind, handbemalt mit zweifelhaftem Kauderwelsch. »Schicksal« entziffere ich auf einem, und auf einem anderen etwas, das wie »Zukunft« aussieht. Wir passieren Schaufenster aus zerkratztem Glas, hinter denen Ketten mit Haar und Knochensplittern alter Heiliger hängen.

Fälschungen. Natürlich.

Immer wieder blitzen im Schatten der vorhängenden Dächer Umrisse auf. Sie bleiben nur einen Moment, leuchten auf wie Sternschnuppen und sind wieder verschwunden: Geister.

Sie gehören zu den Gräbern, die hier früher überall gewesen sein müssen. Tiara ist eine Insel, der Platz begrenzt. Heutzutage werden die Leichen eingeäschert.

Keine Geister mehr.

Wahrscheinlich ist das besser so; mir machen sie schon lange nichts mehr aus, aber was, wenn Ally davon hört? Ich würde es vorziehen, nicht im St. Thalassa zu enden.

Ich erreiche die Stufen der Kathedrale. Hier haben wir als Kinder gespielt und uns später mit Freunden auf dem alten Friedhof im hinteren Teil der Anlage zum Trinken getroffen. Es war einer deiner Lieblingsorte. Die Pforte klemmte schon damals, deshalb stand sie meist offen.

Heute nicht.

Ich stemme mich mit meinem ganzen Gewicht dagegen. Sie gibt nicht nach. Verflixt. Dieses Tor ist der einzige Weg hinein, seit das Haus nebenan bei einem Beben eingestürzt ist und das hintere Gelände komplett vom Rest der Avenue abgeschnitten hat.

Ich wende mich an Tempest. »Sei so gut.«

Sie fühlt prüfend über die Mauer und nimmt meinen Arm. Ich schließe gerade rechtzeitig die Augen und halte die Luft an, dann gibt der Stein vor uns nach wie Staub unter einem Windstoß und wir treten auf die andere Seite. Es gab Zeiten, in denen Wände schlimmere Spuren hinterließen als einen penetrant sandigen Geschmack im Mund. Bin ich froh, dass die vorbei sind.

Ich finde mich in der Halle wieder, umgeben nur vom sanften Echo meines erleichterten Atems.

Die Paläste sind aus Glas und Silber, die Kathedrale ist aus poliertem Stein. Sie ist auf eine andere Art filigran. Früher einmal muss sie ein wunderschöner Ort gewesen sein, nun ist das Kreuzrippengewölbe unter der dicken Rußschicht kaum noch zu erkennen. Alles von Wert – und ohne – ist entfernt worden. Es gibt keine Bänke mehr, keine Kerzenleuchter, keine Wandbehänge. Seit ich zuletzt hier war, haben findige Finger dort, wo der Altar stand, sogar die Steine aus dem Boden gelöst und davongetragen. Das letzte Buntglasfenster wirft ein gespenstisch blaues Flirren über den unebenen Grund.

Tempest steht vor einer der Vertiefungen in der Wand und starrt auf das nackte Gestein. Ich ahne, was kommt.

»Weißt du, wie es hier früher aussah?«, fragt sie.

»Früher?« Das Echo verschluckt meinen misstrauischen Ton.

»Früher war dies zu jeder Tages- und Nachtzeit ein hell erleuchteter Saal.«

»Und das weißt du ...«

»Aus erster Hand«, gibt sie süffisant zurück, reckt das Kinn und lässt spitze Zähne blitzen.

»Streng genommen hast du keine Hände mehr.«

Sie richtet den Blick in einer tragischen Geste gen Decke. »Ich hatte welche, als ich eine Nonne war. Man braucht sie zum Beten.«

Typisch Tempest, nie um eine Antwort verlegen. Aber vorstellen kann ich es mir. Wie das Licht durch das Fenster fällt, erleuchtet es die Kanten ihres Gesichts wie versteinerten Meerschaum. Zieht blaue Linien in ihr dunkles Haar und formt lange Wimpern aus dem Nichts. In den seltenen Momenten, in denen sie greifbar wird, sieht sie aus wie eine zum Leben erwachte Statue. Das Denkmal eines Menschen, der vielleicht tatsächlich existiert hat. Der Funken Wahrheit in all ihren Geschichten.

»Es gab hunderte Kerzen, und wenn die alten erloschen waren, war es meine Aufgabe, neue anzustecken.« Sie geht ein paar Schritte. Anders als ich verursacht sie kein Echo. »Die Menschen kamen zum Trauern hierher, zum Feiern, zum Beten. Das war lange, bevor man nach Fragmenten zu suchen begann. Die Toten lagen noch hinter Glas, geschmückt wie Könige.«

Ich glaube, so etwas wie Bedauern in den Schleiern ihrer Züge zu entdecken. Aber dann schenkt sie mir ein abgebrühtes Lächeln. »Einmal habe ich vergessen, die Kerzen wieder zu löschen, und der Schuppen brannte lichterloh.«

Wir steigen die flache, steinerne Wendeltreppe hinab in die Krypta, von der eine Tür zum Klostergebäude dahinter führt. Hier lagerten früher die Toten. Der Fingerknöchel, den ein Junge von nebenan hier einmal gefunden hat, war gutes Geld wert. Dabei wollte er sich angeblich nur in Ruhe in einer Ecke übergeben. Zu viel billiger Rum mit den anderen.

»Wir könnten wirklich ein paar Kerzen gebrauchen«, sagt Tempest. Mein Feuerzeug spuckt nur ein Flackern aus, das nicht weiter leuchtet als ein paar Schritte. Ich wollte vermeiden, im Dunkeln von Geistern überrascht zu werden. Aber die Krypta ist leer. Die Grabplatten sind vermutlich zerschlagen und als Scherben verkauft worden – genau wie die Knochen. Wenn alles ein Fragment sein kann, ist nichts heilig. Die Plünderer kannten keine Zurückhaltung.

Wir durchqueren das Gewölbe, erklimmen ein paar abgetretene Stufen und kommen am Friedhof heraus.

Über neun Jahre ist es her, dass ich zuletzt hier war. Es ist, als hätte Tempest mich nicht nur durch die Wand, sondern direkt in die Vergangene Welt gezogen. Hier hängt der schwache Duft von Jasmin. Grünzeug kriecht über die Gräber. Die meisten wurden ausgehoben; die versunkenen Steinkreuze, die sich noch zwischen Efeu und grauen Sträuchern emporrecken, kann ich an einer Hand abzählen. Angeblich wurde das Gelände immer wieder als Massengrab benutzt. Viele, viele Knochen. So gründlich sind nicht einmal Plünderer. Hier und da schimmert die Luft. Geister.

Ich lehne mich an die Wand und zünde mir eine Zigarette an.

Tempest zieht eine Augenbraue hoch. »Ist dies wirklich der richtige Ort dafür?«

Ich zucke die Achseln. Das hat uns früher nie gekümmert.

Tempests vorwurfsvolles Gesicht löst sich auf. Ich bleibe nicht lange allein; zwischen den Ruinen eingestürzter Mauern erscheint Cergio wie ein weiterer Geist. Ich wäre auch überrascht gewesen, wenn er endlich etwas Sinnvolleres zu tun gefunden hätte, als hier herumzuhängen.

»Amian«, sagt er grinsend, »die Gerüchte stimmen also. Du bist zurück.«

Ja, das bin ich wohl. »Ich war auf Nessas Einladung hier«, verkünde ich in deinem unverschämtesten Ton. »Hast du ein Problem damit?«

Cergio schnaubt verächtlich. »Meinetwegen hätten sie dich am Tor aufhängen können.« Er entspricht Nomis Beschreibung genau: schlaksig, mit blondem Haar und einer Nase, der ich vor ein paar Jahren einen herben Knick verpasst habe. »Dein Schisser von Bruder war es nicht wert, alles für ihn wegzuwerfen.«

Zwar ist er ein gutes Stück größer als ich, hat dafür aber nur halb so viel Gehirn. Kein Wunder, dass Nessa ihn engagiert, wenn sich jemand die Hände schmutzig machen soll. Wie er wohl darauf reagieren würde, dass ich ihn seit Jahren an der Nase herumführe? Vermutlich nicht besonders gut. Ich muss mich zu einer ernsten Miene zwingen.

»Ich habe Nessa damals ein Angebot gemacht«, sage ich. »Sie hat es angenommen.«

»Trotzdem kamst du letztes Jahr wieder angekrochen.«

»Letztes Jahr ...« Verflixt, ich habe keine Ahnung, was letztes Jahr war! Das gefällt mir nicht. So etwas Wichtiges hättest du mir sagen sollen! Ich nehme einen Zug an der Zigarette, um mein Schweigen zu überbrücken. Tempests warmer Hauch sitzt mit im Nacken.

Fragen stellen. Drohen.

Ich räuspere mich. »Wieso hat Nessa dich ins Antiquariat geschickt? Was wollte sie?«

Cergio runzelt die Stirn, was ihn aber nicht ratlos, sondern schlicht dumm aussehen lässt. »Du hast etwas, das ihr gehört.«

Der Ring! Am liebsten würde ich mir mit der flachen Hand an den Kopf schlagen. Sie wollte den Elfenbeinring zurück! Wahrscheinlich hatte sie dich deshalb herbestellt. Ich lache auf und verschlucke mich dabei fast am Rauch.

Cergio kommt mir mit forschen Schritten entgegen. Seine Zündschnur ist kürzer geworden, seit wir uns das letzte Mal begegnet sind.

Ich will ihm etwas Entsprechendes an den Kopf werfen, da greift er in seine abgetragene Jacke und zieht eine Pistole. Mein Lachen bleibt mir in der Kehle stecken. Er richtet sie auf mich. »Her mit dem Ring.«

Ich würge Qualm und eine ganze Menge Ego herunter. »Zu spät. Ich habe ihn verkauft.«

»Du hast was?« Cergio fuchtelt wild mit der Waffe.

Was tut man, wenn man in einen Lauf starrt? Die Hände heben? Ich habe absolut keine Ahnung; Pistolen und Gewehre sollte es in der Avenue eigentlich gar nicht geben. Ich lasse die Kippe ins Moos fallen und weiche zurück. »Weißt du überhaupt, wie man so ein Ding bedient?« Es sollte spöttisch klingen wie du, Zeit kaufen, doch es kommt auffällig kleinlaut heraus.

Cergios Nase ist annähernd gerade, wenn er den Kopf schief legt. »Wollen wir es herausfinden?«

Lieber nicht. Er ist noch so dumm und drückt tatsächlich ab. In dem Moment stoße ich mit dem Rücken an die grobe Mauer, die das Gelände umgibt. Endlich.

»Grüße an Nessa.« Ich taste über den Mörtel. »Sag ihr, sie soll zur Hölle fahren.«

Cergios Grinsen wird beißend. »Du zuerst.« Sein Finger am Abzug zuckt. Bevor es knallt, zieht mich der Lufthauch Tempests kalter Hände durch den Stein zurück in die Avenue.

VOR DREI JAHREN

Die königliche Akademie thronte am Ende einer Pappelallee auf einer Anhöhe. Die Blätter färbten sich bräunlich, es war eine Weile her, dass die letzten heißen Sommertage auf der Stadt gelastet hatten.

Amian hatte das Abendessen zum Anlass genommen, seine Strategie zu ändern und eine Freundschaft mit dem Professor zu knüpfen. Der Mann war ein Gelehrter. Was Amian an Wissen fehlte, konnte ihm der Professor mit Leichtigkeit beschaffen.

Kinder, die das Pech hatten, im Hafenviertel oder gar in der Avenue zur Welt zu kommen, sahen nie ein Klassenzimmer von innen. Was Amian über Mathematik und Literatur wusste, hatte er von zahlreichen Onkeln, Großtanten und älteren Cousins gelernt. Schlagfertigkeit und ein ganzes Sortiment an Kartentricks auf der Straße. Auf die Akademie hätte er es damit nach Regelwerk nie geschafft. Aber nun, da er hier war, stach er mit seinem Anzug angenehm zwischen den dunkelblauen Uniformen und gestärkten weißen Hemden heraus.

Der Professor erwartete ihn mit einem Stapel enttäuschend dünner Bücher. »Das ist alles, was ich über Paolo finden konnte.«

»Es muss mehr Informationen über ihn geben als das.« Amian überflog, was Rinaldi ihm zusammengetragen hatte. Etwas Brauchbares war nicht dabei.

»Er war eigen. Aber nicht sehr erfolgreich, bis auf sein letztes Werk.«

Amian sah auf. »Wie viele hat er denn geschrieben?«

»Vier Opern, zwei Theaterstücke, mehrere Liedersammlungen und, ob Sie es glauben oder nicht, ein Drehbuch.« Der Professor fuhr mit der flachen Hand nervös über das Rad seines Rollstuhls. »Einige Stücke sind an private Sammler verkauft worden. Ich habe sie für Sie kontaktiert. Doch es scheint, dass jemand die wenigen vorhandenen Dokumente entwendet hat. Es tut mir leid, dass ich Ihnen nicht weiterhelfen kann.«

Amian seufzte. »Was wollen Sie, Geld? Ich brauche diese Information.«

»Sie sollten sich damit abfinden, dass es nichts weiter zu erfahren gibt ...« Auf Amians Blick hin sank der Professor weiter in sich zusammen.

Amian legte die Bücher zurück aufs Pult, wo ein Haufen Notizen, Dokumente und korrigierter Arbeiten bereitlag. »Bringen Sie mir etwas. Oder ich engagiere jemanden, der *Ihren* Hintergrund zutage fördert. Jedes kleine, widerwärtige ...« Er verstummte. Den Namen auf dem obersten Zettel kannte er.

Hadley, wie die berühmte Sopranistin, für die die Arie geschrieben worden war. Die Ehefrau des Komponisten Theodor Paolo.

Mit einem Lächeln wandte er sich wieder dem Professor zu, der sichtlich angespannt auf das Ende des Satzes wartete. »Entschuldigen Sie, vielleicht können Sie mir anders helfen. Ich suche jemanden.«

Miss Hadley fiel zwischen den anderen Studenten nicht weiter auf. Wenn Amian nicht nach ihr Ausschau gehalten hätte, hätte er sie in den vollen Gängen übersehen. Sie trug die gleiche gestärkte Uniform und Lackschuhe, und sie bändigte die wilden Locken mit einer Spange.

Auf ihren Lippen breitete sich bei seinem Anblick ein verstohlenes Lächeln aus. »Sie tragen wieder Streifen.«

»Aber Sie kein Abendkleid.«

Die Studenten, mit denen sie sich bis eben unterhalten hatte, warfen sich unsichere Blicke zu.

Miss Hadley nahm ihn zur Seite. »Ich musste es schweren Herzens zurückgeben. Es stammte aus dem Kostümfundus.«

»Dann sind Sie gar keine Baronesse«, antwortete er mit gespielter Empörung. »Sie haben mich hinters Licht geführt.«

Er folgte ihr hinaus in den Hof, wo ungeachtet der Spange frischer Wind an ihren Haaren zupfte. Sie war verwandelt ohne die protzigen Glassteine und den Kerzenschein, der ihr so geschmeichelt hatte. Ihre verfängliche Art war dieselbe.

»Werden Sie mich verraten?«, fragte sie.

»Nein. Das Kleid stand Ihnen hervorragend.« Amian bot ihr den Arm. »Wieso sind Sie hier?«

Sie hakte sich unter. Keiner von ihnen ging einen Schritt. »Sie glauben, ich bin aus demselben Grund hier wie Sie?«

»Sind Sie das nicht?« Er strich ihr die gleiche Strähne zurück, die neulich hinter dem ganzen Schmuck verschwunden war.

Sie lachte leise und zog ihn vorwärts. »Schauspielunterricht. Musiktheorie, Gesang, Tanz. Deshalb bin ich hier.«

»Studieren Sie etwa tatsächlich?«

»Ein Freund der Familie bestand darauf.« Sie zuckte mit den Schultern.

Von einer Schülerin an dieser Akademie hätte er einen gewissen Stolz erwartet. Hochmut vielleicht sogar. »Dann haben Sie es gar nicht nötig, sich einen Platz an der Tafel Ihres Professors zu ergaunern.«

»Nötig? Nein.« Sie grinste. Es zauberte feine Grübchen in ihre Wangen. »Aber das Essen in der Kantine ist immer dasselbe.«

»Sie machen das häufiger.«

Sie blinzelte, als hätte Amian sie furchtbar beleidigt. »Auf keinen Fall! Ich werde meiner Gönnerin, Miss Daw, von Ihren Vorwürfen berichten müssen ...«

Sie hatten den Hof überquert und einen einzelnen dürren Ahorn erreicht, von dem der Herbst goldgelbe Blätter pflückte und sie auf dem Boden verteilte. Miss Hadley löste sich von Amian und ging voraus, die Schritte federleicht. Der Rock flatterte um ihre Beine.

»Haben Sie noch mehr solcher Freundinnen?«, fragte Amian.

Sie drehte sich zu ihm um und zählte an den Fingern ab: »Nun, da wären zum Beispiel Miss Bellevue, Mrs. Martin und Prinzessin Mariano.«

Er lachte auf. »Mariano?«

Die Grübchen vertieften sich. »Gefällt es Ihnen? Ich habe sie nach Ihnen benannt. Obwohl es wirklich ein sehr gewöhnlicher Name ist.«

»Bisher bedeutete das, dass ich mir keine weiteren ausdenken muss.«

»Er ist zu gewöhnlich.« Sie verzog den Mund. »Das passt gar nicht zu Ihnen.« Der Wind rauschte durch das Laub, durch ihr Haar, ihre Kleider. Flecken aus Licht tanzten über sie beide. Amian trat näher.

»Und was würde passen?«

Miss Hadley zupfte an den Blättern, hielt eines gegen die Sonne. »Suchen Sie sich eben einen aus. Oder leihen Sie sich einen von meinen, wenn Sie wollen.«

»Ich bleibe vorerst bei Tatsachen.« Er nahm ihre Hand und sie drehte sich zu ihm. Zuerst schienen ihre Augen schwarz, doch bei genauerem Hinsehen erkannte er die Nuancen von Braun darin.

Es war nur ein kleines Stück zu ihren Lippen.

Etwas hielt ihn davon ab.

Ein weiterer Windstoß ließ Blätter regnen und trug die erwartungsvolle Stille mit sich. Der Lärm anderer Studenten hallte zu ihnen herüber. Sie ließen einander los und Miss Hadley wandte sich zum Gehen, das Lächeln wieder reine Unschuld. In der Tat eine gute Schauspielerin.

»Wenn Sie sich Informationen für Ihre Suche erhofft haben, sollten Sie nach zuverlässigeren Quellen Ausschau halten«, sagte sie.

»Ja«, antwortete er. »Das sollte ich wohl.«

Und von da an suchte er nach ihr.

4

BEGEGNUNG

Nessa mag drei oder vier gewesen sein, als sie anfing, Mutters Schmuck zu tragen. In der Avenue ist es üblich, seine Kinder auszustaffieren, ihnen Arbeit zu geben und Profit aus einer Sache zu schlagen, die man ohnehin nicht mehr ändern kann. Wer so viele Mäuler zu stopfen hat, hat keine Wahl. Und es gibt schlimmere Arbeit für kleine Seelen als Betrügereien.

Falls du dich nicht an Mutters Schmuckkasten erinnerst: Ich auch nicht. Ich habe ihn nie zu Gesicht bekommen, doch von dem, was ich gehört habe, schien es mir eher eine ganze Schatzkammer zu sein. Vieles war sicher echt, da waren gelbe Jade und Rosenquarz, die sie Nessa umhängte wie einem Püppchen – doch, natürlich würdest du dich erinnern. Du hast die Jadekette schließlich verschwinden lassen. Es fiel gar nicht auf, denn es gab reichlich. Die Ohrringe und Armbänder, die Seidentücher und Haarklammern, alles viele Leben alt, aufbewahrt wie Offenbarungen, benutzt wie eine Waffe. Derselbe Tand, der mit den Jahren an fremden Hälsen auf den Gemälden im Flur vergilbte.

Wenig wird in der Avenue angeschwemmt. Was da ist, findet seinen Weg selten wieder hinaus.

Das ist das Gesetz.

Man könnte also sagen, du und Nessa, ihr wart Gegensätze. Sie behangen mit allem, was da war, eingefügt in die Kulisse, als wäre sie Teil davon. Ein Talent mit den Karten, eine Künstlerin, deren Lügen niemals kratzen, wenn man sie schluckt. Und du:

die Strömung, die alles Strandgut mit sanfter Hand und eiskalter Berechnung wieder aufs offene Meer spült.

Es ist eine andere Art von Kunst, den Dreck der Avenue in bare Münze zu verwandeln. Man spielt Gott in einer Welt voller falscher Heiliger.

Nur den Elfenbeinring hast du nie verkauft.

Und Nessa wusste es. Sie muss darauf vertraut haben, dass du nicht genug Antipathie für sie oder Mutter aufbringen würdest.

Mir geht es da anders. Trotzdem habe ich nicht noch einmal nachgehakt. Cergio hat meine Fragen beantwortet – wenn man das so nennen will. Um Nessa zu konfrontieren, fehlten mir dann doch die Nerven.

»Und das Kleid?«, fragt Tempest von ihrem Sessel aus. Sie beobachtet, wie ich die Krawatte binde. Ich habe einen deiner besten Anzüge aus dem Besenschrank ausgewählt.

»Irvine wird drauf verzichten müssen«, antworte ich. Fertig. »Wie sehe ich aus?«

Sie seufzt theatralisch. »Als wäre ich unerwünscht.«

»Du hast es erfasst.« Ich grinse und tätschele im Vorbeigehen die Sessellehne. »Warte nicht auf mich.«

Tempest verdreht die Augen und streckt sich aus, als gedenke sie, mit dem gelben Cord zu verschmelzen. »Grüß Ally von mir.«

Es gibt keinen Tag, an dem Ally nicht reizend aussieht. Sie weiß, wie sie ihre Vorzüge betont. Heute Abend hat sie sich selbst übertroffen.

Das Opernhaus mit seinem Glamour und Prunk ist die perfekte Kulisse für ihren Auftritt – sie ist der Mittelpunkt der Veranstaltung. Wir betreten das Foyer, und um uns verstummen leise Gespräche. Alle, wirklich alle Köpfe drehen sich zu ihr um. Das liegt nicht zuletzt an dem bodenlangen, rosenroten Kleid, das sie trägt. Ich kann meinen Blick schon an einem normalen Tag kaum von ihr losreißen, heute ist es schier unmöglich.

Kennengelernt haben wir uns auf einer ähnlichen Veranstaltung, einer Soirée im dritten Palast. An dem Tag wurde die Krone präsentiert, die du zuvor über Kontakte an das Königshaus verkauft hattest. Nur, dass ich an deiner Stelle dort war.

Dummerweise glaubte ich, Ally hätte keine Ahnung von den Fragmenten und ihrer Historie, aber ihr Vater ist für den Schutz der königlichen Sammlung verantwortlich. Also kam es, wie es kommen musste, und sie vierteilte mein Ego mit chirurgischer Präzision. Ich kenne mich mit Geschichte aus, sehr gut sogar. Aber ich bin nicht du. Nicht einmal deine ruhige Art konnte mich vor ihr retten. Ich kann mich keinen einzigen Satz erinnern, den ich an diesem Abend gesagt habe, und ziemlich sicher war ich weder klug noch besonders witzig.

Das ist die Wirkung, die Ally auf mich hat. Ihr Lächeln, als sie mich komplett aus der Fassung gebracht hat ... Es war nicht pink an dem Abend, sondern rosenrot wie heute.

Ich führe meine umwerfende Begleitung zu unseren Plätzen in der vordersten Reihe. Aus dem Orchestergraben klingen die ersten erwartungsvollen Töne. Die Reihen füllen sich, und Ally blättert in einem dieser kleinen Programmheftchen, die man uns zugesteckt hat.

Unter blauen Sternen handelt von einer Seefahrerin, die in unbekannten Landen angespült wird, vor Heimweh vergeht und sich ertränkt. Die Hauptrolle spielt eine junge Frau, gehüllt in ein Leinenkleid und den langen, blauen Seidenschal, der auf den Plakaten abgebildet ist.

»Das Stück stammt vom renommierten Komponisten Paolo, berühmt für die Einflüsse der Vergangenen Welt auf seine Stücke«, liest Ally vor. »In die Produktion involviert ist außerdem Seine Königliche Hoheit Irvine Salvatori, Gönner der königlichen Musikakademie. Ist das nicht ein Freund von dir?«

Dass wir ihm diesen Abend verdanken, erwähne ich nicht. Besser, wenn es wie meine Idee aussieht. Ich taste nach der Schachtel mit dem neuen Ring in meiner Hosentasche. Das Licht wird gedimmt und der Vorhang zurückgezogen. Ally nimmt meine Hand.

Die Szene beginnt mit nur wenigen Zeilen Dialog. Die Celli setzen zu einer tosenden Melodie an, das Schiff der Seefahrerin wird vom Sturm erfasst und kentert. Sie kann sich befreien und wirbelt über das Parkett, dass der Schal nur so flattert. Der Saal scheint den Atem anzuhalten; ein Meer aus blauer Seide spült sie auf Fels und um sie erhebt sich ein Chor aus ertrinkenden Seeleuten.

Als die Stimme der Seefahrerin einsetzt, fällt mir aus dem Augenwinkel die Frau neben Ally auf. Ich muss sie übersehen haben, dabei trägt sie ein glitzerndes Abendkleid. Es steht in starkem Kontrast zu ihrer tiefbraunen Haut und den schwarzen Locken, die sich um ihren Arm kräuseln, weil sie den Kopf auf das Handgelenk gestützt hat.

Warum bemerke ich sie erst jetzt? Es ist, als würden alle Scheinwerfer auf sie zeigen. Sie verbreitet ein Leuchten von innen heraus, und gleichzeitig prickelt warnende Kälte in meinem Nacken.

Ihre Anwesenheit fühlt sich an wie ein Aufflackern in der Nacht. Wie ein Geist.

Das Geschehen auf der Bühne ist vergessen – die Fremde hat all meine Aufmerksamkeit. Äußerlich wirkt sie wie ein Mensch, auch wenn das lange nicht so eindeutig ist, wie du vielleicht denkst.

Tempest und ich haben über Jahre an Theorien getüftelt, was Geister eigentlich sind. Licht und Dunkelheit, zumindest da sind wir uns einig. Manchmal äußert sich das in seltsamen Spiegelungen, in harschen Umrissen. Ich recke mich auf der Suche nach Anhaltspunkten dafür. Doch ich finde keine.

Selbst wenn sie ein Mensch sein sollte – etwas an ihr ist ungewöhnlich. Die ganze Zeit über bewegen sich ihre Lippen; sie murmelt den Text auswendig mit, sieht nicht einmal auf das Heft. Ihr Blick ist wie gebannt auf das Spektakel gerichtet. Sie wischt sich verstohlen eine Träne von der Wange.

Hitze löst die Kälte in meinem Nacken ab. Plötzlich kommt es mir unverschämt vor, sie zu beobachten. Als hätte ich sie bei etwas Verbotenem ertappt. Sie ist zu versunken, um mich zu bemerken, deshalb zwinge ich mich, wieder nach vorne zur

Bühne zu schauen, wo die Seefahrerin wild mit den Wellen tanzt. Ich ignoriere die Gänsehaut auf meinen Armen und löse die verkrampften Finger von den Armlehnen. Dass ich Ally losgelassen habe, habe ich gar nicht wahrgenommen. Ich drücke ihre Hand, und sie schenkt mir ein Lächeln.

In der Pause schwemmt uns eine dichte Menschenmasse aus dem Saal. Innerhalb von Sekunden bildet sich eine Schlange an der Bar und ich reihe mich ein. Für Ally stehe ich gern an; der Moment, wenn ich ihr den Ring schenke, soll perfekt sein. Diesmal mache ich es richtig. Ich sollte überlegen, wie ich das am besten anstelle ...

In Gedanken komme ich immer wieder zur Frau im Glitzerkleid zurück.

Jemand tippt mir auf die Schulter. Ich bin dran, zahle und nehme eilig das Glas für Ally entgegen. Aus der Menge taucht ein Glitzern auf. Ich drehe mich danach um, bin abgelenkt – und stoße mit jemandem zusammen. Nur einen Wimpernschlag später ist das Glitzern schon wieder verschwunden und der Schaden angerichtet. Mein Anzug trieft vor Sekt, der Alkohol zieht an der Verbrennung unter meinem Schlüsselbein.

Jetzt, *jetzt* ist mein Kopf wieder klar. So kann ich Ally nicht gegenübertreten. Ich muss das in Ordnung bringen. Sofort.

Die anderen Gäste um mich sehen mit gehobenen Augenbrauen und vornehm gerunzelter Stirn zu, wie ich das Glas stehenlasse und nach den Papierservietten auf dem Tresen greife. Ich erwarte, dass Tempest in der Pfütze vor mir auftaucht, um in den allgemeinen Spott einzustimmen, aber sie beweist ein einziges Mal Zurückhaltung und schweigt.

»Sie sind mir vorhin schon aufgefallen«, sagt stattdessen eine weibliche Stimme. Ich sehe auf. Die Frau im Glitzerkleid sitzt halb auf einem der Barhocker und mustert mich. Nicht abschätzig wie die anderen ... glaube ich.

Ich nehme das Spitzentaschentuch entgegen, das sie mir hinhält, ehe mir aufgeht, dass es erstaunlich real ist. »Danke.«

Sie schweigt, lehnt sich neben mich an die Bar und sieht in die Menge. Ich nutze die Gelegenheit, sie bei besserem Licht zu betrachten. Das ergibt auch kein eindeutigeres Bild, dafür bemerkt sie es diesmal. Schnell wende ich mich ab, sehr beschäftigt mit dem riesigen Fleck auf meinem Hemd.

»Kennen wir uns?«, frage ich, um die Stille zu füllen. Es gibt niemanden, der auf deinen verbindlichen Ton nicht bereitwillig einsteigt. Bis auf sie anscheinend. So lange, wie sie für die Antwort braucht, erwarte ich fast, eine ganze Liste an Begegnungen zu bekommen. Hoffentlich keine, die mit der Avenue zu tun haben.

Schließlich schüttelt sie den Kopf. »Ich denke nicht.« Es klingt fröhlich, auch wenn sie nicht danach aussieht. Sie hat diese großen, tragischen, dunklen Augen, und wie sie die Finger miteinander verflicht, ist fast schon ein nervöser Tick.

Dass mir ausgerechnet das auffällt, ist kein gutes Zeichen; meistens bedeutet das, dass etwas faul ist. Noch immer bin ich nicht sicher, ob sie ein Mensch ist oder etwas anderes.

»Sie haben mich beobachtet«, sagt sie.

Also hat sie es doch bemerkt. Ich würde mich weiter schuldig fühlen, wenn sie mich nicht so verflixt neugierig gemacht hätte. »Sie kennen den gesamten Text.«

»Ich war die Originalbesetzung.« Sie neigt den Kopf, sodass sich die Locken um ihre Schultern kräuseln. »Letztes Jahr. Damals war *Unter blauen Sternen* unbedeutend. Da hat noch niemand geglaubt, dass es so erfolgreich werden würde.«

»Irvine hat so etwas erwähnt«, antworte ich. »Irvine Salvatori, kennen Sie ihn?«

Sie faltet die Hände erneut ineinander. »Mmh.«

»Sie kennen sich also mit Musik aus.«

Keine Antwort. Es ist wirklich nicht leicht, ein Gespräch mit ihr zu beginnen. Aber bedeutet das etwas? Mir fällt auf, dass ich das Taschentuch habe sinken lassen, daher reiche ich es ihr zurück. Ich glaube, unsere Finger berühren sich. Gleichzeitig kommt sie mir immer mehr vor wie eine Erscheinung. Wenn ich nur festmachen könnte, woran das liegt!

»Wie heißen Sie?«, fragt sie.

»Amian Mariano.«

Ihr Lächeln – definitiv falsch – jagt mir neue Schauer über die Arme. »Es hat mich gefreut, *Mr. Mariano*«, sagt sie, und da wird es mir klar: die Augen. Es liegt an ihren Augen. Unser Abschied lässt eine bodenlose Finsternis darin aufblitzen. Ich habe das dumpfe Gefühl, dass sie die Lüge durchschaut. Dabei ist es die Eine, die mir ohne eine Spur von Zweifeln über die Lippen kommt.

Ally hebt eine Braue angesichts des halbvollen Glases, das ich ihr reiche. Sie sagt nichts darauf, sie sagt nie etwas. Ich setze dein Lächeln auf und führe sie zum Balkon.

Es ist ruhig, die Stimmen der anderen Gäste dringen von drinnen nur leise bis zu uns herüber. Hier sind wir die Einzigen. Das mag daran liegen, dass die erste Kälte des Jahres aufzieht; uns beide schreckt das nicht, eng verschlungen, wie wir sind.

»Es wird regnen.« Ally deutet auf schwarze Gewitterwolken, die über dem Meer aufziehen. Noch scheint der Mond.

Das ist mein Moment. Oder deiner, je nachdem. Von Tempest ist keine Spur. Wir sind für uns, das wiederhole ich in Gedanken immer wieder. Manchmal ist es schwer, diese Augenblicke zu genießen, denn sie sind so selten. Zeit, die Schachtel aus der Tasche zu holen.

Von drinnen schellt es – die Pause ist zu Ende. Verflixt noch eins, ich habe meinen Einsatz verpasst!

Bei unserer Rückkehr ist der Sitz neben Ally leer. Die Lichter werden gedimmt.

Die Handlung führt uns in ein neues Land, in der an jeder Ecke Gefahren auf die Seefahrerin lauern. Mit jedem Lied wird der Chor lauter und unerträglicher, bis der Vorhang erneut fällt. Und als er wieder aufgeht, sehen wir auf wogendes Meer und einzelne Glühbirnen, die wie Sterne vor den schwarzen Stoffbahnen des Hintergrunds leuchten.

»Wie hübsch«, flüstert Ally.

Die Musik schwillt an und die Seefahrerin betritt die Bühne. Ihr dunkles Haar fliegt hinter ihr her und das Ende ihres langen Schals um ihre Beine. Es sieht aus, als würde sie tanzen, so sicher sind ihre Schritte den Weg die Klippe hinauf. Sie bleibt stehen und wir alle halten den Atem an.

Unter ihr branden die Kleider der Tänzer wie Wellen auf. Der Blick der Seefahrerin gleitet weiter – zu mir. Mich schaudert es. Dann reißt sie sich den blauen Schal herunter und singt.

Es ist das Schönste, das ich je gehört habe. Eine Melodie, die ins Herz dringt, eine Stimme, die schneidet.

Eine Sehnsucht, die jeder fürchtet.

Ihr Kleid glitzert im Licht der falschen Sterne. Es ist nicht die Sängerin aus dem ersten Teil, es ist die Frau, die neben Ally saß. Jetzt ist sie kein Geist, sondern die Seefahrerin, und sie singt vom Verlorensein, von den Verlockungen der Flut.

Sie singt vom Ende.

Ihre Stimme packt mich, zerrt an mir, will mich mit sich reißen. Sie dringt mir bis auf die Knochen.

Die Tänzer machen sich bereit, formen einen tosenden Kreis zu ihren Füßen. Das Meer wird sie verschlingen. Sie wirft die Arme in die Luft. Ihr blauer Schal folgt der Bewegung.

Die letzte Zeile singt sie nur für mich.

Dann setzt die Musik aus.

Und statt zu springen, ist sie plötzlich verschwunden.

Der Weg aus dem Opernhaus führt wie aus einem seltsamen Traum. Uns empfangen frischer Herbstwind und ein anthrazitfarbener Himmel. Ally wird mit ihrer Vermutung recht behalten; es riecht nach Regen.

Nachdem ich ihr den Ring nicht in der Pause schenken konnte, will ich das nun nachholen. Seit der Vorhang gefallen ist, überlege ich fieberhaft, wo ich das ohne Balkon mit Ausblick am besten tun kann. Auf einer Brücke vielleicht. Die gibt es hier in der Altstadt überall.

Ich muss ewig auf Ally einreden, bis sie nachgibt und wir Arm in Arm ein Stück am Kanal entlanggehen. Es ist ein Glücksspiel, so ohne Regenschirm.

»Was hast du nur gegen Taxen?«, scherzt Ally. Sie zieht ihre Jacke enger. »Von hier ist es ein ganzes Stück bis zu dir. Sonst bist du in allem so pragmatisch.«

Aber pragmatisch war ich auch, als ich ihr den Antrag gemacht habe. Wir fuhren für das Wochenende zum Sommerhaus ihrer Familie in der Heide nördlich der Stadt. Die letzten Tage, bevor der Herbst begann. Das wollte ich ausnutzen. Alles war bis ins kleinste Detail geplant. Und Ally? Sie schnitt das Thema einfach beim Abendessen an, zwischen einem Bericht über ihre Arbeit und einem Kommentar zum Wetter. Viel anderes, als die Frage direkt zu stellen, ist mir gar nicht übriggeblieben.

Der Himmel bricht auf und präsentiert einen silbernen Mond, dessen Licht sich im Kanal unter uns sammelt. Wir bleiben stehen, und ich taste nach der Ringschachtel. Obwohl Ally längst Ja gesagt hat, bin ich so nervös wie beim letzten Mal. Immer, wenn ich die Szene in meinem Kopf durchspiele, nagt da die Angst, dass ich etwas Falsches sage und sie mich durchschaut. Dass das, was uns beide glücklich machen soll, an mir scheitert.

Ich suche in der anderen Hosentasche. Nein, du würdest dich von solchen Gedanken nicht einschüchtern lassen. Ich straffe die Schultern und versuche, meinen Kopf freizukriegen – grabe in meinen Taschen, halte inne.

»Was ist los?«, fragt Ally.

»Nichts«, lüge ich. Mein Herz rast. Eines Tages werde ich den Überblick über das verlieren, was ich ihr erzählt habe.

Sie zieht mich am Revers zu sich herunter und was folgt, ist ein Kuss wie in den Streifen, die abends in den Lichtspielhäusern laufen: wir in Schwarz und Weiß, zwischen Himmel und Wasser, und irgendwie schafft sie es, dass dieser perfekte Moment noch vollkommener wird.

Da ist nur eine klitzekleine Kleinigkeit.

Der Ring ist verschwunden.

Scheiße. Scheißescheißescheiße!

Wir lösen uns und ich räuspere mich. »Es ist doch ganz schön weit.«

Ally sieht enttäuscht aus, aber sie kann nicht wirklich etwas einwenden, zum Glück. Ich klammere mich an dein Lächeln, um mir nichts anmerken zu lassen. Wir treten den Rückweg zum Opernhaus an. Innerlich gewinnt meine Panik allmählich die Überhand. Im Dunkeln erkenne ich kaum, wohin ich meine Füße setze. Würde ich die Schachtel überhaupt sehen? Wo? Wo ist der verflixte Ring?

»Das kann nichts Gutes bedeuten.« Ally bleibt unvermittelt stehen und ich laufe beinahe in sie hinein. Auf dem Parkplatz haben Automobile der Polizei gehalten.

Ally runzelt besorgt die Stirn, doch ich erkenne meine Chance.

»Such du uns ein Taxi«, schlage ich vor. »Ich sehe nach, was passiert ist.«

Auch ohne nachzusehen, ahne ich es bereits: Der Einsatz muss etwas mit meinem Geist zu tun haben. Als hätte ich nicht schon genug Sorgen; Ally hat umsonst auf ihren Ring gewartet, weit und breit gibt es kein freies Taxi und jeden Moment wird es regnen.

Ich schlüpfe ins Opernhaus. Das Foyer ist voll von Uniformierten, die Darsteller des Stücks befragen. Ich dränge mich auf der Suche nach dem Ring zwischen ihnen hindurch. In der Pause hatte ich ihn noch – hoffe ich.

An der Bar, wo vorhin die Fremde lehnte, hockt die Seefahrerin aus dem ersten Akt. Die schwarze Schminke läuft ihr in Streifen über die Wangen. Der Barmann schenkt ihr ein äußerst großzügiges Glas mit Hochprozentigem ein.

»In der Garderobe eingeschlossen hat sie mich!«, schluchzt sie und fächelt sich Luft zu. »Und nun ist alles ruiniert!«

Ich spitze die Ohren. Die Darstellerin neben ihr, die ich anhand des Kostüms als eine der Wellen identifiziere, tätschelt ihr die Schulter. »Ruiniert? Singen konnte sie immerhin.«

»Ist niemandem aufgefallen, wer sie war?«, fragt der Polizist, ohne darauf einzugehen.

»Mit Schal?«, gibt die Welle zurück. »Bei der Beleuchtung?«

Die Seefahrerin nimmt einen Schluck aus ihrem Glas und bricht erneut in Tränen aus.

Mir wird mehreres gleichzeitig klar. Erstens: Die Fremde hatte von Anfang an nicht vor, nur im Publikum zu sitzen. Zweitens: Der Ring ist nicht hier. Und drittens: Weder der Polizist noch die Seefahrerin haben das Glitzern bemerkt, das gerade durch den Windfang nach draußen geschlüpft ist.

»Was ist mit dem Ring?«, fragt Tempest wie ein Gewissen. Also war sie doch die ganze Zeit da.

Ich lasse das Foyer hinter mir, sehe mich um und atme auf.

»Gleich«, antworte ich, da niemand mehr zuhört.

Neben dem Parkplatz führen Treppen zum Kanal. Das Geländer ist zerfressen vom Salzwasser, ein paar Lampen werfen einen geisterhaften Schein auf den nassen Stein. Ich stolpere die unebenen Stufen herunter.

Jetzt habe ich sie direkt vor mir. Sie hat sich die Uniformjacke eines Polizisten übergeworfen und trägt einen der glänzenden Helme. Bin ich erleichtert. Ein Geist, der sich verkleidet, muss mir erst noch begegnen.

»Halt!«, rufe ich.

Sie bleibt tatsächlich stehen und dreht sich zu mir um. Der Spott auf ihrer Miene ist beißend. »Mr. Mariano! Ich gebe keine Autogramme.«

»Vielleicht sollten Sie das«, antworte ich atemlos. »Sie waren grandios.«

Sie stößt ein Lachen aus, aber gleichzeitig wischt sie sich über die Wange. Ich kann nicht sagen, ob es Gischttropfen oder Tränen sind. Unter uns treibt der Wind das Wasser an die Kanalmauern.

»Es wäre mein Moment im Rampenlicht gewesen«, sagt sie. »Den wollte ich mir nicht entgehen lassen. Es zieht mich an, wissen Sie, wie das Licht eine Motte.«

Ich ziehe die Augenbrauen zusammen. »Und jetzt sucht eine ganze Horde an Polizisten nach Ihnen.«

»Das überrascht mich nicht.« Sie richtet ihren Helm. »Leben Sie wohl, Osian.«

Sekunden vergehen, ehe mir auffällt, dass sie meinen Namen kennt. *Meinen.* Sie will sich abwenden.

»Warten Sie! Woher kennen Sie mich?«

Ein leichtes Zittern lässt ihr Kleid schimmern. Ihr Haar umweht sie wie eine Wolke, die sich vor den Mond geschoben hat. Ihr Gesicht liegt im Dunkeln, nur der feinste Hauch von Silber stiehlt sich in ihre Augen. »Amian hat von Ihnen erzählt.«

Ich spüre, wie mir deine Mimik entgleitet. »Sie kennen Amian?«

An Stelle einer Antwort wirft sie mir etwas zu. Es ist klein und schwarz. Dass ich es fange, ist purem Glück geschuldet. »Sie haben das an der Bar verloren.«

Die Ringschachtel.

Es regnet. Der Wind reißt an ihrem Mantel und das Kleid darunter glitzert gefährlich.

»Amian?«, hallt Allys Stimme von der Kanalbrücke. Ich wirble herum, gefangen zwischen meinen beiden Leben. Als ich mich wieder zu der Fremden umdrehe, ist ihr Umriss mit der Nacht verschmolzen, mit den Wellen, dem Wetter. Kein Hinweis darauf, dass sie eben noch hier war – abgesehen von der Schachtel in meiner Hand.

In dieser Nacht liege ich wach – mit Ally neben mir und dem Rauschen vor der Tür, wenn ein Automobil vorbeifährt. Dann wandert der Lichtkegel von einer Wand über die Decke bis zur anderen. Ansonsten ist es pechschwarz, keine Straßenlaternen. Wenn es stürmt, wird oft der Strom abgestellt.

Licht und Dunkelheit.

Was, wenn sie doch ein Geist war? Noch nie war ich mir da so unsicher. Die Gänsehaut hat sich gelegt, aber ein flaues Gefühl ist geblieben. Zu allem Überfluss habe ich vergessen, nach ihrem Namen zu fragen.

Gegen die Fenster trommelt immerzu der Regen. Angeblich soll das Geräusch beruhigen; bei mir wirkt es bis heute nicht. Der Wind presst kalte Seeluft durch die Fensterritzen und alles, woran ich denken kann, ist derselbe Geschmack von Moder und Salz auf meiner Zunge, der auch die Avenue füllt. Tempest summt ein Schlaflied.

»Ich bin kein Kind mehr«, raune ich irgendwann.

Ihre Silhouette hebt sich nur vom Fenster ab, wenn Scheinwerferlicht sie streift. Trotzdem bin ich sicher, dass sie mit den Schultern zuckt.

Ich drehe mich zu ihr. »Was hältst du von ihr?«

»Von wem?« Sie fragt nur aus Höflichkeit. Ihr ist auch heute Abend keiner meiner Schritte entgangen.

»Sie kennt Amian«, flüstere ich. Das für sich ist nicht ungewöhnlich, du hast mit vielen Leuten zu tun. Die Frage ist, warum du mir nicht von ihr erzählt hast. Schließlich hast du ihr von mir berichtet. »Sie weiß, wer *ich* bin.«

Statt einer altklugen Antwort löst sich Tempest zu Schatten auf. Im selben Moment streicht Ally mir durch das Haar und über den Rücken, sodass ich zusammenzucke.

»Mit wem redest du?«

Ich schlucke und tue das Erstbeste, das mir einfällt: Lügen.

»Ich glaube, ich habe geträumt.« Besonders überzeugend klinge ich nicht. Aber das sollte ich. Was Ally zu Tempest sagen würde, kann ich mir vorstellen. Und ich habe nicht vor, in der Anstalt zu landen.

»Es regnet immer noch«, murmelt Ally. Meine Anspannung lässt nach. Vielleicht war sie nicht lang genug wach, um mich gleich für verrückt zu halten. Sie streckt sich.

Was tue ich hier eigentlich? Draußen ist es nass und kalt, und ich sollte dankbar sein, dass sie bei mir ist, die Arme um mich schlingt und sich immer um mich sorgt. So dankbar. Ich sollte sie glücklich machen.

»Es tut mir leid, dass der Abend ins Wasser gefallen ist.«

»Das ist er ja gar nicht.« Sie schmiegt sich noch enger an mich. Von ihr geht behagliche Wärme aus. »Allerdings gebe ich zu, ich hatte gehofft, dass du den Anlass nutzen würdest.«

»Das hatte ich vor.« Kurz entschlossen stehe ich auf und greife nach meiner Hose. Jetzt steckt die Ringschachtel wenigstens in der Tasche. »Zählt Mitternacht als Anlass?«

»Es ist weit nach Mitternacht.« Sie klingt resigniert. Im Licht eines vorbeifahrenden Wagens streckt sie mir die offene Hand entgegen. Ich lasse sie zappeln, steige zurück ins Bett und ringe ihr einen Kuss ab, bevor ich ihr endlich die Schachtel überlasse.

Ihr Lächeln ist zauberhaft. Sie ist nicht nachtragend. Im schwindenden Licht blitzt das Weißgold auf, als sie sich den Ring ansteckt. »Der gefällt mir.« Sie lehnt sich an mich.

»Du hattest noch gar keine Gelegenheit, ihn richtig anzusehen.«

»Er ist wunderschön.« Sie und fährt mit dem Finger darüber. »Und das Metall ist ganz glatt.«

Weil ich verneint habe, als der Juwelier fragte, ob er unsere Namen auf der Innenseite eingravieren soll. Aber solche Gedanken treten schnell in den Hintergrund, wenn Ally mich so küsst wie jetzt.

VOR ZWEI JAHREN

Das Notenheft war heruntergefallen und hatte lose Seiten überall verstreut. Dazwischen lagen Schuhe und Stoff, und dann schepperte der Kerzenhalter und heißes Wachs spritzte quer über den Boden.

Blau. Sie hatte blau getragen. Wie ein kaltes Leuchtfeuer in einem dunklen Saal, ein Traum von flüchtiger Schönheit. Ein paar Mal waren sie sich seit dem Abend in der Hausbibliothek über den Weg gelaufen, immer durch Zufall. Diesmal war es von Beginn an Amians Plan gewesen, und wenn sie es ahnte, sagte sie nichts.

Sie waren wieder einmal Fremde, gleichermaßen zusammengebracht durch Schicksal und Verschwörung. Sie lauerten aufeinander, den ganzen Abend lang. Er fragte nach ihrem Namen, als wäre es nicht sowieso jedes Mal ein anderer, und sie flirtete mit ihm, als wären sie sich noch nie begegnet. Da war Kalkül hinter jedem Lächeln und jeder Geste, und auf eine angenehme Weise war es ihnen beiden bewusst. Sie waren mit Plänen gekommen, und sie waren gemeinsam gegangen.

Jetzt lag das blaue Kleid über der Stuhllehne und sie in seinen Armen.

Ihr leises Lachen erstickte, als Amian sie küsste und in die Kissen drückte. Es war die logische Eskalation ihres Spiels; sie war eine Sirene, und er stand ganz und gar in ihrem Bann.

Sie hatte ja keine Ahnung, wen sie da verzaubert hatte.

»Notenblätter«, hatte Douglas tags zuvor gesagt. »Was ist so schwer daran, ein paar Notenblätter zu finden?«

Er hatte ein Feuer im Kamin entzündet, immer ein Zeichen dafür, dass das Treffen nicht dem gemeinsamen Betrinken diente, obwohl er das natürlich ebenfalls zelebrierte. Es war der erfolglose Versuch, dem Haus etwas Wohnliches einzuflößen, die edlen

Sessel und Tische aus Wurzelholz gemütlich wirken zu lassen, und Amian durchschaute ihn spielend. Alles an Douglas war gefälscht, und dazu zählte auch die Kulisse, die er ein Zuhause nannte.

»Es ist nur ein einzelnes Stück«, sagte Amian. »Du hättest mich direkt in die drei Höllen schicken können. Und das ist der Auftrag, für den du den Gefallen einlöst?«

Douglas grinste. »Das war die Abmachung. Ich hole euch aus der Avenue, du erledigst eine Kleinigkeit für mich. Wer sagt überhaupt, dass dir die Höllen erspart bleiben? So alte Notizen sind unbezahlbar, also betest du besser, dass niemand herausfindet, was wir wissen.«

»Neuigkeiten?«

»Nicht viele.« Douglas stocherte wie einstudiert mit dem Schürhaken im Feuer. »Hatte ich dir erzählt, dass Paolo ein Faible für volkstümliche Melodien ...«

»Die Spur ging ins Leere.«

Douglas legte den Haken beiseite. Die Funken waren verglüht, die Hitze nahm weiter zu. Schweiß glänzte am Ansatz seiner dunklen Haare. »Was ist mit der Avenue?«

Amian stand auf und trat an die Hausbar. »Ich habe nachgeforscht. Es gibt ein Dutzend Lieder, die früher nur dort gesungen wurden.« Melodien, die über die Jahre fremd geworden waren. Texte, die keinen Sinn mehr ergaben, falls sie das überhaupt je hatten. Das, was heute im Radio lief, hatten Gefangene früher vielleicht einmal bei der Arbeit gesungen.

»Das sind mündliche Überlieferungen. Sie sind weniger akkurat.« Douglas nahm das volle Glas entgegen. Er wurde umgänglicher, wenn man ihn abfüllte. »Es gibt praktisch keine Aufzeichnungen aus der Vergangenen Welt, die bis in die heutige Zeit überdauert haben. Aber Paolo war extrem genau mit seiner Arbeit. Keiner ahnt, wie genau. Das macht sie unschätzbar wertvoll.«

Amian sank zurück auf seinen Sessel und nippte am Whiskey. »Was hast du erwartet? Wir suchen die letzten Überreste eines *Musikstücks*.«

»Nein«, sagte Douglas. »Du suchst. Das war die Bedingung. Du wirst etwas finden, und wenn es nur ein einzelner Strich auf einem Notenblatt ist.«

»Paolo ist lange tot.« Fast zehn Jahre. Zu lang, um viel zu finden. Auffallend kurz für etwas, das mit der Vergangenen Welt zu tun hatte. Amian runzelte die Stirn. »Hat er keine Verwandten? Eine Tochter vielleicht?«

Douglas winkte ab. »Du meinst bestimmt die Betrügerin, die voriges Jahr in Tiara aufge...« Er stellte das Glas klirrend beiseite und der Whiskey schwappte über die polierte Tischplatte. Douglas' Augen glommen. »Wie hast du davon erfahren?«

Also doch. »Was weißt du über sie?«

Douglas sprang auf, durchsuchte die Regale neben dem Kamin. Er kam zurück und reichte Amian eine Eintrittskarte aus Bütten, auf der blaue Tinte eine Frau mit wehendem Schal formte. Darunter stand die Zeile *Unter blauen Sternen.*

»Nur eines«, sagte er. »Ihr Name ist Gale.«

5

GEISTER

Es ist Samstag, und es regnet immer noch.

Ally und ich bleiben lange im Bett; das Wetter ist die Ausrede, die wir dafür gebraucht haben. Ich fahre durch ihr Haar und sie streicht über mein Schlüsselbein.

»Hast du dich verbrannt?«

Das Medaillon, ich hatte es fast vergessen. Mittlerweile ist die Nacht, die ich über dem Waschbecken zugebracht habe, eine Woche her. Zweimal habe ich das Medaillon aus dem Schrank genommen. Aus Neugierde. Um sicherzugehen. Doch die kleine Metallscheibe war genau das: ein Stück Metall, nichts weiter.

»Nicht so schlimm«, murmle ich und küsse Allys Stirn. Der Schlaf hat ihr Haar, das gestern perfekt gewellt war, krisselig zurückgelassen. Das gefällt mir. Es ist selten, dass ich sie so zu Gesicht bekomme. Ihr Blick geht durch mich hindurch. Sie erwidert dein Lächeln.

Wir schmieden Pläne für die Zukunft. In mir breitet sich Unsicherheit aus wie jedes Mal, wenn wir darüber reden. Wann kommst du zurück? Was werde ich Ally dann sagen?

Ich lenke ihre Aufmerksamkeit auf heute, auf den Mittag, der immer näher rückt. Auf die Innenstadt, wo Cafés und Restaurants zwischen die Läden gesprenkelt sind. Wir ziehen uns an, bewaffnen uns mit Mänteln und Regenschirm und waten auf die Straße hinaus.

Außer uns traut sich kaum jemand vor die Tür. Der Sturm hat zwar nachgelassen, aber sanfter Wind bringt neuen Regen.

Manchmal flackern die Straßenlaternen für ein paar Minuten, ehe der Strom ausfällt und von jetzt auf gleich wieder alle Farbe aus der Welt weicht. Ally und ich finden nur Reste von Licht, gefangen hinter den Schaufenstern. Wir lassen uns Zeit und bummeln Hand in Hand.

Das cremeweiße Kleid in der Auslage einer Boutique hat es Ally besonders angetan. Es ist das Gegenteil der geradlinig geschnittenen Kostüme, die gerade in Mode kommen und die sie so gern trägt. Wir betreten den Laden, damit sie es sich näher ansehen kann, und ich warte am Eingang, während sie mit der Verkäuferin zwischen Rüschen und Tüll verschwindet. Das Kerzenlicht nehmen sie mit sich.

Für ein paar Momente ist es bis auf das Unwetter still und kühler, als es sein sollte; Tempest muss in der Nähe sein. Im gleichmäßig grauen Rauschen fällt ihre Abwesenheit auf wie ein Alarmsignal. Sie gibt ihr Bestes, sich an ein unmögliches Versprechen zu halten. Wenn ich sie rufe, ist sie da, natürlich. Es war nie anders. Aber ich rufe sie nicht. Ich schätze diese gutgemeinte Illusion von Privatsphäre zu sehr.

Der Regen zieht an, klatscht in dicken Tropfen aufs Kopfsteinpflaster vor dem Geschäft. Ab und zu eilen ein Paar Lederschuhe und durchnässte Kleider vorbei.

Nur einmal bleibt jemand stehen.

Heute trägt sie kein glitzerndes Kleid.

Seit dem Moment, als sie mich mit der Ringschachtel zurückgelassen hat, frage ich mich, ob ich sie mir eingebildet habe. Sie, unser Gespräch, und wenn Ally nicht schon den ganzen Tag den Ring tragen würde, vielleicht den kompletten gestrigen Abend.

Sie betrachtet die Auslage genau wie Ally zuvor. Etwas an ihr ist surreal, *alles* an ihr ist surreal. Ein Schein, wie Geister ihn haben. Substanz wie ein Mensch. Doch heißt das, dass sie echt ist?

Daran zweifle ich.

Ich öffne die Tür und stelle mich dem aufheulenden Wind. Innerhalb von Sekunden klebt mir der Regen das Haar an die

Schläfen. Gänsehaut prickelt über meine Arme. Ihretwegen?

An ihr geht das Wetter beinahe spurlos vorüber. Nur ein paar Tropfen hängen in ihren Locken wie Diamanten und laufen an ihrem Kinn entlang. Der Stoff ihres Mantels ist ein dunkel glänzendes Braun. Sie hat mich erkannt und lächelt.

»Osian, was ...«

»Sind Sie ein Geist?«, frage ich und merke zu spät, wie absolut irre das klingt, wenn man es laut ausspricht.

Erst blinzelt sie, dann lacht sie auf. »Eine seltsame Art, auf einen Zufall zu reagieren.«

»Aber ...« Kerzenlicht fällt aus dem Schaufenster und spiegelt sich auf dem nassen Pflaster. Ally ist zurück. Sie scheint es sich anders überlegt zu haben, denn von cremeweißem Satin ist keine Spur. Ich drehe mich zurück und die Frau ist verschwunden. Mir wird bewusst, dass sie nicht Nein gesagt hat.

»Was tust du denn hier draußen ganz ohne Regenschirm?«, ruft Ally. »Rauchst du etwa schon wieder?«

»Nein, ich dachte ... Was ist mit dem Kleid?«

»Es ist wunderschön.« Sie seufzt und spannt den Schirm über uns auf. »Aber ich kann es nicht kaufen. Meine Mutter hat mich versprechen lassen, dass ich ihres tragen werde.« Sie muss meine Missbilligung gesehen haben, denn sie lächelt wieder. »Ihr werdet euch besser verstehen, wenn ihr euch näher kennenlernt.«

»Bestimmt.« Ich weiß genau, dass sie mir auch das nicht abkauft, obwohl sie tut, als wäre damit alles gesagt. Sie ahnt schon, wie ich von ihrer Mutter denke. Ich sollte beten, dass meine Einstellung zu ihrem Vater nicht auch noch herauskommt.

Wir drängen uns unter den Schirm und setzen unseren gewundenen Weg zwischen Pfützen hindurch fort. In meinem Nacken kitzelt es; ich drehe mich noch einmal um.

Die geisterhafte Fremde bleibt hinter dem Vorhang aus Grau verschwunden.

Wir suchen Schutz im Schnäppchen und zögern das Ende des Tages mit eingefallenem Soufflé und Erinnerungen an unser Wochenende letzten Monat heraus, als noch Sommer war. Am späten Nachmittag fährt das Taxi vor dem Haus der Orvilles vor. Diesmal steige ich mit aus.

Auf der Fahrt hat Ally den Abend geplant, laut über Kaffee und Kartenspiele nachgedacht. Sie stellt sich das alles zu einfach vor. Und ich muss es leicht aussehen lassen. Noch mehr Lügen. Noch mehr von dir.

Im Foyer kommt uns ein Hausmädchen entgegen. Ally spannt sich an, ich atme auf. Wenn ich Glück habe, rettet mich diese Wendung.

»Miss!«, ruft das Mädchen. »Ihre Kollegen vom St. Thalassa haben angerufen!«

»Was, wann?« Ally schüttelt den Regenschirm aus.

Das Mädchen hat vor Aufregung fleckige Wangen. »Schon gestern Nacht. Ich sagte ihnen, dass Sie für das Wochenende außer Haus seien.«

»War es denn derart dringend?«

»Es gab einen Notfall. Soll ich jetzt für Sie zurückrufen?«

»Ich fahre direkt hin.« Dass Ally mir gerade ihren Mantel reichen wollte, ist vergessen. Sie wendet sich an mich, die Stirn gekräuselt. »Ich muss zur Arbeit. Es tut mir leid.«

»Schon gut«, antworte ich – ehrlich erleichtert. Ich spiele seit Tagen eine Rolle. Was ich brauche, ist eine Atempause. Und eine Kippe vielleicht. Oder zwei.

Ally küsst mich flüchtig, dann ist sie verschwunden. Der einzige Wermutstropfen ist, dass sie garantiert das Taxi genommen hat.

»Soll ich Mrs. Orville Bescheid sagen, dass Sie hier sind?«, bietet das Hausmädchen an.

»Nicht nötig.« Ich knöpfe meinen Mantel wieder zu und setze den durchgeweichten Hut auf, beides elegante Teile aus deiner Besenkammer. »Aber Sie dürfen ihr beste Grüße ausrichten.«

Ohne Ally an meiner Seite brauche ich nicht einmal bis zur Einfahrt warten, bis Tempest auftaucht. Sie läuft neben mir, als wäre sie ein Mensch aus Fleisch und Blut. Damit ähnelt sie der anderen Erscheinung, der Fremden von vorhin.

»Wollte Ally nicht, dass du dich mit ihrer Mutter anfreundest?«

»Sie wollte, dass Amian sich mit ihr anfreundet«, verbessere ich. »Das ist nicht dasselbe.«

Tempest verdreht die Augen. »Wortklauberei.« Ihre Schritte verursachen seichte Wellen auf den Pfützen, während meine das Wasser in alle Richtungen spritzen lassen. »Das wäre die perfekte Gelegenheit gewesen, sie zu beeindrucken.«

»Und noch einen Scheck zu schreiben?«

Sie verzieht das Gesicht. »Du hättest dich wenigstens zu einem Abendessen nötigen lassen können.«

Was soll das? Sie hat ja keine Ahnung, wie schwierig es ist, jeden Tag aufs Neue auf diesem Grat zu balancieren. Du zu sein und mich dabei nicht selbst zu verlieren. Wie weit muss ich die Vorstellung treiben? Ally gehört zu mir, nicht zu dir, aber manchmal lässt Tempest es klingen, als gäbe es da kaum noch einen Unterschied.

Unter ihrem besorgten Blick streiche ich kaltes Regenwasser von der Hutkrempe. »Es war diplomatischer, zu gehen.«

»Bei dem Wetter!«, sagt Tempest, doch es ist keine Diskussion mehr. »Du wirst dich erkälten.«

»Wenn du nicht aufpasst, klingst du bald wie Ally.«

»Als wüsste ich, wie sie klingt«, gibt Tempest mit Unschuldsmiene zurück. Dann kommt ihr eine Idee, und der spitze Eckzahn, der manchmal über ihre Unterlippe ragt, wenn sie grinst, blitzt auf. »Habe ich dir die Geschichte von dem Mörder erzählt, der vor ein paar Jahrzehnten im Stadtzentrum umging? Sie nannten ihn den Heiligenschlächter. Er war berühmt dafür, seine Opfer an den Eingängen von Kapellen abzulegen.«

»Warst du Täter oder Opfer?« Tempests pointiertes Schweigen gibt mir den Rest. Ich seufze. »Ich nehme den Bus.«

»Brav.«

Die Haltestelle ist zwei Straßen entfernt. Schon an der nächsten Kreuzung wandern meine Gedanken zurück zu der Frau im Glitzerkleid.

»Tempest?«

»Ja?«

Eine Unsicherheit plagt mich seit dem Besuch im Opernhaus. Bisher konnte ich Geister immer von Menschen unterscheiden.

»Die falsche Seefahrerin ...«

Tempest wartet ein paar Sekunden lang ab. »Was ist mit ihr?«

Das ist die Frage.

Es ist leicht zu glauben, Geister wären immer ein Nebelhauch, so wie Tempest an manchen Tagen – ein Lichtblitz, ein Atemzug und dann vorüber. Aber sie unterliegen gewissen Regeln. Tempest sagt, sie hängen an ihren Erinnerungen. Ich glaube, da ist noch mehr. Sie halten sich nicht nur an ihren Ruhestätten fest; dazu bin ich ihnen zu oft in den dunklen Ecken der Avenue begegnet, oder in der Kathedrale. Sie klammern sich an ihre Hoffnung – mehr als an das Leben selbst – und diese Hoffnung hält sie hier. Das ist es, was manche erst auf den zweiten oder dritten Blick als Geister zu erkennen gibt.

Ein Umriss wie eine Wolke. Silber in den Augen.

»Sie ist ein Mensch«, sage ich zu mir selbst. »Sie muss es sein.«

An der Tür des Antiquariats, nur etwa einen Schritt neben der goldenen Krone, hängt ein Zettel: 8–12, 14–17 Uhr. Nicht einen Tag, seitdem ich das Antiquariat übernommen habe, traf diese Information zu.

Wenn Ally nicht da ist, verbringe ich Wochentage, egal welche, gern bis spät in die Nacht mit kleineren Reparaturarbeiten. Wenn sie doch einmal übernachtet, schlüpft sie meist schon früh morgens aus der Tür – lange, bevor ich aufwache. Als hätte es sie nie gegeben.

In der Avenue beginnt das Leben erst, wenn die Sonne untergeht. Das ist einer Mischung aus Erwartung, Gewohnheit und Tradition zu verdanken. Obwohl ich schon immer eine Nachteule war, stößt mir bis heute bitter auf, dass ich keine Wahl hatte. Auch dein Leben richtete sich strikt nach dem dortigen Rhythmus – bis zu unserem Auszug. Der Zettel mit den Öffnungszeiten an der Tür hing noch vor dem Ladenschild.

Beim Frühstück fällt mir Nomi auf. Sie lehnt an der Mauer gegenüber, an der neue Kieselkreise prangen. Ihr missmutiger Blick lässt mir den Appetit vergehen. Ich nehme den Teller mit der anderen Scheibe Toast mit herunter und stelle ihn vor der Ladentür ab. Das ist Einladung genug; Nomi kommt herüber und setzt sich auf den Bürgersteig.

»Noch ist gar nicht deine Zeit«, sagt sie kauend.

»Gut beobachtet. Ich habe Ware abzuliefern.«

»Verderben frei Haus«, stellt sie fest, stur auf den Punkt starrend, an dem sie eben noch stand. Die kurzen Kletten kleben ihr im Nacken. Das Kleid hat eine ganze Reihe neuer Matschflecken.

»Es hat heftig geregnet die letzten Tage, findest du nicht?« Ich werfe ihr das Handtuch über, das ich von oben mitgebracht habe. Es verwandelt sie in die schlechte Imitation eines Geists.

Sie zieht es sich vom Kopf und schneidet eine beängstigende Grimasse. »Fick dich. Besitz ist …«

»Blasphemie, jaja.« Ich nehme den Violinenkoffer und schließe ab. »Du kannst dich über mich beschweren, wenn du versehentlich in meiner Hölle landest.«

Wenn die Weisheiten der Propheten stimmen, ist der Osten der Stadt zumindest ein Vorhof der Hölle. Die Nobelviertel liegen auf der Anhöhe vor dem dritten Palast, von wo aus man ganz bequem auf den Rest der Stadt herabblicken und sich überlegen fühlen kann. Manikürte Vorgärten und leere Bürgersteige säumen die Straßen, denn niemand geht zu Fuß. Ab und zu rollen glänzende Karossen über den Asphalt.

»Jetzt legst du es drauf an«, hat Nomi gemeint, als das Taxi gekommen ist.

»Ich gehe dort bloß einen Freund besuchen.«

»Allein für den Besuch dort solltest du in mehr als einer Hölle schmoren.«

Während ich versuche, mir vorzustellen, wie das funktionieren soll, biegt das Taxi auf einen Kiesweg und hält kurz darauf zwischen einem marmornen Springbrunnen und einer Miniaturausgabe des dritten Palasts.

Der Preis für die Fahrt ist saftig. Aus irgendeinem Grund gehen die Fahrer immer davon aus, dass man Geld hat, wenn man eines der Anwesen ansteuert. Bei dir liegen sie zumindest nicht falsch. Ich reiche dem Mann die Banknoten und wende mich dem Haus zu. Am Eingang wartet ein Butler.

Bei meinem ersten Besuch auf Irvines Anwesen war ich so überwältigt, wie Nomi vom Antiquariat sein muss. Dabei habe ich nichts anderes erwartet: mit Seide tapezierte Flure, Portraits an den Wänden, Teppiche und Marmorböden. In gewisser Weise ähnelt vieles dem Haus aus der Avenue, doch das Anwesen ist lichtdurchflutet, es gibt mehr Platz und alles hat deutlich weniger Patina.

»Mr. Salvatori ist im Musikzimmer«, erklärt der Butler über die ätherischen Klänge eines Cellos hinweg, das verstummt, als er an ein Paar Flügeltüren klopft. Er tritt vor mir ein und hält mir die Tür auf.

»Ein Mr. Mariano.«

»Osian!«, ruft Irvine. »Die drei Monate sind doch noch nicht um!« Er reicht dem Butler Bogen und Instrument und steht auf, um mich zu begrüßen.

Das Zimmer spiegelt wider, dass Musik Irvines große Leidenschaft ist. Es gibt zwei große Schränke, hinter deren Glastüren sich Notenblätter stapeln, ein Piano in der Ecke und eine Reihe von Violinen in verschiedenen Holztönen, die darüber hängen. Zwei davon sind so alt, dass es Fragmente sein könnten. Nach dem Kauf hat Irvine mich ausfindig gemacht und gebeten, sie zu reparieren. Das war lange, bevor ich das Antiquariat das erste Mal von dir übernommen habe.

»Du hättest mir das Kleid auch einfach mit dem Kurier schicken können«, sagt Irvine.

»Ach, das.« Ich habe geahnt, dass er danach fragen würde. Diesmal bleibe ich bei der Wahrheit.»Deshalb bin ich nicht hier.« Ich musste raus, etwas anderes sehen als deine vier Wände und meine Geister. Und trotz des Schecks für Mr. Orville fühle ich mich weiter beobachtet.

Manchmal glaube ich, ich werde verrückt.

Irvine nimmt stirnrunzelnd den Violinenkoffer von mir entgegen. Freut er sich nicht, mich zu sehen? Kurz huscht sein Blick zur Wanduhr, seine Schultern senken sich und er drängt mich zu der Sitzecke zwischen den Schränken, hinter der übergroße Fenster den Garten einrahmen wie Landschaftsmalereien. Ich traue mich kaum, mich zu setzen. Der glänzende Stoff ist steif und kratzig und beult bestimmt leicht aus.

Irvine lässt sich in die Polster fallen, als würde er für ein besonders ausgefallenes Portrait posieren. Er nimmt die Violine aus dem Koffer, und seine Augen werden groß. »Hervorragende Arbeit«, seufzt er und streicht über den Lack wie über die Wange eines Liebhabers.

»Es war nicht leicht, die abgeplatzten Stellen zu kaschieren.«

»Aber es ist dir gelungen.« Er sieht auf. »Wie war *Unter blauen Sternen*?«

Langsam sinke ich auf meinen Platz. »Es hatte ein grandioses Finale.«

»Davon habe ich gehört.« Irvine grinst schief. »Gale war noch nie um einen großen Auftritt verlegen.«

Ich erstarre. »Wer?«

»Die Sängerin, die den letzten Akt gekapert hat.«

»Du kennst sie?« Das habe ich nicht erwartet. Sie schien zu ätherisch.

Irvines Grinsen erkaltet, er fährt sich durchs Haar. »*Unter blauen Sternen* stammt von ihrem Vater, ich sollte es für ihn auf die Bühne bringen – mit Gale in der Hauptrolle. Auf seinen Wunsch hin habe ich damals ihre Aufnahme an der Akademie bewirkt.« Er klopft einen Takt auf die Tischkante. »Nach seinem Tod waren Gale und ich eine Zeit lang wie sehr ungleiche Geschwister. Es ist eine Schande, wie alles gekommen ist. Dass sie ins St. Thalassa eingewiesen wurde, hat mich schwer getroffen.«

Ich fasse es nicht. Wenn Irvine sie kennt, kann sie kein Geist sein ... oder? Ich reibe mir über die Stirn, als könnte das die kreisenden Gedanken dahinter beruhigen. Ich habe es nicht erkannt, aber sie ist ein Mensch. Sie ist tatsächlich real. »Sie saß im St. Thalassa?«

Der Rhythmus von Irvines Fingern stoppt. Im Zimmer wird es schlagartig ruhig. »Hast du das nicht gehört? Sie ist vor ein paar Tagen von dort verschwunden. Heute Morgen haben sie sie gefunden. Es stand in der Zeitung.«

Irvines Antworten haben nur mehr Fragen zur Folge. Die unangenehme Stille, nun da er die Hände gefaltet hat, hält mich zurück. Sollte ich weiter nachhaken? Er spricht selten über Persönliches. Und dieses Thema scheint ihm sehr nahezugehen. Er blickt auf die Violine. Beinahe reuig.

»Ally war begeistert«, wechsle ich das Thema.

Seine Augen funkeln. Er beißt an. »Hast du ihr einen neuen Ring gekauft?«

»Ja, von deinem Geld.«

Er lacht auf. »Wenn die Violine nicht mehr klingt, fordere ich das Geld für die Karten zurück«, droht er, steht auf und geht mit federnden Schritten zu den Schränken. Er öffnet eine der Anrichten und sucht in den diversen Fächern, bis er zwei unscheinbare Notizzettel herauszieht. »Ich spiele dir etwas vor. Wie wäre es mit der *Arie der Sirene*? Das Original ist leider abhandengekommen. Aber ich habe es für Violine.«

Während Irvine die Noten überfliegt, bringt der Butler duftenden Kaffee und Gebäck mit Zuckerguss. Die teure Sorte, wie sie in Rive gegessen wird. Ich schenke mir selbst eine goldgeblümte Tasse ein. Der Kaffee wirft Wellen und das Porzellan klirrt – ein Schauer fährt durch Boden und Möbel. Die Violinen schaukeln an ihren Wandhalterungen.

»Schon wieder«, murmelt Irvine.

Ich warte ab, bis die Vibration nachgelassen hat, und nehme die Tasse. »In der Innenstadt bebt es deutlich häufiger. Ihr habt es gut, hier oben auf dem Hügel merkt man nicht viel davon.«

Irvine spielt ein paar kurze Töne, das Intro der Arie. Es ist eine süße Melodie, die mit jeder Sekunde verspielter, verführerischer wird. Als Gale sie gesungen hat, hat mich dieser Widerwillen gepackt. Etwas dahinter klang düster und trotzdem konnte ich nicht anders, als ihr zuzuhören. Selbst jetzt erwarte ich jeden neuen Ton voller Sehnsucht auf etwas, das Irvine nicht spielen wird.

»Es klingt nach einem Ende«, murmelt er vor sich hin. Die Violine hat er abgesetzt. »Gale hat das verstanden.«

»Mir gefällt deine Version.« Sie passt zu ihm und seiner optimistischen Ader. Ich hebe das Kinn. »Wie ist der Klang? Habe ich Schulden bei dir?«

Er grinst. Statt einer Antwort spielt er weiter.

Von der Melodie beflügelt taucht vor mir wieder das Bild der Seefahrerin auf, glitzernd vor nachtschwarzem Himmel.

Kein Geist, sondern ein Mensch.

Wenn sie aus dem St. Thalassa ausgebrochen ist, war das vielleicht der Grund dafür, dass ich sie nicht einordnen konnte – nicht ich bin verwirrt, sondern sie. Das ergibt Sinn. Ich nippe an meinem Kaffee und mache es mir doch noch bequem.

VOR ZEHN JAHREN

Die Avenue war ein zwiespältiger Ort. Es war fast unmöglich, diese verwunschene, verfallene, verbaute Sackgasse nicht zu lieben.

Die Gesichter, die Amian auf der Straße entgegenkamen, blieben immer dieselben. Er kannte die Geschichten jeder Großmutter, hörte von den Fortschritten der Kleinkinder, die im Haus nebenan oder schräg gegenüber aufwuchsen. Freunde aus Kindertagen waren nun mit Mädchen zusammen, mit denen er vor Jahren ausgegangen war. Die Blätter an den wenigen Bäumen färbten sich gelb, fielen ab und wuchsen grün wieder nach, Jahr um Jahr. Es war das Leben in einem Goldfischglas.

Und Amian fühlte sich wie die Katze, die davorsaß und zusah.

Es hieß immer, dass Vergessene die Avenue nicht verlassen konnten. Die Verbindung zu Tod, Kirche und Vergangener Welt hatte eine Kluft geschaffen. Für die Verwaltung Tiaras existierten die Bewohner der Avenue nur als billige Arbeiter, die früher Gräber ausgehoben hatten und nun im Krematorium arbeiteten. Man bekam keine Papiere und ohne sie keine Arbeit, keine Wohnung, keine Fahrkarten, keine Bankkonten, keine Verträge.

Nach allen Regeln Tiaras hätte die Stadt für Amian verschlossen bleiben müssen. Aber so war es nicht. Und dass er das wusste, verdankte er Osian.

Es hatte mit einem der Wutausbrüche begonnen, die Horace so oft an ihm ausließ, und mit der Spieluhr, die Osian besaß, seit Amian denken konnte. Sie stand auf dem Regal über seinem Bett, war unsauber bemalt und spielte schon lange nur noch leiernde Töne. Osian zog sie jeden Abend auf und hörte zu, bis sie schnurrend zum Stehen kam. Irgendwann hatte Horace sie von ihrem Platz gefegt und sie war in mehrere Teile zersprungen.

Und Osian, dem sie ständig vorwarfen, er sei zu anders, bewies, dass ein wahrer Vergessener in ihm steckte: Er baute sie wieder zusammen.

Selbst in einem Goldfischglas, in dem es nie eine neue Spieluhr geben würde, hatte Amian sie der Arbeit nicht wert befunden. Doch Osian hatte Tage damit verbracht. Er hatte Leim aus dem Sekretär im Salon gestohlen und sie Stück für Stück wieder zusammengesetzt.

Genau dieses Talent war es, das Amian Jahre später zugutekommen sollte.

Er hatte durch Mundpropaganda davon erfahren, irgendeiner der älteren Jungen war mit einem Typen namens Douglas Venturi zusammengestoßen. Der Mann hatte gutes Geld ausgelobt für Dinge, die nicht einmal aus der Vergangenen Welt stammen mussten, wie er betont hatte. Nur alt sollten sie sein. Solche Nachrichten machten in der Avenue schnell die Runde.

Amian hatte die Müllhalde in den Trümmern hinter der Kathedrale durchsucht und Osian Teile von allem Möglichen gebracht. Fortan verdienten sie gutes Geld. Amian erzählte niemandem davon, nicht Mutter oder Horace, schon gar nicht Nessa. Sie alle mühten sich weiter ab, legten Karten, schaufelten Asche und kämpften bis aufs Blut, und unter dem Dielenbrett am Fußende von Amians Bett sammelte sich nach und nach ein kleines Vermögen.

»Zweihundert.«

»So viel?« Der Aristokrat zog zweifelnd die Augenbrauen zusammen und überlegte.

Unter dem Tisch drehte Douglas ungeduldig Däumchen. Amian fiel es nie schwer, eine unbeteiligte Miene aufzusetzen. Dafür war er schließlich hier, denn Douglas konnte man die Verhandlungen unmöglich überlassen. Er hatte kein Konzept von Geld.

Sowieso dauerte es nur ein paar weitere Sekunden, bis der Aristokrat aufgab und die Scheine auf den Tisch blätterte. Amian nahm sie entgegen, leckte den Daumen und zählte nach. Der Mann war die Sorte weltfremder Phantast, die im Nobelviertel an jeder Ecke zu finden war. Er betrachtete mit glasigen Augen die Spielfigur aus dunklem Holz, die sich zuoberst in der offenen Schachtel befand. An den Rändern der Schnitzereien waren verblasste Muster zu sehen. »Ein unglaubliches Kunstwerk«, flüsterte er voller Ehrfurcht.

Douglas nickte. »Von einem Meister geschaffen.« Das zumindest war die unverfälschte, reine Wahrheit. Amian unterdrückte ein belustigtes Schnauben.

Das *Spiel der Heiligen* war in den Kinderstuben der Avenue immer noch anzutreffen. Von dieser Ausgabe waren nur das Tuch, das das Spielbrett darstellte, und zwei abgebrochene, von Holzwürmern zernagte Spielfiguren übrig geblieben. Douglas hatte weitere Figuren, Farbe und gut fünfhundert Jahre hinzugefügt.

»Als ich ein Kind war, sahen die Figuren anders aus«, stellte Amian fest, nachdem der Mann gegangen war.

»Klassischer Anfängerfehler«, sagte Douglas. »Das ist der Einfluss von Rive während der letzten einhundertfünfzig Jahre. Davor waren Schuppenmotive der letzte Schrei. Über Jahrhunderte. Als gäbe es nichts anderes ...«

»Das hätte der nie geahnt.« Amian warf seinen Mantel über.

»Aber ich hätte mit dem Wissen leben müssen.« Für einen Fälscher hatte Douglas eine tadellose Arbeitsmoral. Er sah von den Whiskeygläsern auf, die er gerade bereitgestellt hatte. »Du gehst schon?«

Amian nickte. »Wenn sie in der Avenue erfahren, was hier läuft, sind historisch korrekte Fälschungen unser geringstes Problem.«

Es war nur eine Frage der Zeit, bis jemand die Geschichten in die Avenue trug. Unter den Aristokraten hatte sich bereits herumgesprochen, dass sie beide Fragmente verkauften. Douglas ging mit dieser Information nicht gerade sparsam um, zudem war er mindestens so bekannt wie die Gesichter, die auf den Scheinen in Amians Tasche prangten.

Das Atelier befand sich im Zentrum der Stadt, ganz in der Nähe der Main Station. Die Fahrt von dort bis zur Kreuzstraße war kurz und dank der vollen Züge anonym. Amian war stets vorsichtiger als nötig. Aber wann immer das Tor der Avenue in Sicht kam, brachte es die unheilvolle Ahnung mit sich, dass Nessa eines Tages dort stehen und ihn mit ihrem Weltuntergangslächeln erwarten würde.

Mit dem Verrat an der Familie konnte er leben. Gut sogar. Aber als ein Lügner gebrandmarkt zu sein, bedeutete das Ende.

Die Avenue bestand nur aus Häuserfronten und Straße, beides übervölkert. Es war unmöglich, sie ungesehen zu betreten oder zu verlassen. Genau das war der Trick. Bei einem seiner ersten Besuche hatte Douglas Amian einen Mantel mitgebracht, wie er unter den Kaufleuten in Mode war. Nicht so fein, dass man darin mit viel Aufmerksamkeit bedacht wurde. Er konnte damit in der Masse untergehen, wenn er es wollte.

Amian zog seinen Hut tiefer ins Gesicht und passierte die ersten Geschäfte. Gegenüber der Kathedrale gab es eine Nische zwischen den Häusern, nur ein paar Meter tief, die weiter hinten zugemauert worden war. Hier war er lang genug vor neugierigen Augen der Nachbarn geschützt. Er schlüpfte gerade aus seiner Verkleidung, als er gegenüber Cergio und die anderen entdeckte – und Osian.

»Dein Stiefvater hat mir Geld geboten, wenn ich die Blaake finde«, sagte Cergio. »Wir teilen, fünfzig-fünfzig.« Er warf Osian eine Flasche Billigrum zu.

Osian schraubte sie auf und nahm einen Schluck. »Ich verkaufe meinen Bruder nicht.«

Seit wann waren die beiden Freunde? Normalerweise nutzte Cergio jede Gelegenheit, um Osian leiden zu lassen. Und Osian seinerseits machte sich unsichtbar, so gut es eben ging. Noch nie hatte er Cergio die Stirn geboten.

Cergio lachte bloß. »Er kann sich nicht ewig verstecken. Wenn du mich fragst – der Schisser hat es verdient, aufs Maul zu kriegen!«

Die Jungen verschwanden in die Kathedrale, nur Osian war vor der Pforte stehengeblieben. Er drehte sich um und fand Amian im Spalt, als hätte er die ganze Zeit gewusst, dass er dort wartete.

Zum ersten Mal in seinem Leben kam Amian in den Sinn, dass er nicht in den Spiegel schaute, sondern in einen Abgrund. Um Osians Augen lag die Spur eines falschen Lächelns, doch das war es nicht, was Amian derart in die Knochen fuhr.

Sein Verschwinden war aufgefallen.

Und Osian hatte die Lücke, die er hinterlassen hatte, gefüllt. Stattdessen war er selbst verschwunden – weil alle von ihm glaubten, dass er Angst bekam und davonlief.

Was für ein Irrtum. Er musste doch wissen, was an diesem Abend auf ihn warten würde. Amian wusste es.

Osian deutete unmerklich in Richtung des Hauses.

Erst jetzt spürte Amian, wie sich seine Finger um den weichen Filz zu Fäusten geballt hatten. Er nickte. Sie brauchten keine Worte.

»Amian!«, rief einer der Jungen. »Wo bleibst du so lange mit dem Fusel?«

Osian trank noch einen großen Schluck. »Der ist ohnehin fast leer«, antwortete er leichthin und betrat die Kathedrale.

6

D R E I

Die Zeiten, in denen du Schrott verkauft hast, sind lange vorbei. Über die letzten Jahre hast du andere Quellen aufgetan, um an Ware zu gelangen. Nicht alles ist gefälscht. Die Sammler und Schatzsucher dieser Stadt schätzen deine Dienste. Und sie kommen einmal im Monat zum Kartenspielen.

Wer Geld hat, um Fragmente zu sammeln, ist entweder Aristokrat oder ein Verbrecher. Entsprechend setzt sich deine Kundschaft zusammen. Irvine ist darunter, aber auch Remont Maddox, der die größte Fabrik im Industrieviertel besitzt, die sogenannte schwarze Gräfin und Thomasz Lazaros, von dem ich nicht weiß, was genau er eigentlich tut. Ich will es auch gar nicht.

Das Büro habe ich leergeräumt und ein Ensemble aus Samtsesseln dort aufgestellt. Handgefertigt, einhundertdrei Jahre alt. Traditionelles Fischschuppenmotiv. Eine Arbeitsleuchte lässt die Ölfarben der Gemälde an der Wand speckig glänzen und bestärkt die gewünschte geheimnistuerische Atmosphäre.

Ohne Irvine habe ich heute drei Gäste, die im Antiquariat erscheinen wie leichtsinnig beschworene Dämonen. Schon ihre Anwesenheit löst ein mulmiges Gefühl in meiner Magengegend aus. Wenn sie hier sind, ist kein Platz für mich.

Du bist gut in *Drei*, und ich dachte, ich sei es auch. Aber in der Avenue war das Spiel ein gänzlich anderes, außerdem war Schummeln damals verbreitet – heute ist es Gesetz.

»Sie sammeln die falschen Karten«, kommentiert die Gräfin mein Blatt. Ich musste fast alles ablegen, während sie garantiert kurz davor ist, zu gewinnen. Obwohl wir zu viert sind, spielen wir mit nur einem Satz Karten. Damit sind von Beginn an immer zwei von uns zu Verlierern bestimmt.

Maddox ist der andere Unglückliche. Auf ihre Anmerkung hin wirft er seine übrigen Karten auf den Tisch, steht auf und schenkt sich Rum nach. Er trinkt, und die Narbe, die von seinem Kinn über die braune Haut an seinem Hals führt, glänzt. Es ist eine von dreien. Maddox ist der Jüngste aus der Runde – ich bin nicht sicher, ob er sich überhaupt rasiert. Dafür trägt er lange Haare, als wäre er ein Rebell und nicht die treibende Kraft hinter der Wirtschaft Tiaras.

Die Gräfin dagegen ist altmodisch gekleidet und frisiert. Sie hat hohe Wangenknochen und Krähenfüße um die Augen, die vermuten lassen, dass ihr Triumph greifbar ist.

Lazaros hat es mitbekommen. Er nimmt auf, legt ab und lässt sich mit knackenden Gelenken in seinem Sessel zurücksinken. Da ist latente Ungeduld in der Art, wie er nach seiner Pfeife tastet. Er siegt nicht immer, doch er verliert niemals.

»Ich bin beeindruckt«, sagt er, obwohl ich nur unnütze Karten aufnehme. »Man sieht Ihnen die Niederlage nicht an.«

Ich stoße ein höfliches Lachen aus. »Wenn ich früher gespielt habe, waren die Regeln anders.« Dies ist die letzte Runde und mein Untergang unausweichlich. Ass im Ärmel hin oder her, ich kriege die Punkte nicht mehr zusammen. Ich steige ebenfalls aus.

Die Gräfin lächelt, sichtlich zufrieden mit ihrem Sieg. »Sie würde ich auch nach anderen Regeln schlagen.«

»Vergessen Sie das Spiel«, sagt Lazaros und offenbart seine Karten. Das Ergebnis war knapp. »Wie steht es mit meinem Auftrag? Haben Sie die Liste, um die ich Sie gebeten habe?«

Die Selbstverständlichkeit, mit der er das fragt, gefällt mir nicht. Und ich würde darauf wetten, dir auch nicht. Sonst hättest du mich nicht schon vor Jahren vor ihm gewarnt.

Im Laufe der letzten Monate habe ich dutzende Aufträge für ihn erledigt. Lazaros sammelt wahllos alles – solange es tatsächlich antik ist. Ich bin absolut überzeugt, dass er sogar Dos Fälschungen aus drei Straßen Entfernung entlarven würde. Zum Glück kauft er nicht bei dir. Er nutzt dich als Mittelsmann, und da dein Adressbuch neben dem Telefon liegt, war es bisher nie schwer, die entsprechenden Leute zu kontaktieren.

Die Liste der Fragmente der königlichen Sammlung allerdings – die ist ein gut gehütetes Geheimnis. Daher habe ich dir lieber eine Nachricht dazu geschrieben. Nur, um sicherzugehen. Langsam könnte ich eine Antwort gebrauchen.

»Ich arbeite daran.«

Lazaros nickt bedächtig. »Sie sind übergründlich.« Er steckt sich seine Pfeife an und pafft, während die Gräfin die Karten mischt. »Es sollte Ihnen zum Vorteil gereichen, dass ein Großteil der Stücke in der Sammlung von Ihnen stammt.« Das ist kein sprödes Kompliment, sondern ein Spielzug, der mich in die Enge treiben soll.

»Manche sind mehrere Generationen alt«, entgegne ich. »Sie befinden sich nicht in meinen Unterlagen.«

Die Mythen, die sich um die Fragmente ranken, haben das Königshaus schon vor hundert Jahren dazu gebracht, die ersten Antiquitäten zu kaufen. Seitdem gehört es zum guten Ton, dass die Thronfolger die Sammlung mit eigenen Funden erweitern. Es geht um eine Menge Geld – du konntest wohl kaum die Finger davonlassen.

»Ich habe von Ihrer Verlobung gehört«, sagt Lazaros. »Die Tochter des Sicherheitsmannes, richtig? Fragen Sie doch einfach ihn.«

»Das habe ich schon. Er wird mir die Liste geben.«

Das ist gelogen. Allys Familie kann ich auf keinen Fall in deine Geschäfte reinziehen. Leider überlebt es sich in dieser Runde besser, wenn offensichtliche Lügen und zweifelhafte Ehrlichkeit eng beieinanderliegen.

»Uns bleibt nicht viel Zeit.« Lazaros' Ton ist deutlich versöhnlicher. »Das Königshaus wird die Sammlung bald ausstellen. Ich will vorher wissen, was fehlt.«

»Sobald ich die Liste habe, lasse ich sie Ihnen zukommen.«

Keine Ahnung, wie ich das anstellen soll. Die königliche Sammlung wird von den kleinlichsten Beamten bewacht, die die Stadt zu bieten hat. Solchen Leuten kommt nicht einfach etwas abhanden. Wenn doch, würde die Information nie nach außen dringen und die Verantwortlichen bekäme niemand je wieder zu Gesicht. Dass Lazaros überhaupt Wind davon bekommen hat, lässt mich stocksteif auf meinem Sessel hocken.

Kaum vorstellbar, dass ich diesem Mann die Papiere verdanke, die man in Tiara braucht, um zu existieren. Ohne die wäre ich jetzt wahrscheinlich im Krematorium und würde Zahngold aus toten Mündern brechen. Was er dafür gefordert hat, will ich gar nicht hören.

»Sie sehen angespannt aus«, sagt Maddox.

»Zahnschmerzen«, antworte ich knapp.

Er setzt sich, die Gräfin gibt und ich nehme auf. Das Spiel geht weiter. Manchmal bin ich selbst überrascht, wie selbstverständlich sich die Halbwahrheiten zusammenfügen – eine gute Sache, wenn ich dir deine Hinterzimmergeschäfte heil zurückgeben will.

Sonntagabend verbringe ich damit, in alten Unterlagen zu wühlen. Du hattest schon immer ein Talent für Buchführung, legst Verkaufsverträge für alles an, was mehr als ein Taschengeld wert ist. Ich blättere durch Stapel von Rechnungen und gefälschten Echtheitszertifikaten, die so deutlich Dos Unterschrift tragen, dass es eine Dreistigkeit ist. Währenddessen erzählt Tempest Anekdoten aus einer Vielzahl an Leben, die unmöglich alle zusammenpassen können.

»Ein Jahr«, sagt sie, nachdem sie die Geschichte von einem Zeitungsjungen an der Kreuzstraße beendet hat. »Ein Jahr bist du ausgekommen ohne Ordnung. Wieso kann Lazaros dich nicht in Frieden lassen?« Sie streckt sich, gähnt – obwohl ich ziemlich sicher bin, dass ihr auch auf einem hohen Berg oder unter

Wasser die Luft für weitere Kommentare nicht ausgehen würde – und dreht sich auf die Seite. Mit einem Bein über die Lehne drapiert und dem Kopf auf die Arme abgestützt ist sie irgendwas zwischen einer Zirkusartistin und der faulsten Hauskatze, die ich je gesehen habe. »Lazaros ist eine Blaake«, seufzt sie. »Gib ihm halt irgendeine Liste. Woher will er wissen, ob sie vollständig ist?«

Ich wische mir die Druckerschwärze von den Fingern. Auf meiner Hose sammeln sich die grauen Streifen. »Du hast leicht reden, du hast keinen Ruf, um den du dich sorgen musst.«

»Du auch nicht.«

»Er zählt, auch wenn es nicht mein eigener ist.«

Sie winkt ab. »Feinheiten.«

Ich raufe mir das Haar. Sie hat recht, mir bleibt nichts anderes übrig; ich habe keine Ahnung, wie ich die Liste ohne deine Hilfe zusammenstellen soll.

Tempest rutscht auf ihrem Sessel herum, bis sie mit dem Kinn auf der Armlehne liegt. Ist das ein Stirnrunzeln? Bei ihr ist das manchmal schwer zu erkennen. »Was, denkst du, sucht Lazaros auf der Liste?«

»Es muss etwas vorgefallen sein«, antworte ich. »Er sagte, etwas in der Sammlung würde fehlen.«

»Wie hat er davon erfahren?«

»Hast du Maddox' Narben gesehen? Das ist das Erkennungszeichen seiner Leute. Sie sind überall.«

Tempest verdreht die Augen. »Ich habe nie verstanden, wozu jemand wie Lazaros ein Fragment braucht.«

»Es gibt keine Fragmente.« Ich schiebe den nächsten Stapel Papiere von mir und versuche, nicht an die Nacht im Badezimmer zu denken. Ich war bloß nicht richtig wach. Da bin ich mir mittlerweile fast sicher.

Tempest seufzt. »Wieso ist dir das wichtig? Du glaubst an Geister, was sind schon ein paar Weltenschnipsel dagegen?«

»Es geht mir um den Unterschied dazwischen.« Diese feine Linie, die Fantasie von Realität trennt, ist das Gesetz, nach dem ich lebe. In der Avenue tun alle so, als hätte die Vergangene Welt wahrhaftig existiert, doch so wirklich glaubt niemand daran.

»Manchmal sind seltsame Menschen eben nur Menschen«, sage ich. Und das Medaillon ist einfach nur eine Münze.

»Was ist mit mir?« Tempest schiebt erwartungsvoll eine der schwerelosen Strähnen aus ihrem Gesicht.

Ich kaue auf meiner Wange. Tempest ist real, so sehr wie die Papierberge vor mir. Und die Haut unter meinem Kragen ist noch immer nicht verheilt.

Ich weiß doch längst, dass ich mir nicht aussuchen kann, was wahr ist und was nicht.

Mir fällt ein Zertifikat auf, das aus dem Stapel hängt. Es ist für das Medaillon ausgestellt und von Do unterschrieben. Wie stehen die Chancen, dass er ausnahmsweise einmal die Wahrheit gesagt hat und es stimmt, dass du es von ihm hast?

Ich brauche Informationen. Und ich brauche die Liste.

Wir müssen endlich miteinander reden.

Es ist halb zehn, als ich mir einen Mantel überwerfe und das Antiquariat verlasse.

Zwischen den Pflastersteinen sammeln sich pechschwarze Pfützen. Ihnen auszuweichen ist ein hoffnungsloses Unterfangen; es sind einfach zu viele. Bei schlechtem Wetter scheint sich der Schlick aus den Kanälen im Arbeiterviertel zu verselbstständigen. Das Wasser dringt in meine Schuhe und kein Hut der Welt kann mich vor dem Schwall bewahren, der von oben auf mich einstürzt. Nur ein Stück von meinem Hemd ist noch trocken – am Bauch, in der Mitte.

Vor dem Laubengang hängt dichter Regen. Ich klopfe – nichts. Du bist nicht zuhause, das bist du nie. Oder du hast mich nicht gehört. Am Horizont grollt es. Ich hämmere an die Tür.

Das flaue Gefühl, das mir seit Tagen folgt, packt mich wieder. Dass ich so selten von dir höre, ist normalerweise sicherer. Diesmal ist es lange her. Erst jetzt wird mir bewusst, wie lange.

»Amian, bist du ...«, fange ich an, aber da geht die Tür nebenan auf und ich zucke zusammen. Eine hutzelige alte Frau schiebt sich durch den Spalt. Mrs. Jones, meine Nachbarin. Natürlich.

»Mr. Mariano!«, ruft sie, die dicken Brillengläser beschlagen von der Luftfeuchtigkeit. »Sie habe ich hier ja eine ganze Weile nicht mehr gesehen. Waren Sie im Urlaub? Oder stecken Sie in Schwierigkeiten?« Ich setze zu einer Antwort an, doch statt mich zu Wort kommen zu lassen, beugt sie sich weiter in den Flur und reibt über ihre Brille. »Haben Sie sich ausgesperrt?«

»Ich ...« Verflixt, in spätestens einer Stunde weiß das ganze Haus, wie verdächtig ich mich verhalte! »Ja ... ja genau.« Ich krame durch alle Taschen und fördere den Schlüssel zutage. »Ach, da ist er ja.«

Die alte Mrs. runzelt die Stirn, wie es nur jemand vermag, der sein ganzes Leben mit Misstrauen zugebracht hat. Ich schließe auf, wünsche ihr einen schönen Abend und sie murmelt etwas Unverständliches und verschwindet wieder in ihrer Wohnung.

Mit einem leisen, erleichterten Fluch halte ich inne.

Letztes Mal, als ich hier war, habe ich so lange überlegt. Nun ist die Tür offen, einfach so. Für einen Moment überkommt mich der unsägliche Gedanke, dass das vergangene Jahr nur ein Theaterstück war.

Ich bin zuhause. Ich brauche nur einzutreten.

»Amian?«

Die Tür schwingt auf, und da liegen sie: Umschläge über Umschläge. Nachrichten für dich, die ich über die letzten Monate durch den Briefschlitz von einem Leben ins andere befördert habe.

Du hast keine einzige geöffnet.

Ein Tausch ist eine simple Sache. So leicht, wie Tempest durch Wände gehen kann.

Ich kenne deine Eigenarten: dass du zu oft lächelst, dass du Kaffeetassen immer, immer mit Links hältst, weil du mit der rechten Hand beim Reden gestikulierst. Ich weiß, wie du klingst. Ein bisschen zu freundlich. Gut zu allen. Aber ich weiß auch, was du mit der Zeit tust, die ich dir verschaffe. Das ist der Grund, weshalb wir uns so selten schreiben, uns nie sehen, obwohl wir nur ein paar Haltestellen voneinander entfernt leben.

In den ersten Tagen, die ich im Antiquariat wohnte, kam eine Handvoll Nachrichten von dir, alle zu Lazaros' Aufträgen. Eine Woche später noch eine. Dann nichts mehr. So ist es immer. Ich habe mir nichts dabei gedacht.

Nun wird aus dem flauen Gefühl eine Unruhe, die mir nasskalt im Nacken sitzt. Ein Fieber.

Ich weiß noch, dass ich nach meiner Rückkehr ins Antiquariat den klammen Mantel über die Heizung geworfen habe. Der Anzug liegt im Badezimmer vor der Wanne. Nach dem heißen Bad habe ich vergessen, ihn aufzuhängen, und die Schuhe ... an die Schuhe erinnere ich mich nicht mehr.

Zwei Tage bin ich krank.

Ich träume, ich weiß, dass ich träume. Das hat Tempest mir in einem Moment zwischen Schlaf und Wachsein zugeflüstert. Und ich träume, ich wäre wie sie. Ein Geist, ein Schatten, gebunden an dich. Und ich folge dir – die Kreuzstraße hinab und in die Avenue. Ich habe keine Angst.

Weißt du, dass ich hier bin? Du drehst dich nicht nach mir um. Hast du mich überhaupt bemerkt? Meine Schritte sind lautlos. Sie hinterlassen keine Spuren im Schnee. Es ist Winter. Alles ist weiß, nur der Himmel tropft wie Teer von den Dächern, heiß und kalt zugleich.

»Wo warst du?«, frage ich.

»Ich bin hier«, antwortest du, ohne mich anzusehen. »Aber du solltest es nicht sein.« Du verschwindest durch die Tür, und

Tempests Hand streicht über meine Stirn wie ein sanfter Lufthauch.

Ich träume weiter, von Geistern, die über offenen Gräbern stehen und im Opernhaus neben mir sitzen, die mir durch den Regen folgen und manchmal bis in die Realität. Und irgendwann hören die Träume auf und überlassen das Feld einer tröstlichen Leere.

Am dritten Tag geht es mir gut genug, um abends mit Ally zu telefonieren. Sie sagt, sie sei hier gewesen, doch ich hätte geschlafen. Die Tabletten, die auf dem Nachttisch lagen – die waren von ihr.

Tag vier verbringe ich oben, der Laden bleibt weiterhin geschlossen. Ich setze mich in die Küche, esse Reste und beobachte durchs offene Fenster Nomi, die frische Kreise auf den Asphalt malt.

»Du siehst ganz grün aus im Gesicht«, ruft sie mir von unten zu. Das ist freundlich, gemessen an ihrem sonstigen Ton. »Wohin bist du neulich Abend so spät verschwunden?«

»Nach Hause«, murmle ich.

Tag fünf bringt neues, besseres Wetter.

Es war ein greller Wintertag, an dem Amian ihr wieder einmal begegnete.

Er war für einen Verkauf in den dritten Palast gekommen. Der stellvertretende Kurator lud ihn spontan in den winterlichen Palastgarten ein.

Die dunkle Jahreszeit stand der Stadt nie gut zu Gesicht. Schneematsch am Straßenrand und salzige Luft weckten in Amian jedes Jahr die Assoziation an den großen Fischmarkt. Auf der Anhöhe dagegen war der Wind frisch und eisig und die Schneedecke unberührt. Dies war eine Kälte, die Amian genießen konnte.

Ein paar Aristokraten hatten Pavillons aufstellen lassen und saßen kaffeetrinkend inmitten der geraden, weichweißen Hecken. Es herrschte diskrete Erwartung; auf Nachfrage erfuhr Amian, dass man aus Höflichkeit eine Einladung an die Erben des Königshauses gesendet hatte.

Er ließ sich zu einem Gebäckstück nötigen – es wäre schade gewesen, es auszuschlagen – und lauschte dem nächstbesten Gespräch. Diese Art von Treffen gefiel ihm. Er hörte zehntausend Kleinigkeiten über zehntausend wichtige Leute, und wenn die Zeit gekommen war, nützte ihm oft jede einzelne davon.

Unter den Dienstboten, die bis eben noch mit Porzellan geklirrt und Gebäck serviert hatten, kam Unruhe auf. Der rege Austausch der beiden Gräfinnen neben Amian verstummte.

Vom Palastgebäude marschierten zwei Wachleute, eine schmalere Gestalt in der Mitte. Eine Prinzessin, die der Einladung gefolgt war.

Sie trat unter den Pavillon und die Gäste erhoben sich; der dampfende Kaffee war für einen Moment vergessen. Nach einem Nicken ihrerseits verflüchtigte sich die Spannung und man setzte die Unterhaltungen leiser fort. Die Prinzessin fiel in das Gespräch der Gräfinnen ein, als wäre sie von Beginn an dabei gewesen.

Amian schwieg. Er hörte nicht zu.

Die Prinzessin trug einen winterlichen, makellos weißen Mantel, dessen Kragen mit feinem Fell abgesetzt war, und silberne Ohrringe. Sie beherrschte das Lachen an den gewünschten Stellen, die höflichen Nachfragen. Ihr Profil unterschied sich von den bekanntesten Gesichtern der Thronerben – das war nicht weiter auffällig, da die berechtigten Familien weitverzweigt waren.

Ihre Blicke trafen sich. Sie lächelte, Grübchen in den Wangen.

Dieses Spiel gefiel ihm immer besser.

7

KÄFIG

Geister sehen klingt nach dem Wort, das Ally stets umschifft: verrückt. Ein guter Grund, in einer gepolsterten Zelle zu landen. Das Leben in Tiara ist Seiltanz und es gibt zwei Gruppen, zu denen man auf keinen Fall gehören will: die Vergessenen und die, die im St. Thalassa vergessen werden. Ich bin nicht von gestern – egal, was mein Stammbaum behauptet – und deshalb habe ich die Einrichtung bis jetzt gemieden, wann immer es mir möglich war.

Das Taxi nähert sich dem riesigen Gebäudekomplex, und der altbekannte Klumpen nistet sich in meinem Hals ein. Der Gedanke an Umkehr flüstert in meinen Ohren, dabei ist Tempest nicht einmal anwesend. Nicht direkt jedenfalls, aber ich bilde mir ein, die Kälte zu spüren, die von ihr ausgeht. Oder ist es bloß meine Anspannung?

Das St. Thalassa Sanatorium ist das größte und modernste seiner Art. Von außen hat es einen gewissen Charme, rede ich mir ein. Man hat es im Westflügel des zweiten Palasts untergebracht, nachdem der dritte auf der Anhöhe errichtet worden war. Bei meinen seltenen Besuchen sehe ich ab und zu Patienten in den Parkanlagen spazieren gehen, bemitleidenswerte Gestalten in weißen Nachthemden zwischen Lauben und Statuen; eine andere Sorte Geister. Heute sind die Wege verlassen. Ich steige aus dem Wagen.

Aus dem Eingang kommt mir der übermächtige Geruch von Lösemitteln entgegen, steriler als die, die ich für meine Arbeiten nutze, und ungleich aufdringlicher. Patienten sind auch hier nirgends zu sehen, nur ein paar Ärzte, die sich gedämpft unterhalten.

Ich schiele auf das Namensschild der Schwester am Tresen. »Guten Morgen, Lucinda. Ich suche nach einer Patientin. Eine Miss Paolo.«

»Sind Sie verwandt?«

»Nein.«

»Dann kann ich Ihnen nicht weiterhelfen.«

Ich sehe mich um und beuge mich vor. »Meine Verlobte arbeitet hier. Dr. Orville. Ich will sie überraschen. Sie ist sicher bei der Arbeit, es ist ihre Patientin.« Es fällt mir schwer, doch irgendwie treffe ich deinen einnehmenden Ton.

Lucindas Lächeln bekommt einen freundlicheren Beigeschmack. »Wie war der Name der Patientin?«

»Paolo. Gale, glaube ich.«

Sie schnalzt mit der Zunge. »Das Singvögelchen. Den rechten Gang runter, dann links.«

»Danke.«

Ich folge dem weißen Flur, bis ich links eine Tür finde. Sie fällt hinter mir zu und sofort herrscht absolute Stille. Keine Unterhaltungen, keine Stadtgeräusche. Als hätte man mich aus Tiara entfernt und in einen luftleeren Raum gesperrt.

»Wie früher«, flüstert Tempest neben mir, und ich brauche ein paar grauenvolle Sekunden, um zu verstehen, dass das der Anfang einer Geschichte ist.

Vielleicht ist Ablenkung keine schlechte Idee. Ja, genau das brauche ich jetzt. Ich reibe mir die Hände an der Hose trocken. »Du warst schon einmal hier?«

»Ich bin hier gestorben«, erzählt Tempest mit Schauerstimme.

»Und wie das?« Ich versuche, gelassen zu klingen und richte den Blick nach vorn.

Die Raumtemperatur macht einen Sprung und ich weiß, ohne hinzusehen, dass Tempest grinst. »Sie haben mich mit Elektroden gefoltert. Sicher dachten sie, das würde die Stimmen, die mich heimsuchten, vertreiben.«

Ich stoße ein trockenes Lachen aus. »Netter Versuch.«

»Du schlotterst.«

»Ich tue nichts dergleichen.«

»He.«

Ich zucke zusammen und fahre herum. Die Stimme kam von hinter der Tür, an der Tempest und ich gerade vorbeigelaufen sind. Die Abdeckung vor dem kleinen, vergitterten Fenster auf Kopfhöhe ist nicht ganz zurückgeschoben worden. Ein eingesunkenes Paar Augen blickt mir entgegen.

»Wie hast du es rausgeschafft?« Viel von ihm ist nicht zu erkennen, aber ich vermute einen mittelalten Mann.

Der Kloß in meiner Kehle drückt mir die Luft ab. »Ich bin kein Patient.«

»Ich auch nicht«, versichert mir der Mann. »Mit wem hast du geredet?«

Ich drucke um eine Antwort herum, da höre ich es:

Gesang, klar wie Kristall, von Wellen, Liebe, Untergang. Er versetzt mich zurück an den Abend am Kanal, in den Regen. Gänsehaut breitet sich auf meinen Armen aus.

Das Echo lockt mich den Gang hinunter zu einer weiteren weißen Tür mit Fensterklappe, die ich öffne. Volltreffer. Hinter dem kleinen Gitterquadrat sitzt die falsche Seefahrerin. Sie haben ihr die Haare zurückgebunden und sie in saubere, deutlich weniger glamouröse Kleidung gesteckt.

Ich klopfe, und sie verstummt und wendet sich zu mir. Unter ihren Augen zeichnen sich dunkle Ringe ab, sie sieht aufgequollen aus und kein bisschen überrascht, mich zu sehen.

»Ich habe gehört, Vögel hören in Gefangenschaft auf, zu singen.« Auf dem Weg hierher habe ich mir zahllose Fragen überlegt und das ist keine davon. Die Worte der Schwester hängen mir nach.

»Menschen sind anders als Vögel«, murmelt Gale. »Wir singen, um die Hoffnung nicht zu verlieren.« Sie haben sie ruhiggestellt, schleppend, wie sie spricht. Mir läuft ein Schauer von Kopf bis Fuß. So leicht kann es passieren.

Ich räuspere mich, um meine Fassung zurückzuerlangen. »Was für ein Lied war das?«

Diese Augen. Voll von Nebel. Statt einer Antwort holt sie Luft und beginnt die Melodie erneut.

»Gale.« Meine Stimme ist blechern. »Irvine hat mir von dir erzählt. Er fühlt sich furchtbar, weil du hier eingeschlossen bist.«

Sie bricht ab, steht auf und kommt zu mir gewankt. Barfuß. Wir stehen uns gegenüber, nur getrennt durch das Gitter. Ihr Atem prallt an die Tür und auf mein Gesicht. Die Dunkelheit in ihren Augen tobt.

»Lügner«, flüstert sie. Ihre Finger krallen sich in das Gitter. »Du hast gesagt, du würdest alles für mich tun. Hol mich hier heraus.«

Sie starrt ins Leere, durch mich hindurch, und die Anspannung fällt von mir ab und macht etwas anderem Platz. So oft schon hat man mit mir gesprochen wie mit dir. Nie fühlte es sich so persönlich an.

»Ich bin nicht Amian«, antworte ich sanft, trotz der Hitze in meiner Brust.

Es dauert ein paar Sekunden, bis sie versteht. Der Medikamentennebel in ihren Augen wallt auf, und kurz ist Erleichterung zu erkennen. »Du bist Osian. Ich kenne dich. Du warst das, am Kanal vor dem Opernhaus.«

»Du hast gesagt, Amian hätte von mir erzählt.«

Gale nickt langsam, als würde es ihr erst nach und nach einfallen. »Ich sollte dich finden, er hat mir eine Notiz dagelassen. Aber sie haben sie mir abgenommen.«

Ich schnappe nach Luft. »Eine Notiz?« Ist das die Nachricht, die du mir schicken wolltest? Wenn es so ist – wieso dieser Umweg? Diese Frau hat nichts mit mir zu tun.

Mir wird bewusst, wie laut meine Worte in dieser totenstillen Umgebung nachhallen. Ich senke die Stimme. »Was stand darauf? Was wollte er?«

Gale wischt sich Tränen aus den Augen. »Erst musst du mich rauslassen.«

»Was?«

»Bitte!«

Die mulmige Kälte von vorhin nistet sich wieder in meinem Magen ein. Kann ich das wirklich tun? Sie in dieser Zelle eingesperrt lassen? Unschlüssig greife ich nach der Klinke. »Vielleicht ist es besser, dass du hier bist, und ...«

»Lass mich raus!«, ruft Gale lauter und schlägt mit flachen Händen gegen die Tür. Das Echo verstärkt den Knall.

Ich stolpere zurück. »Du bist doch verrückt!«

Gale hämmert wutentbrannt gegen die Tür. »Du kannst nicht ohne mich gehen, Osian!« Mein Name klingt schäumend wie das Meer. »Lass mich raus! Lass mich sofort raus!«

Verflixt, ich hätte mir denken können, dass das alles nur noch schlimmer macht!

»Wollten Sie nicht nach Dr. Orville suchen?« Ich wirbele herum. Lucinda kommt mir entgegen.

Scheiße ... Wenn ich denken könnte, würde mir vielleicht deine beste Reaktion einfallen, oder ich könnte etwas zusammenlügen ... Für beides ist es zu spät; ich wetze schon den Gang entlang. Mein Fluchtreflex – von Tempests Schauergeschichte und Gales Geschrei unter Strom gesetzt – treibt mich an. »Halt!« und »Osian!« vermischen sich hinter mir zu Gepolter, und ich laufe in die verkehrte Richtung davon, auf eine Tür zu. Ich knalle dagegen, rüttle an der Klinke. Sie will nicht, aber ehe Tempest mir zu Hilfe kommen kann, gibt die Tür doch nach.

Um die Ecke stoße ich mit jemandem zusammen.

Ally! Sie landet auf dem Boden, verteilt Papier und ein Klemmbrett um sich. »Verf ...« Sie setzt sich auf. »Amian?«

Ich glaube, ich habe sie noch nie fluchen hören. Kein Wunder. Sie muss wütend sein. Weil ich hier bin, ihr nicht gesagt habe, dass ich herkomme, weil ich sie angelogen habe ...

Mit zitternden Fingern fahre ich mir durchs Haar. Jede von Tempests Schauergeschichten könnte sich bewahrheiten, wenn ich mich nicht beruhige. Sofort. Du fürchtest dich nicht. Du atmest durch.

»Entschuldige«, bringe ich endlich hervor. »Geht es dir gut?« Obwohl ich selbst noch auf wackeligen Beinen stehe, helfe ich ihr hoch.

»Nichts passiert.« Sie streicht den weißen Kittel glatt, den sie über dem Kostüm trägt, und richtet ihre Frisur. »Meine Kollegin hat mich angerufen. Sie sagte, dass du hier bist. Warum bist du nicht direkt in mein Büro gekommen?«

Ich reibe mir über die Stelle im Nacken, an der Scham und panische Hitze zusammenschlagen, und warte darauf, dass mir eine Lüge einfällt. »Ich dachte, du wärst bei der Arbeit ...« Keine gute Vorstellung, das sieht Ally garantiert auch. Was zur Hölle soll ich tun, wenn sie nachhakt?

»Du bist ganz blass«, sagt sie. »Als hättest du einen Geist gehen.«

Wenn es nur das gewesen wäre. Ich werfe einen Blick zurück. Der Gang ist endlos, das Echo weit entfernt. Ob Ally Gales Schreie gehört hat? Und wenn Gale ihr von mir erzählt?

Langsam und kontrolliert hole ich Luft.

Gale ist verrückt. Niemand wird ihr glauben. Was für ein tröstlicher ... Was für ein scheußlicher Gedanke! Der Geruch nach Desinfektionsmitteln brennt mir zwischen den Augen. Ich muss hier raus.

Mit einem besorgten Gesicht lässt Ally das Papier liegen und schiebt mich vorwärts. Lange Gänge hinab durch weiße Türen, zurück zum Eingang und am Tresen vorbei, bis die kalte Morgenluft mich erwischt.

Der Himmel ist farblos. Herbst. Es wird ein schmuddeliger Tag. Das Feuerzeug schnippt und ich sauge den Rauch ein; gleich fühle ich mich besser.

»Auf dem Gelände ist das Rauchen verboten.« Ally verzieht den Mund, doch sie unternimmt den ganzen Weg vom Haupttrakt nichts, um mich aufzuhalten.

Ihr Büro liegt im hinteren Teil des Parks in der ehemaligen Orangerie. Das Gebäude hat bodentiefe Fenster, die alle Räume trotz der Jahreszeit in ein freundliches Licht tauchen. Allys Büro besteht aus einem Vorzimmer, in dem ihre Assistentin sitzt, und einem Raum voller Bücherregale mit Fachliteratur. Sie setzt sich an ihren Schreibtisch und ich mich auf den Platz gegenüber.

»Du bist früh dran«, sagt sie. »Ich habe erst in zwei Stunden Mittagspause.«

Und trotzdem hat sie mich beim Herumschnüffeln erwischt. Ich versuche, meine wirren Gedanken einzusortieren, wegzustellen wie die Bücher im Regal, um Platz für die Rolle zu finden. Nicht so verkrampft. Nicht so gerade sitzen. Ich lasse mich tiefer in den Sessel sinken. »Meine Uhr muss falsch gehen.«

Ich kann sie nicht einfach nach deiner Notiz fragen. Als ich das Kleid mitgenommen habe, hat sie mir erzählt, dass das Eigentum der Patienten normalerweise in Schließfächern aufbewahrt wird. Auf dem Dachboden in den ehemaligen Dienstbotenquartieren, glaube ich. Während ich rätsele, wie ich Ally dazu kriege, mir eine Führung zu geben – und ob ich das überhaupt will – erscheint im Fenster hinter ihr eine Kollegin.

Ich sitze wieder aufrecht. Sie durchquert mit eiligen Schritten den Park, der weiße Kittel flattert hinter ihr her. Braune Haut und fast schwarzes, lockiges Haar.

Gale.

Bei allen drei Höllen, es kann keine zwanzig Minuten her sein, dass ich mit ihr gesprochen habe! Wie hat sie es so schnell …

»Ich habe etwas für dich.« Ally reicht mir eine perlmuttglänzende Karte – eine Einladung. »Für die Eröffnung der Fragment-Ausstellung im dritten Palast. Mein Vater würde sich freuen, wenn wir zusammen hingehen.«

»Ja, klar …«, antworte ich gedehnt und versuche, die Richtung auszumachen, die Gale einschlägt. Ally bemerkt meinen Blick und dreht sich um.

Das Telefon auf dem Schreibtisch klingelt und lenkt uns beide ab. Sie vergisst das Fenster, legt einen Finger an die Lippen und hebt ab. »Ja … Lucinda? Was ist passiert? Ja. Sofort. Danke.« Sie wirft den Hörer auf die Gabel und springt auf. »Es gab einen Unfall. Entschuldige mich.«

Gale nimmt kein Taxi, sondern geht zu Fuß. So in Lagen aus Weiß gehüllt wirkt sie von Weitem wie eine Prophetin. Ein Eindruck, der sich noch verstärkt, als sie zwei Blocks weiter aus dem Kittel schlüpft und ihn in eine Mülltonne am Straßenrand stopft. Das Nachthemd darunter ist ebenfalls weiß.

Graue Wolken ziehen hinter der Stadt auf und verdecken den Himmel zusehends. Nach drei weiteren Blocks regnet es. Bald treibt Gale in einem Meer aus Regenschirmen. Immer wieder dreht sie sich um und ich verstecke mich hinter meinem, lasse mich zurückfallen, um nicht entdeckt zu werden.

An der Rondeelstraße verliere ich sie aus den Augen. Schon kribbelt die Anspannung, drängt mich zwischen den dunklen Mänteln der Passanten hindurch, schneller jetzt. Ich überquere die Kreuzung und entdecke Tempest, die auf einer Mauer sitzt und die Beine baumeln lässt.

»Nummer fünfundvierzig«, verkündet sie grinsend und lässt sich vom Luftschwall eines vorbeifahrenden Automobils verwehen.

Auf den ersten Blick hat die Rondeelstraße eine verstörende Ähnlichkeit mit der Avenue. Grau in Grau in Grau, aber begrenzt von einer akkuraten Hecke. Dahinter liegt die Fünfundvierzig, das kitschige Abbild einer Villa, die auf den zweiten Blick auch im Nobelviertel nicht weiter auffallen würde. Das *Hotel zum Löwen*, vermutlich nach den beiden Löwenstatuen benannt, die die Stufen des alternden Backsteingebäudes flankieren. In ihrer Mitte hockt eine Uniform mit polierten Knöpfen. Ich grüße, und der Mann lässt mich passieren.

Von innen ist der Prunk noch deutlich abgetragener; der Eingangsbereich ist ein glorifizierter Flur mit Wasserflecken an den Wänden. Dem Geruch nach hat jemand versucht, den mattgescheuerten Boden mit Bohnerwachs zu kaschieren. Der Portier ist dankbar für das Kleingeld, das ich ihm biete, damit er mir verrät, wo ich suchen muss.

Gale wohnt im zweiten Stock in einer Suite, die ein Baron angeblich vor über einem Jahr für seine Frau im Voraus bezahlt hat.

Die mittlere von drei Türen. Das Zimmermädchen beäugt mich misstrauisch, bevor es nach nebenan verschwindet. Gut, denn ich bin nicht so dumm, einfach zu klopfen.

»Tempest?«

Sie lässt sich nicht zweimal bitten und ergreift meinen Arm, verflüchtigt sich durch die Tür wie ein Windhauch und zieht mich mit sich.

Holz ist das Letzte. Es kratzt und splittert, egal, wie schnell man sich hindurchbewegt. »Scheiße« ist wohl das angemessenste Wort dafür, und ich mache ausgiebig Gebrauch davon, bis mir klar wird, dass Tempest mich losgelassen hat. Sie ist in der Schwärze verschwunden.

»Mach dir nicht ins Hemd«, flüstert sie.

Angst habe ich im Dunkeln schon lange nicht mehr, doch die flatternden Nerven, wenn ich unerlaubt ein Zimmer betrete, tauchen hin und wieder auf. Folgen einer Kindheit in einem übervollen Haus. Mit klopfendem Herzen ertaste ich erst die Wand, dann den Lichtschalter.

Um mich erscheint ein Meer aus glitzerndem Stoff, Pailletten und Strasssteinen. Wo sind wir, in einem Ankleidezimmer? Gale entdecke ich nirgendwo; nebenan rauscht die Dusche. Ich nutze den Moment, um mich umzuschauen.

Auf dem Bett liegen Kleider, an der Garderobe hängen Anzüge auf Bügeln, die meiner Aufmachung ähneln. Es gibt einen Frisiertisch, auf dem ein Hut und eine Perücke nebeneinander weilen. Wie man das hier eine Suite nennen kann, ist mir ein Rätsel. Bett, Tisch und die zwei Stühle sehen aus, als würden sie jeden Moment unter ihrem eigenen Gewicht nachgeben. Die Vorhänge sind mottenzerfressen und haben Fransen, die früher vielleicht einmal golden waren. Damit passen sie zu den trostlosen Tapeten an den Wänden.

Für dieses Loch würde kein Baron der Welt freiwillig Geld zahlen. Wieso wohnt die Ziehschwester von Irvine ausgerechnet hier?

Mir sticht die zerkratzte Anrichte ins Auge. Vielleicht bewahrt Gale dort einen Ausweis auf – oder die Notiz, die sie erwähnt hat.

Es würde mich nicht wundern, wenn die Geschichte, dass die Ärzte sie ihr abgenommen haben, gelogen war. Ich stöbere durch die Sachen und finde nur Bücher, Liedtexte und zerfledderte Modezeitschriften – sehr viele Zeitschriften. Wenn der Baron auch für die Kleider aufkommt, tut er mir leid.

Ich greife nach einem besonders großen Buch, doch so schwer, wie ich dachte, ist es gar nicht. Als ich es aufschlage, finde ich ein Fach in die Seiten geschnitten. Darin liegen stapelweise Notenzettel. Linien und Punkte, aber keine Notiz.

»Wusste ich's doch«, sagt eine Stimme hinter mir.

Mir wird klar, dass die Dusche nicht mehr rauscht. Es klirrt ohrenbetäubend und verblasster Teppich kommt auf mich zu.

Grelles Licht weckt mich. Die verstaubten Vorhänge sind zurückgezogen.

Gale hockt auf einem umgedrehten Stuhl, das Kinn auf die Lehne gelegt. Eine einzelne nasse Strähne hat sich aus ihrem Zopf gelöst und tropft auf das frische Kleid. Sie sagt etwas, das »Guten Morgen« heißen könnte, doch es geht im Dröhnen meines Schädels unter. Ich liege am Boden, ans Fußende des Bettes gelehnt. Alles dreht sich.

»Heilige Scheiße«, brumme ich. »Was sollte das denn?«

»Ich stelle die Fragen. Wie bist du durch die Tür gekommen?«

Ich schnaube abfällig, was bis in meine Nasenspitze hämmert. »Vielleicht kann ich durch Wände gehen und brauche keine Tür.«

Vom Fenstersims aus lacht Tempest. »Hör auf, dich mit fremden Federn zu schmücken.«

»Spar dir das für später.« Ich blinzle gegen das Licht an, und sie verstummt. Mir wird bewusst, dass Gale mich mit hochgezogenen Brauen ansieht.

Verflixt noch eins, mit den Kopfschmerzen kann ich kaum einen klaren Gedanken fassen. Ich muss vorsichtiger sein. Umständlich setze ich mich auf und taste nach der Wunde. Im Haar an meinem Hinterkopf klebt halb getrocknetes Blut.

»Solltest du nicht im St. Thalassa sein?«, frage ich.

»Sie sollten besser dich einweisen.« Gales Worte klingen nicht so scharf, wie wir wohl beide erwartet haben; auf ihrer Stimme lastet eine dicke Schicht Zuckerglasur. Es muss an den Medikamenten liegen. Gale überspielt es – schlecht – und reckt ihr Kinn. »Die liebe Lucinda hat mich gehen lassen.«

»Sicher ...«, antworte ich wie auf eine von Tempests Geschichten. »Kurz nachdem du durch den Park gelaufen bist, habe ich gehört, dass du Ärger gemacht hast. Aber habe ich dich verpfiffen?«

»Hast du?«

»Nein!«

Sie richtet sich auf, zwirbelt die nasse Strähne. »Stattdessen bist du mir nachgeschlichen und in mein Zimmer eingebrochen«, sagt sie säuerlich. »Du kannst stolz auf dich sein.« In der anderen, mit meinem Blut beschmierten Hand wiegt sie eine Vase, die das gleiche Muster hat wie die Scherben neben mir. Eine Drohung.

»Ich wollte mit dir reden.« Vor jemandem, der dich kennt, ist es nicht so leicht, mich in deine Rolle zu versetzen. Die Wärme deiner Stimme, das omnipräsente Lächeln, die Sicherheit – all das wird dann irgendwie ... durchsichtig. Und wenn ich so darüber nachdenke, kennt sie mich schon als jemand ganz anderes: als mich.

Ich versuche es also ganz direkt. »Bist du Amians Freundin? Er hat nie etwas von dir erzählt.«

Gale betrachtet die Vase. »Er hat auch mit keinem Wort erwähnt, dass du ein Einbrecher bist.«

Ich wusste, dass eine Frau verantwortlich ist! Ich habe es die ganze Zeit geahnt! Marine, Anna, Sira – du hast immer die hübschesten Mädchen am Arm. Auch Gale ist schön. Und ich hege den Verdacht, dass sie genauso gefährlich ist wie du.

Ich runzle die Stirn und zische vor Schmerz. »Was ist mit seiner Nachricht? Sagtest du nicht, dass du mich ausfindig machen solltest?«

Die Überreste der Medikamente in ihren Augen lichten sich. Statt mich weiter mit Porzellan zu bewerfen, seufzt sie und steht auf. Ganz selbstverständlich stellt sie die Vase zurück an ihren Platz am Fenster, direkt neben Tempest. Ihre Schultern heben sich unmerklich.

Langsam lässt das Hämmern nach, genug, dass ich auf die Beine komme und mich an der Wand abstützen kann. »Verflixt noch eins, das hat gesessen.« Ich massiere mir Schläfen und Nacken. »Du weißt bestimmt, wo ich ihn finden kann. Ich habe einen Haufen Fragen an ihn.«

Sie schweigt. Überhaupt sieht sie aus, als bräuchte sie alle Kraft, um geradezustehen – und ich habe selten so dringend eine Raucherpause gebraucht.

Ich werfe die Kippen auf die Fensterbank zwischen uns und suche nach dem Feuerzeug. »Auch eine?«

»Ich rauche nicht.«

»Es ist ein furchtbarer Tag«, gebe ich zu bedenken. Während ich den Qualm durch die Nase blase, scheint sie weiter zu grübeln. »Er hat nie von dir erzählt«, wiederhole ich, in der Hoffnung, diesmal versöhnlicher zu klingen. »Du bist also eine Baronesse?«

»Nein.«

»Aber der Rezeptionist meinte ...«

Sie verschränkt die Arme. »Amian hat die Suite gemietet. Unter einem seiner falschen Namen.«

»Oh.« Noch etwas, das ich nicht über dich wusste. Dabei hast du mir doch immer alles anvertraut. Irgendetwas ist hier absolut verkehrt. Es ist dasselbe Gefühl, das mich seit dem Anblick des rostenden Medaillons nicht mehr loslässt.

Die verschlossene Tür.

Die ungeöffneten Nachrichten.

Ich sollte nicht fragen, doch mein Mund öffnet sich trotzdem – gegen jeden Instinkt. »Warum hat er dich nicht aus dem St. Thalassa geholt?«

Sie sieht auf, ihre schwarzen Augen regnerisch statt neblig. Und ich weiß, was sie sagen wird.

»Amian ist tot.«

8

Amian ist tot.

Du bist tot.

Etwas klappert. Erst nach Sekunden wird mir klar, dass mir mein Feuerzeug aus der Hand gefallen ist. Die Worte haben mich erstarren lassen, und es braucht meine ganze Willenskraft, um etwas zu antworten.

»Deshalb warst du im St. Thalassa«, höre ich mich sagen. »Du bist verrückt. Du bist verrückt oder du lügst.«

Sie schürzt die Lippen zu einer gemeinen, schmerzhaften Grimasse. »Ich wünschte, es wäre so.«

»Wann?«

»Vor einem Jahr. Er wurde ermordet.« Sie spricht den zweiten Satz so leise aus, dass ich nicht weiß, ob er für mich gedacht war. Irgendwie macht es das noch schlimmer. Realer. Ich will sie packen und zwingen, die Wahrheit zu sagen. Alles zurückzunehmen. Loszulachen wie eine Verrückte.

Eins davon oder alles.

Doch ich bewege mich nicht. Wir schweigen, und in der Stille wird mir langsam klar: wenn das die Wahrheit ist, kann ich nichts an ihren Worten ändern.

An Stelle der Wut ist da plötzlich nur noch furchtbare Leere. Eine Machtlosigkeit. Eine Einsamkeit, die mich für immer verfolgen wird. Etwas hat mich in zwei Teile gerissen. Ich drohe, das Gleichgewicht zu verlieren.

»Osian ...«, beginnt Gale.

Statt einer Antwort schleudere ich die Scheißvase durch die Suite. Sie zerschellt an der Wand, dreckiges Wasser und Splitter fliegen in alle Richtungen.

Tot.

Tausend Fragen. Und ich weiß schon jetzt, ich kann die Antworten nicht ertragen. Ich atme schwer, doch es ist, als würde die Luft in meiner Brust verpuffen. Langsam dringt der Schmerz zu mir durch wie die Stimmen von nebenan. Wasser tropft von der Tapete.

Ich merke erst, dass mir die Tränen über das Gesicht laufen, als ich das Salz schmecke. Ich klammere mich an die Fensterbank. Mein Atem beschlägt das Glas, die ganze Welt scheint in Nebel zu versinken. Wenn es nur so wäre. Tröstliches Nichts statt dieser drückenden Hitze unter meinen Augen, diesem Zwang, dieser Maske, die keine ist.

Ein fernes Motorengeräusch zerreißt die Stille im Zimmer. Vor dem Hotel hält ein schwarzer Wagen. Zwei Personen steigen aus – Uniform und glänzende Helme.

Ich reibe mir übers Gesicht und widerstehe im letzten Moment, auch die Scheibe abzuwischen.

Polizisten. Das kann nichts Gutes bedeuten.

Gale neben mir flucht; sie hat den Blick genauso nach draußen gerichtet wie ich. Sie macht kehrt, wühlt in ihren Sachen und stopft, was sie greifen kann, in eine Handtasche. Steckt sich die nassen Haare hoch, zieht sich die Perücke vom Frisiertisch auf und bindet sich ein bunt gemustertes Seidentuch um. Dann schlüpft sie in einen langen Mantel. Von jetzt auf gleich ist sie von der Verrückten auf der Flucht zu einer eleganten Dame avanciert.

»Was hast du vor?«, frage ich entgeistert.

»Verschwinden«, antwortet sie, bleibt an der Tür aber kurz stehen. Sie mustert mich von oben bis unten und schlägt die Augen nieder. »Es tut mir leid.«

Ich bleibe an die Wand neben dem Fenster gelehnt, festgekrallt am Sims. Die Kälte von draußen hat meine Gelenke gepackt und formt sich zu Tempests Hand. Sie legt sich tröstend auf meine, wird zu einem milderen Gefühl. Warm wie ein Frühsommertag. Trost.

»Hast du es gehört?«, frage ich leise.

Natürlich hat sie. Sie antwortet nicht darauf, doch sie wird so viel wirklicher. Ich halte mich an ihr fest.

Es hämmert an der Tür. Wir fahren zusammen.

»Polizei«, ruft jemand. »Miss Hadley, aufmachen!«

Unter den Fäusten ächzen die Angeln. Die Temperatur sinkt schlagartig; Tempest wittert Unheil.

Gale späht aus dem Türspion und stößt einen lautlosen Fluch aus. Es gibt keinen anderen Ausweg – eine Tür ins Treppenhaus und Fenster zur Straße. Wir sitzen in der Falle. Oder eher: Gale sitzt. Ich bin bloß Beifang.

Vielleicht nicht einmal das. Ich kann durch die nächste Wand verschwinden, irgendwohin, wo es dunkel und ruhig ist. Klingt fast wie eine Idee.

Ich drehe mich um zu dem Stück Tapete, an dem noch immer dreckiges Blumenwasser herunterläuft. Tempest versteht ohne Worte, zieht ihre Hand zurück und spreizt die Finger. Wenn sie ein Mensch wäre, würde sie jetzt die Knöchel knacken lassen.

Nebenan steht ein Schrank, sodass Tempest mich nicht nur durch Mauer, sondern auch durch Holz, Stoff und das bittere Leder von Gepäck zieht. Einmal die ganze Tortur.

Ich öffne die Tür einen Spalt breit. Es ist die zur rechten Suite.

Die Polizisten machen sich an dem Schloss zu Gales Zimmer zu schaffen.

»Was tun Sie da?«, frage ich. Die beiden sehen auf.

»Wir sind auf der Suche nach einer jungen Frau, die sich als Baronesse ausgegeben hat«, erklärt der eine. Er ist älter und seine Uniform eindeutig zu lang. »Haben Sie uns gerufen?«

»Ich wusste überhaupt nicht, dass dort jemand wohnt.« Was nicht gelogen ist, sofern sie Gale nicht bemerkt haben; sie muss noch hinter der Tür ausharren.

»Einige Gäste haben sich über Lärm beschwert, der vorhin aus dem Zimmer drang«, sagt der Polizist.

»Das war dann wohl meine Suite.« Es sollte nur ein entschuldigendes Kopfschütteln sein. Mir wird schwindelig.

Der Polizist stutzt. »Geht es Ihnen nicht gut?«

»Sie sind verletzt!«, ruft der andere. Er hat nicht nur die richtige Länge für seine Ärmel, sondern auch bessere Augen.

»Ja ...«, mache ich langgezogen. »Deshalb habe ich ja die Polizei gerufen. Jemand ist bei mir eingebrochen, hat mich niedergeschlagen und ist dann durchs Fenster geflüchtet.«

»Was für ein Tag«, knurrt der zu kleine Polizist und zerrt seinen Kollegen mit zu mir. Mein durchgeschütteltes Aussehen kommt mir zugute; sie drängen sich arglos an mir vorbei in die Suite.

War das knapp.

Gale muss alles mit angehört haben; kaum, dass die beiden verschwunden sind, huscht sie aus ihrem Zimmer. Sie fuchtelt mit den Armen und ich deute zur Treppe.

Der Weg herunter ist halsbrecherisch. Ich bin nicht sicher, ob meine Beine vom Schlag mit der Vase so wackelig sind, oder weil sich die Welt anfühlt, als hätte sie sich unter mir verschoben. Gale packt meinen Arm, damit ich nicht falle. Sie zieht mich mit der gleichen Energie vorwärts, mit der Tempest es sonst tut.

Wir haben die Hälfte der Stufen geschafft, ehe die Polizisten mein Fehlen bemerken.

»Halt!« Schon wieder der mit den Adleraugen. Er beugt sich über das Treppengeländer im Stockwerk über uns. »Wer sind Sie, Miss?«

Gale braucht nur einen Wimpernschlag, um sich in das Spiel zu finden. Sie bleibt stehen und wirft mit einem süßsauren Lächeln nach ihm. »Mrs. Martin, aus der Suite links.«

»Wir müssen Sie bitten, zu bleiben, bis ...« Seine Aufmerksamkeit wandert zu ihrer Tasche.

Scheiße. Aus dem Verschluss hängt ein Ärmel. Gale bemerkt es.

Sie lässt mich los, sodass ich das letzte bisschen Gleichgewicht verliere. Ich stolpere die Stufen herab, greife nach dem Geländer.

Alles dreht sich. Hätte sie diese verflixte Vase bloß stehen gelassen.

»Mr. Mariano, geht es Ihnen nicht gut?« Gales sorgenvolles Gesicht taucht neben mir auf. »Wir sollten wirklich einen Arzt aufsuchen«, murmelt sie. Ich habe keine Ahnung, ob zu sich selbst, zu mir oder ob es Teil der Vorstellung ist.

Der Polizist stürmt die Treppen herunter. »Warten Sie, ich rufe Ihnen ein Taxi.«

»Das kann der Rezeptionist erledigen!«, antwortet Gale und senkt die Stimme. »Sie haben noch eine Weile zu tun.« Sie richtet Mantel und Hut, stopft bei der Gelegenheit den Ärmel zurück in die Tasche und zieht mich davon. Wir lassen die beiden hinter uns, erreichen das Foyer und stürmen am Rezeptionisten vorbei, ohne uns noch einmal umzusehen.

Filmreife Leistung.

Gale hilft mir den Treppenabsatz am Eingang hinab. »Wie zur Hölle hast du es in das andere Zimmer geschafft?«

»Ich sagte doch, ich kann durch Wände gehen.«

Sie schnaubt.

Vor dem Hotel treffen wir auf den Mann mit den polierten Knöpfen und einen dritten Polizisten. Letzterer ist allerdings zu sehr mit seiner Zigarette beschäftigt, als dass er bemerkt, wie ich meinen Regenschirm aufspanne. Wir mischen uns unter die Passanten, unsere Schritte passen sich denen der anderen an. Der Schwindel lässt nach. Nur Gales Hände um meinen Arm deuten darauf hin, wie knapp wir entkommen sind.

»Danke«, seufzt sie. »Ich dachte nicht, dass sie mich so schnell finden würden.«

»Ist das wirklich ein Wunder?« Ich widerstehe dem Drang, mich nach Verfolgern umzudrehen. »Du liebst den großen Auftritt, das meintest du doch.«

»Das hat uns gerade gerettet.« Gale zupft die falschen Haare zurecht, prüft ihre Tasche. Elegant, bloß für einen Spaziergang.

»Du brauchst keine Bühne, sondern einen richtigen Plan.«

Sie kaut auf ihrer Unterlippe. »Für den war immer Amian verantwortlich.«

Das Prasseln wird stärker, die Fassaden ertrinken im Grau. Genau wie ich. Über mir verdunkelt sich der Himmel zu Schwärze, und ich bekomme keine Luft. Ich sinke. Ohne dich weiß ich nicht, wie ich weitermachen soll.

»Es gab einen Plan.« Gales Griff um meinen Arm lässt nach. »Aber das ist eine Weile her. Und es könnte dauern, bis ich ihn umsetzen kann.«

Der Regen will mich die Straßen hinab in den Hafen spülen, ins Meer hinaus. Ich zwinge mich, durchzuatmen. »Ich kenne einen Ort, an dem du erst einmal sicher bist«, sage ich, die Stimme heiser.

Die Flut wird kommen.

Gale ist mein Rettungsseil.

◆◉◆

»Nett.« Gale betritt das dunkle Zimmer, und der Dielenboden heult auf wie ein verwundetes Tier.

Wenn sie »nett« für das richtige Wort für meine alte Wohnung hält, müssen das ganz schön starke Medikamente gewesen sein.

Ich betätige den Lichtschalter. Die Glühbirne im Nebenraum flackert auf, die über der Küchentheke ist durchgebrannt. Immerhin geht der Strom – im Arbeiterviertel keine Selbstverständlichkeit.

Gläser mit Lösemitteln und Farbe, Schraubenzieher, Sägen und Metallspäne erwecken den Eindruck, wir wären geradewegs in eine Werkstatt spaziert. In den Tapeten hält sich der Geruch der beißenden Chemiedämpfe, die Kleber und Lacke mit sich bringen. Mir kommen diese paar Wände fremder vor als das Antiquariat.

Gale schraubt am Deckel einer Tube, wiegt einen Hammer in der Hand und schiebt sich dann zwischen dem Zweisitzer und dem Küchentresen hindurch. An der Vitrine in der Ecke bleibt sie stehen. Dahinter warten lang vergessene Schätze, ausgeblichenes Holz und Sprünge, in denen sich das Licht fängt.

»Was ist das alles?«

»Das sind Erinnerungsstücke.« Ich öffne die Vitrinentür und nehme eine Vase heraus, an deren Rand ein feiner Riss verläuft. Sie ist nicht alt, kein Fragment. Bloß ein Stück Müll. Doch meine Finger kennen jede Vertiefung, die Struktur des Materials, alle Kanten. »Früher habe ich sie repariert. Es war ein Zeitvertreib.«

»Was ist damit?« Gale zeigt auf die zertrümmerte Spieluhr im untersten Fach.

Ich schließe die Vitrine wieder. »Die bleibt besser, wie sie ist.«

Gale schlendert weiter, als gäbe es darauf nichts zu antworten. Sie fährt mit dem Finger über den Tisch und schnalzt angesichts des Metallstaubs mit der Zunge. »Du warst also länger nicht hier.«

»Es ist ein Jahr her, dass ich zuletzt hier gewohnt habe.«

Damals saßen wir zusammen an dem Tresen, vor dem sie nun steht. Du sagtest mit deinem wärmsten Lächeln, dass du ein paar Dinge in Ordnung bringen müsstest.

»Die Wohnung steht leer, du kannst also eine Weile hierbleiben.« Meine Stimme klingt, als würde sie zu der Erinnerung von dir gehören. Ich räume ein paar Werkzeuge zur Seite, um die Tasche mit Einkäufen abstellen zu können.

Gale reckt sich und schaut aus dem kleinen, hoch liegenden Fenster. Es ist das Beste an dieser Wohnung. Man hat eine Aussicht über die tristen grauen Gebäude des Arbeiterviertels, die Schluchten zwischen den Häusern, die bis herunter zum Meer führen. Im Osten auf einen Teil der Innenstadt. Einen speziellen Ort hat man von hier aus immer im Blick.

»Da ist das Antiquariat«, sagt Gale mit einem Lächeln.

Vom Laden selbst ist nur das Dach zu erkennen, dafür aber ein Teil der Kreuzung hinter dem Kiosk. Ich frage mich, ob ich Gale dort vielleicht einmal gesehen habe. Morgens, wenn du mit ihr aus dem Haus gegangen bist. Abends, wenn ihr verabredet wart. Ich hätte einen Großteil deines Lebens bequem von hier aus verfolgen können. Gab es Hinweise darauf, was passieren würde? Vielleicht hätte ich es verhindern können.

Gale lässt sich auf das Sofa fallen. »Eine schreckliche Stadt. Ich hätte niemals herkommen sollen. Dann wäre ich nie im St. Thalassa gelandet.«

»Wie ist das überhaupt passiert?«

Sie schaudert. »Es muss furchtbar gewesen sein, aber ich kann mich nicht erinnern. Irgendwann bin ich einfach in einem kleinen, weißen Zimmer aufgewacht.«

Ich habe keine ehrliche Antwort erwartet, weil ich eine solche Frage auch nicht ehrlich beantworten würde – das haben sie mir in der Avenue ausgetrieben. Doch Gale ist nicht wie ich. Sie nimmt die Frage ernst. Dieses Vertrauen wundert mich bei ihr fast noch mehr, als es eine Lüge getan hätte.

Sie streicht gedankenverloren über den staubigen Sofabezug. »Die Gründe für die Einweisung habe ich erst später von den Schwestern dort erfahren.«

»Der Mord an Amian.« Allein wie das klingt. Falsch. Einfach falsch. Getrieben von meinem Unbehagen mache ich mich daran, die Metallspäne vom Tresen zu fegen.

»Sie sagten mir, überall sei Blut gewesen.« Gale senkt die Stimme. »Dass jemand ihn getötet hätte. Sie fragten, ob er Feinde gehabt habe, doch das alles ergibt für mich keinen Sinn. Meine Erinnerung endet Tage davor.«

Ich sehe auf, mustere sie. Ihr Mund ist eine lange, fahlgraue Linie. »Da muss doch etwas gewesen sein.«

Schweigen. Wenn Gale überlegt, fährt sie sich mit den Fingern über die Wange.

»Da war ein Echo. Und es war unheimlich kalt. Ich habe gezittert.« Sie begegnet meinem Blick, wie sie mich schon im Hotel von ihrem Stuhl aus betrachtet hat. Wieder dieser Nebel. »Du siehst ihm wirklich ähnlich.«

»Ich weiß.« Ich taste nach dem Verlust, aber er fühlt sich noch immer nicht echt an, auch nach Stunden nicht. Er ist bloß eine Lüge, ein Mythos, ein Albtraum. Und wenn ich aufwache, klatscht der Regen an die Fenster und Tempest summt.

»Hast du ihn geliebt?«, frage ich heiser. Mit einem Mal ist mir unheimlich wichtig, dass sie Ja sagt.

Gale begegnet meinem Blick, reglos. Kein Nebel mehr, kein Spott. »Du weißt nicht wie sehr.«

Ich kann sehen, dass sie es ehrlich meint. Oder ich will es so. Mehr als alles andere. »Ich auch.«

Wir schweigen und ich frage mich, wie sie es geschafft hat, hinter deine Fassade zu blicken.

VOR EINEM JAHR

»Du hast mit ihr geschlafen«, stellte Douglas fest, als Amian nach ein paar Monaten immer noch nichts vorweisen konnte. »Mit der Tochter des Komponisten.«

»Natürlich habe ich das.«

»Natürlich hast du das.« Douglas färbte den Satz mit allem Sarkasmus, den er aufbringen konnte, und das war eine Menge. »Ich wollte bloß das Musikstück.«

Eigentlich war Amian nur zu Besuch, um neue Ware abzuholen. Diese Termine nahm er deutlich seltener wahr, seit Douglas ihm den Auftrag erteilt hatte. Mit den Einladungen schwang stets eine gewisse Erwartung mit, die sich meist erst nach einigen Gläsern Whiskey auflöste. »Es ist nicht so leicht zu beschaffen, wie du denkst.«

Douglas lachte und hob das Glas. »Ich dachte ganz und gar nicht, dass es leicht sein würde. Deshalb hilfst du mir ja. Soll ich dir aufzählen, was alles nicht zu meinem Gefallen gehört?«

Amian stieß mit ihm an. »Würdest du eine solche Gelegenheit nicht nutzen, wenn sie sich dir bietet?«

»Ach nein.« Douglas trank aus und stellte das leere Glas ab. Er verschränkte die Arme hinter dem Kopf und streckte sich auf seinem Sessel aus, bis er seine vollen Einsneunzig verteilt hatte. »Gelegenheiten haben so an sich, dass sie immer wiederkommen. Sex löst keine Probleme. Mit Pech verursacht er neue.«

Doch solange es keine andere Spur gab, blieb Amian bei Gale. Er führte sie aus, ging mit ihr ins Lichtspielhaus oder ins Theater und Freitag abends zum Tanzen. Mal waren sie Thronfolger, mal Millionäre. Auf dem Heimweg küsste er sie in dunklen Gassen und hielt ihre Hand, bis sie das Wohnheim erreicht hatten, und wenn sie ihn in ihr Zimmer einlud, schlief er mit ihr.

Eines dieser zahllosen kleinen Treffen war ein Kammerkonzert, das der Schirmherr von Gales Musikschule auf seinem Anwesen organisiert hatte. Einer der Prinzen, so viel wusste Amian. Doch es war unwahrscheinlich, dass er ihn persönlich kannte, und er hatte auch kein Interesse daran, das zu ändern. Gales Begleitung zu sein bedeutete, ihr Sektgläser von den Tabletts der Diener zu reichen und ihr zu sagen, wie hübsch sie war. Der Abend würde folglich ein angenehmer werden, denn Amian beherrschte das Sektgläserreichen perfekt und Gale sah atemberaubend aus. Sie trug ein Kleid, das so schwarz war wie das Meer bei Mitternacht. Während auf der Bühne die Cellisten und Pianistinnen auftraten, konnte er an nichts anderes denken als daran, es ihr am Ende des Abends auszuziehen.

Bis dahin langweilte er sich. Musik hatte Amian noch nie genießen können. Für ihn war der Klang genauso grau wie die Theorie dahinter. Es war eine willkommene Abwechslung, als Gale in die Reihe schräg vor ihnen zeigte.

»Dort ist er, der Schirmherr der Musikakademie. Mit ihm war mein Vater befreundet.«

Das Stück war zu Ende. Das Publikum applaudierte, und der Schirmherr stand auf und sprach mit der Cellistin. Auch Amian erhob sich, um zu klatschen und um mehr erkennen zu können.

Der Prinz war ein eleganter Mann, dessen Haar mit seinem Goldschmuck um die Wette glänzte. Der Stimme nach war er noch nicht sehr alt. Amian kannte ihn doch: Irvine Salvatori.

Ihm kam ein Verdacht.

In der Pause entschuldigte er sich und folgte dem Prinzen hinaus. Salvatori durchquerte das Foyer und verschwand hinter einer Flügeltür.

Sie führte in ein Studierzimmer, wie Amian beim Eintreten feststellte. Er schloss die Tür hinter sich und zog seine Pistole, richtete sie auf Salvatori. Der Prinz fuhr herum und erstarrte. Auf seinem Gesicht blitzte Erkenntnis, dann Verwirrung auf.

»Die *Arie der Sirene* von Theodor Paolo«, sagte Amian. »Geben Sie sie mir.«

Salvatoris Miene bestätigte seine Vermutungen. »Ich weiß nicht, wie Sie darauf kommen, dass ich sie hätte«, antwortete er zwischen zusammengebissenen Zähnen. »Das Stück ist verschollen.«

»Sie kannten Paolo. Sie haben es von ihm bekommen.« Amian winkte mit der Waffe. Salvatori gab sein Schauspiel auf, ließ die Schultern sinken und trat zu einem Schrank neben der Tür. Er öffnete ein Fach, blätterte in diversen Zetteln und zog einen Umschlag aus braunem Papier heraus. Amian nahm ihn entgegen und warf einen kurzen Blick hinein. Als er wieder aufsah, war auch auf ihn eine Waffe gerichtet – ein kitschiges, goldverziertes Teil.

»Sie glauben, dass Sie einen Prinzen ausrauben und hier einfach herausspazieren?« Salvatoris Mund verzog sich vor Abscheu.

Es klopfte.

»Irvine, bist du da drin?«

Amian blieb still. Salvatori drückte ihm den Lauf an die Schläfe und schloss mit der Linken seelenruhig die Tür auf.

Er lächelte durch den Spalt. »Gale, wie schön, dich zu sehen. Hast du einen angenehmen Abend?«

»Wunderbar.« Sie sah sich im Gang um, beugte sich zu ihm. »Kann ich dich kurz sprechen?«

»Ja, aber ...«

»Es geht um das Stück meines Vaters.«

Der Lauf an Amians Schläfe verrutschte. »Ich sagte doch, damit kann ich dir nicht weiterhelfen. Und gerade ist kein guter Momen...«

Amian entriss ihm die Pistole und zog ihm mit der eigenen eins über. Salvatori kippte um wie ein Sack Zement.

»Das sieht dir ähnlich!«, ätzte Gale. »Und ich sorge mich auch noch um dich.«

Amian machte einen Schritt über Salvatori hinweg in den Gang und zog die Tür hinter sich zu. »Wir haben gerade einen Prinzen niedergeschlagen und du willst streiten?«

Gale stemmte die Hände in die Hüften. »Wir? Du hast ihn niedergeschlagen!«

»Du hast geholfen.«

»Weil er dich bedroht hat.« Ihre Wangen leuchteten vor Wut. »Warum überhaupt?«

»Also willst du doch streiten.«

Es war Douglas' Auftrag gewesen. Aber Amian hielt ihr den Umschlag mit dem Stück hin. *Ihr.*

»Ist das ... Aber Irvine hat gesagt ...« Sie zögerte. Schüttelte den Kopf. »Ich will es nicht.«

»Jetzt überlegst du es dir anders?« Amian schnaubte. »Es sollte dir gehören. Na los, nimm schon.«

Unvermittelt drückte sie ihn an die getäfelte Wand und ihre Lippen trafen sich, ein Glühen im sanften Schein der Kronleuchter. Doch in ihrem Kuss lauerte etwas, das er nicht erwartet hatte. Eine Finsternis, genauso kalt und verlockend wie ihr Kleid. Sie nahm ihm den Umschlag ab und zog ihn davon.

Sie verschwanden durch den Hintereingang, nahmen erst ein Taxi, dann ein Hotelzimmer. Dort schafften sie es kaum durch den Flur. Endlich bekam Amian das, worauf er schon den ganzen Abend gewartet hatte. Der Umschlag landete vergessen zwischen Wellen schwarzen Stoffs.

Als Amian am nächsten Morgen neben Gale aufwachte, war ihm klar, dass er ein Problem hatte. Die Sirene hatte ihn in ihre Untiefen gelockt. Und er war vollkommen freiwillig darin ertrunken.

9

HÖLLE

Die Woche zieht sich. Ich verbringe die Tage im Büro – im Dunkeln, abgesehen vom Licht der Schreibtischlampe. Aus Gewohnheit habe ich die Splitter des Aschenbechers aufgesammelt und klebe sie Stück für Stück zusammen. Es ist ein kleinteiliges Puzzle, das so viele Stunden meines Tages einnimmt, dass abends meine Augen schmerzen und ich nachts davon träume. Ich fülle das Loch in meinem Herzen mit scharfen Kanten, bis ich nicht einmal mehr die Silberglocke höre.

Bis es scheppert.

Ich stehe auf und nehme einen Spazierstock mit, den ich für diesen Fall an den Tisch gelehnt habe. Eiche, dunkel lasiert und mit einem praktischen versteckten Schwert. Wenn Nessa glaubt, sie kann hier mitnehmen, was immer sie will, werde ich ihr die längst überfälligen Manieren eben einprügeln.

Doch das brauche ich nicht. Es ist nicht Nessa, auch nicht Cergio, sondern ein Kunde.

»Entschuldigen Sie«, sagt er und schaut betreten auf die Scherben einer kleinen Figurine.

Himmel, sind die Dinger denn überall?

»Das bezahlen Sie«, fordere ich.

»Selbstverständlich.«

Der Mann schlendert durch den Laden und ich fege die neuen Scherben zusammen; zumindest die Arbeit geht mir nicht aus. Doch sie fühlt sich hohl an.

Ich leere die Kehrschaufel, dann gebe ich vor, ein paar Uhren zu sortieren. Den Kunden behalte ich dabei immer im Auge. Es ist ein älterer Mann, beileibe kein Aristokrat, aber die Kleidung ist auch keine Massenware. Geld ist also vorhanden. Gesehen habe ich ihn noch nie. Kanntest du ihn?

Ermordet. Das heißt, es gibt einen Mörder.

Bei dem Gedanken wird mir jedes Mal kalt und heiß.

Auf dem Weg nach draußen entschuldigt sich der Mann erneut. Er zahlt anstandslos den horrenden Preis, den ich ihm nenne, und geht.

»Was habe ich verpasst?«, fragt Tempest von ihrem Sessel aus. »Hat er einen Welpen aufgeschlitzt oder Dämonen in deiner Küche beschworen?«

»Nein.« Ich reibe mir über den Nacken, wo es noch immer gefährlich schwelt. Wenn es so wäre, hätte ich wenigstens einen Grund dafür, langsam den Kopf zu verlieren. »Es war bloß ein netter, alter Mann.«

An einem Morgen weckt mich ein Klopfen. Erst weiß ich nicht, wo ich bin ... in deiner Wohnung? Über dem Laden, im zweiten Stock.

Habe ich geträumt?

Bis eben lag ich am Boden, die Arme über dem Gesicht, und Horace trat auf mich ein, bis Schmerz durch meine Seite sirrte und ich mich krümmte. Er packte meinen Hals. Ich konnte spüren, wie seine Fingernägel Abdrücke hinterließen, sah, wie sich die Welt über mir auflöste.

»Dämonenbalg«, knurrte Horace.

Ich blinzelte, um irgendetwas zu erkennen, mich an irgendetwas festzuhalten, das nicht er war. Da war Mutter, das graue Haar streng zurückgekämmt, die Miene reglos. Sie hatte die Arme verschränkt, weil sie wusste, dass du es nicht wagen würdest, mir zu Hilfe zu kommen. Du konntest nur zusehen, wie Horace das letzte bisschen Leben aus mir herausprügelte.

Wir beide waren hilflos.

Und deine Gleichgültigkeit wurde angestrengt. Niemand sonst bemerkte diesen kleinen Unterschied. Vielleicht nicht einmal du selbst. Daran hielt ich mich fest.

Dann war es vorüber, und du bliebst bei mir. Du warst stille Gesellschaft.

»Glaubst du, Horace hat recht?« Meine Stimme klang tränenerstickt.

Du dachtest lange darüber nach. »Nein«, sagtest du schließlich. »Du bist nicht wie ich.«

Tock.

Ich reibe mir den Schlaf aus den Augen. Das Tageslicht lässt die Bilder verblassen und meine Erinnerung setzt wieder ein. Zweiter Stock.

Tock. Tock.

Tempest sitzt auf dem Fenstersims und schießt potentiell tödliche Blicke gen Boden. Ich warte das nächste *Tock* ab und öffne das Fenster.

»Ich dachte glatt, du bist doch noch zur Hölle gefahren!«, ruft Nomi, den nächsten Stein in der Hand.

»Wie viel Uhr ist es?«

Sie hebt die Arme. »Was weiß ich? Spät!«

Einen ewigen Moment will ich zurück unter die Decke kriechen. Ich möchte deine Anwesenheit heraufbeschwören, die mir bereits entgleitet. Selbst wenn es bedeutet, dadurch alten Dämonen zu begegnen.

»Was jetzt?«, ruft Nomi.

»Schon gut.« Ich schließe das Fenster und hoffe, dass sie es mir nicht einschlägt.

Nomi wirft Kiesel. Und geplättete Zigarettenfilter. Und zertretene Dosen. Sie alle landen in einem der Kreise, im Rinnstein oder werden von Passanten zur Seite getreten.

Nomi greift nach einem Kronkorken, den ich ihr mit einem Schuh hinschiebe. »Was brauchst du so lange? Und wo ist das Frühstück?«

»Ich habe nachgedacht.«

»Erwartest du Lob dafür?« Sie rümpft die Nase und wird ein kleiner, wütender, alter Mond.

Ich betrachte die Kreise. »Wo sind deine Eltern?«

»Weg.«

»Vermisst du sie nicht?«

Ein Jahr lebe ich schon an deiner Stelle in diesem Haus. Zwei Drittel davon sitzt Nomi im Rinnstein davor. In der Stadt sieht man häufig Propheten, die miteinander diskutieren, die sich anschreien, doch danach ziehen sie immer ihrer Wege. Dass Nomi niemanden hat, fällt mir erst jetzt auf. Vielleicht, weil es mir ähnlich geht.

Sie fängt meinen Blick auf. »Wahrscheinlich weißt du das nicht«, sagt sie. »Die meisten Propheten stammen aus guten Verhältnissen. Aus intakten Familien.«

Ich runzele die Stirn. »Warum werfen sie so etwas weg?«

»Weil wir erkennen, dass das nicht alles ist.« Der Kronkorken landet auf der Umrandung eines Kreises. Nomi ist treffsicher. »Diese Welt ist voller Dinge. Voller Orte. Und voll von so vielen Menschen.«

»Aber du bist allein.«

»Wir sind Propheten. Wir sind nicht allein. Das ist der Punkt.« Sie tätschelt den rissigen Bürgersteig neben sich. Ich setze mich und lasse den Kopf auf die Arme sinken. Erschöpft. Über den Tag bin ich benommen und wenn ich nachts wachliege, kreisen meine Gedanken. Manchmal um Gale. Immer um dich.

»Ist etwas vorgefallen?«, fragt Nomi beiläufig.

»Ich habe etwas verloren«, höre ich mich sagen. »Einen Teil von mir selbst, den ich nicht ersetzen kann.«

»Glückwunsch.« Sie wirft einen zu einem Vogel gefalteten Kassenzettel.

Ich fahre mir seufzend durchs Haar. Die Wunde an meinem Kopf ist fast verheilt, aber der Schwindel hört einfach nicht auf. Nur am Schlag kann das nicht liegen. »Du verstehst es nicht. Wieso erzähle ich dir überhaupt davon?«

»Weil ich eine Prophetin bin und das ist, was Propheten tun: Zuhören.« Sie klopft mir auf die Schulter, als wäre sie der erwachsene Mann und ich das Kind. »Wie willst du sonst die Vergangenheit jemals hinter dir lassen?«

»Das will ich gar nicht.«

»Ach, es hätte auch keinen Unterschied gemacht«, tröstet sie mich. »Du landest sowieso in der Hölle. Es ist ziemlich egal, was du tust.«

Ich blinzle. »Ja, das ist es wohl.«

Dein Mörder ist noch da draußen. Seit Tagen kribbelt es mir in den Fingern. Ich will Vergeltung. Für Vergessene gibt es selten Gerechtigkeit, aber wir beide, wir sind das längst nicht mehr. Nicht wirklich.

Alles Schöne, alles Glück, das mir je widerfahren ist, verdanke ich dir. Es muss etwas geben, das ich tun kann! Ich will verdammt sein, wenn Nomi mich grundlos in die Hölle sortiert.

»Danke.« Ich komme auf die Beine. »Das hat tatsächlich geholfen.«

Sie zuckt mit den Schultern. »Nur aus der Hölle wird es dich nicht holen.«

Aber das ist auch gar nicht nötig.

Schwester Lucinda ist auch nach Tagen noch blass wie ein Leichentuch. Sie hat versucht, es mit roter Schminke zu vertuschen, wodurch die Haut darunter umso fahler wirkt. Jede Wette, dass Gale ihr das gleiche Zeug verabreicht hat, das sie so lethargisch zurückgelassen hat.

Dem Misstrauen auf ihrem Gesicht nach erkennt sie mich. Vielleicht würde sie sogar rot anlaufen, wenn das unter all der Farbe und all dem Weiß möglich wäre.

Sie verschränkt die Arme und lehnt sich auf ihrem Platz hinter dem Tresen zurück. »Dr. Orville finden Sie in ihrem Büro.«

»Wegen ihr bin ich nicht hier.« Es hat keinen Zweck, dieselbe Masche zweimal abzuziehen, zumal sie längst weiß, dass ich Ärger im Gepäck habe. Ich krame nach meiner Geldbörse und zupfe ein paar von den besonders bunten Geldscheinen hervor. »Überhaupt wäre es besser, wenn Ally nicht erfährt, dass ich hier war.«

Wieder eine Lüge, ich sollte mich schämen. Aber dies ist Mittel zum Zweck. Wenn ich mich zwischen deiner Rache und meinem Gewissen entscheiden muss, weiß ich, in was ich investiere.

Die Schwester nickt langsam, den Blick auf das viele Geld geheftet. »Sicher.«

»Ich brauche Informationen.« Um meinen guten Willen zu unterstreichen, blättere ich die Scheine vor ihr auf.

Lucinda fängt sich. In ihrem Gesicht blitzt eine gemeine Neugierde auf. »Geht es etwa um das Singvögelchen?«

Beeindruckend. So schnippisch habe ich noch nie jemanden »Vögelchen« sagen hören. »Ganz genau.«

»Was brauchen Sie?«

»Die Unterlagen. Alles, was Sie haben. Ich muss wissen, was vorgefallen ist.«

Lucinda beißt sich auf die graue Unterlippe. »Die Unterlagen hat Dr. Orville.«

Scheiße. Ally ist die Einzige, die ich nicht bestechen kann. Sie ist eine Heilige, besonders was die Arbeit angeht. Patientendokumente würde sie mir niemals überlassen. Ich überlege. »Was ist mit Ihnen? Irgendwas muss doch die Runde gemacht haben.«

»Na ja ...« Die Eingangshalle ist leer, trotzdem senkt die Stimme. »Die Leute sind vorsichtig bei Fällen, die mit Vergessenen zusammenhängen.«

Das Wort frisst sich in meinen Magen wie Salzsäure. »Was?«

»Ich kann Ihnen die Unterlagen besorgen, sobald Dr. Orville sie ins Archiv zurückbringt.«

»Tun Sie das«, brumme ich. »Aber sorgen Sie dafür, dass Ally nichts davon erfährt.« Damit begebe ich mich ins Zwielicht zwischen unseren Rollen, das weiß ich genau. Ich kritzele ihr meine

Telefonnummer auf die Ecke eines Schmierzettels, lege noch ein Trinkgeld obendrauf und verlasse diese Vorhölle.

Obwohl ich direkt nach meiner Heimkehr zum Telefon gegriffen habe, taucht Mr. Orville in seinem viel zu engen Anzug erst gegen halb zehn auf. Niemand sonst bemerkt ihn, nicht einmal der uralte Kellner sieht von dem rostigen Besteck auf, das er vergeblich poliert. Unter der Woche ist es ab einer gewissen Uhrzeit ruhig im *Schnäppchen*, so ruhig, dass ich keine unliebsamen Augen und Ohren fürchten muss.

Mr. Orville lässt sich auf den Stuhl gegenüber fallen und tupft sich mit der fleckigen Serviette den Schweiß von der Stirn.

»Es klang dringend.«

Es sollte urkomisch sein, dass er springt, sobald ich ihn rufe, aber es bedeutet nur mehr Ärger, für den ich keine Nerven habe. Ich spüre, wie sich neue Kopfschmerzen anbahnen. »Es geht nicht um Ally, falls Sie das denken.«

Mr. Orville blinzelt und entspannt sich etwas. »Worum dann?«

»Sie haben mit der Polizei zu tun?«

»Leidlich. Ich bin nur für die Sammlung im dritten Palast zuständig.«

Ich versuche, mir meinen Ärger nicht anmerken zu lassen. Er prahlt bei jeder Gelegenheit mit seinen Kontakten. Mir hätte klar sein müssen, dass das nur schöner Schein ist. Doch es muss reichen.

Vorhin auf dem Heimweg habe ich bei der Polizei selbst mein Glück versucht, bewaffnet mit den Papieren von Lazaros und deinem Scheckbuch. Ein Mord – und ein Jahr später ist nichts passiert? Keine Hinweise? Keine Verdächtigen? Je weiter ich über das alles nachdenke, desto weniger ertrage ich es. Beamte sind alle gleich. In Tiara läuft nichts, auch keine Ermittlung, ohne dass jemand die Sache mit Geld antreibt.

Selbst dann kann es dauern.

Lange.

Wenn aber anstelle eines Antiquars ein Palastbeamter nachfragt ...

»Vor einem Jahr gab es einen Mord, zu dem ich Informationen brauche«, erkläre ich.

»Und an wem fand der statt?«

»An einem Vergessenen.«

Mr. Orville stößt ein Geräusch aus, das irgendwo zwischen einem freudlosen Lachen und abfälligem Schnauben liegt. »Das können Sie knicken.«

»Ich zahle gut.«

»Egal, wie viel Sie zahlen, Sie können nichts kaufen, das nicht existiert.«

Meine Finger krallen sich so fest um das Glas, dass die Knöchel weiß durchscheinen. Ich bin nicht sicher, ob du an meiner Stelle ruhig bleiben würdest. Ich weiß nicht, ob *ich* es kann.

»Es geht immerhin um einen Mord«, presse ich zwischen den Zähnen hervor. »Irgendwer wird den ja wohl untersucht haben. Sie sind ein hohes Tier, bringen Sie mir einfach den Verantwortlichen.«

Mr. Orvilles Schnurrbart zuckt. »Bei Vergessenen gelten eigene Gesetze, gerade Sie sollten das wissen.« Er gibt sich keine große Mühe, seinen süffisanten Ton zu verbergen.

Eigene Gesetze. Das heißt: keine Gesetze. Immer, wenn ich denke, ich hätte das alles hinter mir gelassen, holt es mich ein und lauert mir auf. Ich schmecke Galle. »Was ist mit den Vorschriften? Gibt es keine Berichte?«

»Sicher. Aber denen würde ich keinen Glauben schenken.«

Darauf antworte ich nichts. Ich beobachte, wie rotes Kerzenwachs über den groben, metallenen Kerzenständer läuft und im ebenso roten Tischtuch versickert.

Hölle nennt Nomi das; ich könnte schreien. In mir brennt und fegt es, trotzdem versuche ich, nachzudenken. Ich habe ganz unten angesetzt. Nichts. Ganz oben. Wieder nichts. Es gibt nur eins, das noch schlimmer ist als dein Tod.

Niemand hat davon Notiz genommen.

10

Die Halle des Hafenkontors, in der Gale und ich sitzen, ist so groß, dass jedes Flüstern ein Echo produziert. So wird aus der anfänglichen Stille bald ein Murmeln. Ein Raunen wie das im Haus in der Avenue. Anspannung, die ich beinahe greifen kann.

Das also war der erste Teil eures Plans.

»Remie!« Der Name gellt durch den Raum, und alle – wir genau wie die dreißig anderen – zucken zusammen. Ein Ablauf, der sich schon zehn- oder fünfzehnmal wiederholt hat, seit wir warten. Kurze, zackige Fragen, leise Antworten.

Vor uns hängt eine überdimensionale Landkarte, auf der die Küste im Westen, an der Rive liegt, zu sehen ist. Sie könnte sich genauso gut am anderen Ende der Welt befinden. Die Reisegesetze sind streng; sie erinnern an die Zeit, als dies noch eine Strafkolonie war.

Gale seufzt. Heute steckt sie in einem einfachen, grauen Kostüm, einem dieser modernen Zweiteiler, wie Ally sie so gern trägt. An Gale kommt es mir aus irgendeinem Grund vor wie eine weitere Verkleidung. Sie hat sich die Wangen in einem dunklen Bronzeton geschminkt; es lässt sie älter und mehr wie die Gesichter in ihren Zeitschriften wirken. Rivener Mode.

»Was ist mit dir?« Ihre Stimme gesellt sich zu dem Raunen, das wieder anschwillt. »Hast du dir jemals gewünscht, Tiara einfach verlassen zu können?«

Am Ende der langen, langen Bank, die wir mit ein paar anderen Unglückseligen teilen, befindet sich ein Fenster, hinter dem sich die Klinkerbauten des Hafenviertels drängen. Statt der Gebäude sehe ich nur meinen eigenen Umriss in der Spiegelung.

»Nein …« Das Wort zieht sich in die Länge wie meine Gedanken.

»Clifford!« Schreck, Stille, erneutes Flüstern.

»Warum nicht?«, fragt Gale. »Tiara ist kein schöner Ort.«

Da irrt sie sich. Tiara ist eine moderne Stadt, über der sich der Qualm der Automobile und Fabriken sammelt und an deren Rändern salziger Wind weht. Zu gleichen Teilen Himmel und Hölle und das alles umgeben von Wasser, das an sonnigen Tagen ein freundliches Grün und an anderen eher die Farbe von Teer hat.

Es ist meine Heimat. Alles, was ich hasse, ist hier. Und alles, was ich liebe.

»Der Ort war nie das, was mir nicht gefallen hat.«

Irgendwann hast du mir vom Festland erzählt. Von Städten, deren Reichtum hier angeschwemmt wird wie mattgeriebenes Meerglas. Ich habe geahnt, dass du nur darauf gewartet hast, davonzusegeln; wenn man der Avenue entkommen will, braucht man den Drang nach Freiheit. Ich würde gern behaupten, dass ich dir überall hin gefolgt wäre, aber hätte ich das überhaupt gekonnt?

Hinter dem Fenster scheint das Meer ruhig, doch die Untertöne aus Moosgrün und dreckigem Blau kündigen einen baldigen Orkan an. Gales Blick bleibt daran hängen.

»Trostlos«, flüstert sie. »Von dem Moment an, als ich herkam, konnte ich es nicht abwarten, wieder zu gehen.«

»Hadley!«

Wir alle zucken zusammen, nur Gale springt auf, richtet Hut und Jacke und eilt zum Schalter. Ich sinke zurück und beobachte das Wasser, wie es trügerisch in der Nachmittagssonne glitzert. Die abgestandene Luft, die hier hängt, schmeckt nach Sturm.

»Grund für Ihren Aufenthalt?«, fragt der Beamte zackig.

»Ich wurde hier auf die Schule geschickt.« Es knistert, sie legt einen Briefumschlag vor. »Dies ist das Empfehlungsschreiben von Mr. Salvatori, mit dem ich damals eingelassen wurde.«

»Grund für die Reise?«

»Heimkehr.« Sie strafft sich, und ich weiß, dass sie ihm ein Lächeln präsentiert. »Ich stamme aus Rive.«

»Ich kann Ihnen allein nicht beide Fahrscheine aushändigen.«

»Einer reicht.«

»Das ist nicht möglich, wenn die Fahrscheine zusammen bewilligt wurden.« Der Beamte blinzelt hinter seiner Brille. »Die Erlaubnis zur Ausreise folgt gewissen Regeln. Hier steht, die zweite Karte gehört Ihrem Ehemann.«

Ich horche auf. Ist das der Grund dafür, dass sie mich hierher geschleift hat? Tatsächlich: Gale zögert, doch nur kurz. Sie dreht sich zu mir.

»*Liebling?*« Ihr Lächeln ist noch süßer, als ich dachte. Eine Botschaft, dieselbe wie das Kostüm. Es ist Tarnung, aber diese existiert schwarz auf weiß. Bei allen drei Höllen, ihr hattet eine Menge teurer Geheimnisse. Ich trete zu ihr an den Schalter.

»Sie sind Amian Mariano?«

Gale lehnt sich an mich und drückt ihren Absatz auf meine Schuhspitze. Warum? Was denkt sie, was ich sagen würde?

»Ja.«

Der Beamte sieht erst auf seine Unterlagen, wo ein altes Foto prangt, dann zu mir. Sein Stirnrunzeln lässt die Brille gefährlich auf seiner Nase schaukeln. »Die Frist ist abgelaufen. Ich muss Ihnen neue Karten ausstellen.« Er senkt den Blick auf die Papiere. »Abfahrt in zwei Monaten.«

Zwei Monate! Ich schaue zu Gale. Ohne mit der Wimper zu zucken, zieht sie eine kleine, aufwendig bestickte Geldbörse aus der Tasche. Ein paar Sekunden schwillt das Flüstern wieder an wie Meeresrauschen, während sie ihm die Scheine hinzählt. Eine stolze Summe, bloß um einen Stempel auf die Fahrscheine zu knallen und uns mit einem knappen Nicken unserer Wege zu schicken. Hinter uns dröhnt der nächste Name.

Draußen schlägt uns der Geruch von Brackwasser entgegen. Gales Schritte sind eilig. Ich kann die Spannung in ihrem Körper sehen. Es ist die gleiche, die ich auch spüre.

»Verheiratet?«, frage ich.

»Vor einem Jahr.« Sie umklammert die Fahrscheine für die Überfahrt, als hätte man sie ihr aus dem Äther hergezaubert. »Er hätte sonst nur schwer Papiere für die Ausreise bekommen.«

Ich betrachte den sanften Schwung ihrer bronzefarbenen Wangen, die Locken, die sich unter dem modischen Hut kräuseln wie ein falscher Heiligenschein. Sie hätte dich von der Insel gezogen wie Tempest mich durch Wände.

Gale muss meine Irritation bemerkt haben. »Du denkst, er hat mich ausgenutzt, um Tiara verlassen zu können.«

Ich schnaube. »Ich bin überzeugt, ihr habt es beide gegenseitig versucht.« Hat sie überhaupt eine Ahnung, mit wem sie redet? Ich kenne deine Eigenarten. Und langsam kenne ich ihre.

Sie zieht überrascht die Augenbrauen hoch. »Das war kein Plan, um den jeweils anderen zu übertrumpfen. Wir wollten zusammen verschwinden.«

»Und das Geld?«

»Es war unseres.« Sie reckt herausfordernd das Kinn. Die Bronzefarbe auf ihrer Haut glitzert im trüben Sonnenlicht. »Es war für die Hochzeitsreise gedacht.«

Das war garantiert nicht eure Idee, sondern ihre ganz allein. Reisen in Tiara führen nie weiter weg als in die Heide oder nach Port Ambra. Nicht, wenn man keinen Titel hat.

Ich schnappe einen der Fahrscheine aus ihrer Hand und überfliege den Text. »Eine Hochzeitsreise ohne Rückfahrt? Wovor seid ihr geflohen?«

Gale nimmt mir die Karte wieder ab und verstaut sie irgendwo unter grauem Stoff. Sie trägt die gleiche Mischung aus Verzweiflung und Glück, die ich zuletzt an dir gesehen habe, und der Anblick versetzt mir einen Stich.

»Vor dem Rest der Welt«, antwortet sie.

◉

Auf dem Heimweg durch die Innenstadt laufe ich Ally in die Arme. Sie steigt gerade aus einem Taxi.

»Neuerdings hast du die Angewohnheit, an seltsamen Orten aufzutauchen«, sagt sie.

Ich glaube, es war ein Scherz, aber ich fühle mich einfach nur ertappt. Eilig hebe ich das Paket, das ich bei Do eingesammelt habe. Ware, die er speziell für die königliche Sammlung gefertigt hat. »Ich habe etwas abgeholt.«

»Es sieht schwer aus. Warte ...« Ally dreht sich nach dem Taxi um, doch es ist schon weitergefahren. Sie winkt nach einem Neuen.

»Danke, aber ich würde wirklich lieber zu Fuß gehen.« So dicht die Wolken heute auch über Tiara hängen – ich brauche das Gefühl von Platz. Von Bewegung. Egal, wie langsam.

Ally runzelt die Stirn, nicht beleidigt, sondern besorgt. »Von hier müssen das Stunden sein.«

»Ich habe Zeit.«

Sie zögert, ehe sie den Arm sinken lässt und ihn durch meinen fädelt. »Na gut. Dann begleite ich dich ein Stück.«

Wir gehen und ich tue, als würde ich nicht bemerken, dass sie mich beobachtet. Gewöhnlich stört es mich nicht, da habe ich dich, dein Gesicht und deine Worte. Aber nun fühlt sich all das durchlässig an.

»Wieso bist du mitten am Tag unterwegs?«, frage ich, um das Gespräch wieder in Gang zu bringen.

Ally setzt ein Lächeln für mich auf. »Ich war in der Konditorei.«

Natürlich, wir haben mehrfach darüber gesprochen. Es ist Herbst, die Hochzeit im Frühling. Eigentlich wollten wir die Vorbereitungen zusammen erledigen.

»Bei unserem letzten Telefonat klang es, als könntest du etwas Ruhe gebrauchen.« Sie zieht mich näher.

Wenn du wüsstest, wie viel mir ihre angestrengte Freude, die aufgesetzte Leichtigkeit bedeuten. Ich muss meine Maske nicht verteidigen, nicht heute.

Mir kommt in den Sinn, dass ich ihr jetzt von dir erzählen könnte. Ich könnte ihr mein aufgescheuertes Herz ausschütten, und vielleicht würde es den Schmerz lindern. Aber dann müsste ich mit der Wahrheit weitermachen – dem Teil der Geschichte, den ich ihr unmöglich einfach am Straßenrand aufbürden kann.

»Amian?« Sie wollte die Stille verbannen – so wie ich – doch dein Name aus ihrem Mund schneidet tiefer als je zuvor. Der Rand meines Sichtfeldes verschwimmt. Ich mache mich los und gehe schneller, will Luft und einen Rhythmus.

Irgendwann lässt das Stechen in meinem Hals wieder nach und Ally ist ein Stück zurückgefallen. Erst denke ich, sie hat mich durchschaut, und vielleicht hat sie das, aber ihre Aufmerksamkeit ist auf ein großes, buttergelbes Schild über unseren Köpfen gerichtet. *Café Fisch.*

Der ausgefallene Name kommt von den Kacheln an Wänden und Boden, auf denen bunte Fische prangen, von denen sich keine zwei ähneln. Ally bestellt uns Kaffee und ein Stück einer Torte, die so weiß und so fluffig ist, dass ich vom Halten des Tellers schon einen Zuckerschock bekomme. Wir setzen uns an den Tisch am Fenster, von dem aus wir das emsige Treiben der Innenstadt beobachten können. Hüte mit Federn und Spazierstöcke fliegen an uns vorbei, und wir, wir sitzen eingebettet in das sanfte Gemurmel des Cafés, als wäre die Zeit für uns stehen geblieben.

Ally macht den Anfang, trennt mit der Kuchengabel ein ganzes Stück weißer Buttercreme und kostet.

»Es ist die gleiche Sorte wie die, die ich für uns bestellt habe. Aber unsere schmeckt besser.«

»Du hast schon Torte gegessen?«

»Dafür war ich in der Konditorei.« Sie zuckt betont gleichgültig die Achseln und spießt noch ein Stück auf. »Heute ist ein Zweitortentag, findest du nicht?«

Das Schuldgefühl setzt sich trocken in meinem Hals fest. Auch der Kaffee hilft nicht. Ich schiebe die Tasse von mir und räuspere mich. »Es tut mir leid, dass du den Termin allein wahrnehmen musstest.«

»Ich bin ein großes Mädchen.« Ally lächelt. »Tun wir so, als wäre dies unser Termin. Was sagst du zu der Torte?«

Sie dreht den Teller und ich probiere Buttercreme, die nach Vanille schmeckt, und Tortenboden mit Kirsche und Schokolade.

»Acht von zehn Punkten.«

Ally überlegt. »Sieben von zehn, die andere ist eine Neun.« Sie klimpert mit der Gabel und gibt vor, die Passanten zu beobachten.

Langsam wird mir klar, dass ich mich in eine Sackgasse manövriert habe. Sie will mich aufmuntern und es würde funktionieren, wenn ich nicht diese Wand aus Lügen zwischen uns errichtet hätte.

»Sie ist perfekt«, flüstert Tempest an meinem Ohr. Sie sollte nicht hier sein, aber ausnahmsweise bin ich froh darüber. Ich fühle mich so hin- und hergerissen, dass ich dankbar bin für jeden Halt.

»Ich weiß«, antworte ich leise.

Ally dreht sich zu mir.

»Danke«, sage ich schnell, »für die Pause.«

Wieder lächelt sie und soweit ich das beurteilen kann, ist es nicht bloß für mich, sondern echt. Sie deutet auf das Paket, das ich neben unserem Tisch abgestellt habe. »Du hattest schwer zu tragen.«

VOR ZEHN JAHREN

Amian saß im Wohnzimmer im oberen Stockwerk und las einen Gedichtband, den er in der Innenstadt erstanden hatte. Nicht etwa, weil die Sprache ihm gefiel. Sie hatte den gleichmäßigen, verlässlichen Takt seiner Gedanken. Sie entspannte ihn.

In der Dachkammer war es nicht auszuhalten, weil dort seit gestern der Lack an irgendeinem von Osians Projekten trocknete. Leider war damit der einzige Rückzugsort keiner mehr, und Amian musste vorliebnehmen mit der Gesellschaft von Henrietta, seiner Tante zweiten Grades, und ihrem Enkelsohn.

Während der Kleine lautstark spielte, feilte sie an alten Knochenstücken, warf sie ab und zu vor sich auf den Kaffeetisch und runzelte die Stirn, wenn sie nicht so landeten, wie sie sollten. Amian zwang sich wieder zu seinem Buch, doch gegen die andauernden Geräusche konnte seine Selbstdisziplin nichts ausrichten. Er las dieselbe Zeile schon zum zehnten Mal.

»Frag Osian, ob er sie für dich zurechtfeilt«, sagte er.

»Er ist ja nicht da«, antwortete Henrietta unwirsch. »Neuerdings hängt er immer mit den Priestern herum.«

Eigentlich hieß die Familie anders, aber da sich die Mitglieder den Resten echter Religion verschrieben hatten, war der Name hängen geblieben. Ihr Familienschatz waren alte Überlieferungen, deren Abschriften sie an Heilsuchende verkauften.

»Osian hängt nicht mit ihnen herum, er arbeitet für sie.« Amian blätterte ziellos in seinem Buch und klappte es schließlich zu. »Er schreibt Gebetstexte ab.«

Der Junge klackerte mit seinem Spielzeug und gab ein zufriedenes Brummen von sich.

Henrietta pustete das graue Haar davon, das ihr wirr ins Gesicht hing, obwohl sie es sich im Nacken zusammengeknotet hatte. Ihre

Künste waren den alten Lehren der ersten Gefangenen auf der Insel entlehnt. Dementsprechend bestand ihre Vorstellung zu einem Großteil aus ihrem uralten und heruntergekommenen Äußeren, vom altmodischen Kleid bis hin zu den drei Narben auf der Wange, an denen man die Sträflinge früher erkannt hatte. Sie hatte sie sich selbst zugefügt.

»Dein Bruder war noch nie besonders helle.« Sie zog eine Grimasse. »Denkst du, er glaubt an diesen Dreck?«

»Vielleicht.« Doch das war eine Lüge. Osian glaubte weder an alte Texte, noch an Predigten. Es waren hohle Phrasen. Er glaubte, so den Anfeindungen unter diesem Dach zu entgehen. Die Priester lebten nach den Regeln der Kirche. Es waren strenge, aber gute Leute. Außerdem besaßen Familien, die sich an den alten Glauben hielten, Ansehen. Nicht einmal Mutter hatte einen Einwand vorbringen können.

»Er sollte lieber im Krematorium arbeiten«, sagte Henrietta über das Gebrabbel des kleinen Jungen hinweg. »Sich endlich nützlich machen.«

»Warst du einmal dort? Die Öfen sind von denselben Leuten erbaut, in deren Fabriken die Arbeiter verrecken. Es ist keine gute Arbeit.«

»Was weißt du schon über die Fabriken? Im Krematorium zahlen sie zumindest gutes Geld. Ich habe gehört, dass man das Zahngold behalten darf. Du kennst die Finanzen. Bist du es nicht leid, von einem Tag zum anderen zu leben? Wir verdanken vor allem Nessa, dass wir nicht verhungern. Das kann dir nicht genügen.«

Amian knallte das Buch neben die Knochen auf den Tisch, so laut, dass der Junge zusammenzuckte und den Mund hielt. Endlich.

»Es ist kein Schaden für uns, wenn Osian für die Priester arbeitet. Wäre es dir lieber, wenn alle denken, dass wir auf das Geld der Stadtverwaltung angewiesen sind?«

Henrietta war aschfahl geworden. Ja, sie wusste, dass er recht hatte. Sie sammelte die Knochen auf, die durch den Ruck vom Tisch gefallen waren, und feilte zaghaft weiter.

»Osian bleibt, wo er ist.« Amian lehnte sich auf dem Sofa zurück und schloss die Augen, um die unverhoffte Ruhe zu genießen. Lange würde sie nicht halten.

11

FÄLSCHUNG

Ich habe eingekauft und ein paar Bücher und eine von deinen Jacken eingesteckt – als Freundschaftsangebot. Obwohl ich damit reichlich bepackt bin, steige ich ein paar Stationen früher aus dem Bus und gehe den Rest zu Fuß. Über mir spannt sich unsteter Himmel, der alles kleiner wirken lässt.

Seit dem Gespräch mit Allys Vater fühle ich mich wie mit Blei beschwert. Du bist stur, findest für alles eine Lösung. Es ist ungewohnt, dass weder Argumente noch Geld etwas ändern können.

Einen Hoffnungsschimmer habe ich: Gale bleibt noch eine Weile. Ich werde ihr Fragen stellen, zu dir, zu euch. Es gibt so viel, das du mir nicht erzählt hast. Es gibt so viel, das ich wissen muss. Vielleicht ist ein Hinweis darunter.

Es ist Abend, und Massen von Arbeitern sind auf dem Heimweg, weshalb ich die mit einem Schal verhüllte Frau, die mir entgegenkommt, erst nicht bemerke. Dann fällt mir auf, dass die Art, wie sie sich schwarze Spitze um Schultern und Haar gewickelt hat, dem Schal der Seefahrerin in fremden Landen ähnelt.

Gale überquert die Straße, ohne mich erkannt zu haben. Ich folge ihr zu der Kapelle, die zwischen den Wohnhäusern und Geschäften emporragt. Es ist ein kleiner Bau, nicht zu vergleichen mit der Kathedrale, und halb verfallen. Die Erdbeben haben ihren Teil beigetragen, Sprünge entstellen das Mauerwerk. Gale lässt sich von der Trostlosigkeit der Fassade nicht abschrecken und tritt ein. Ich bleibe an der Tür stehen wie früher an einem fremden Haus.

Das, was in der Kathedrale eine Halle ist, ist hier ein kleiner Saal. Gales Schritte verursachen ein Echo, doch es ist nicht weit und fließend, sondern gedämpft und kurzlebig. Sie setzt sich auf eine der wenigen Bänke. Ihr Umriss ist umgeben vom feinen Salbeirauch, der zwischen uns aufwallt, erhellt vom Licht der beiden Buntglasfenster hinter dem Altar. Dort tummeln sich grobschlächtige Engelsfiguren und Teufelsdarstellungen, die um das Seelenheil der Besucher ringen.

Ich frage mich, an was davon Gale glaubt. Die Bandbreite dessen, was in den Köpfen der Menschen in Tiara lebt, ist riesig.

Lange waren die rückständigen Ideen aus der Avenue alles, was ich über die Kirche wusste. Dann zogen wir bei Do ein, und der hält gern Vorträge über alles Historische. Von ihm erfuhr ich von der Kirchenspaltung vor achthundert Jahren und der erneuten Zusammenführung der verschiedenen Richtungen danach. Do sagt, Tiara sei wie ein Diamant: zusammengepresst durch immensen Druck. Dass alles irgendwie seinen Platz findet, gerade weil der Raum auf einer Insel von Natur aus begrenzt ist.

Ich warte doch lieber draußen und rauche, den Hut ins Gesicht gezogen. Tempest leistet mir Gesellschaft.

»Verfolgst du mich schon wieder?«, taucht statt ihrer Stimme die von Gale an meinem Ohr auf.

Ich lasse beinahe die Tasche mit den Konserven fallen. »Reiner Zufall! Ich wollte dir ein paar Sachen vorbeibringen ...«

Gale schnappt nach Luft, aber hält inne. Dass ich sofort in die Defensive gewechselt bin, überrascht uns beide. Mich, weil ich deine Selbstsicherheit gewohnt bin, und sie, weil sie offensichtlich nicht damit gerechnet hat, so leicht die Oberhand zu gewinnen. Sie beißt sich auf die Lippe. Das ist ein kleines Lächeln.

Mit einer resoluten Geste reiche ich ihr die Jacke und hebe den Hut auf, der mir vom Kopf gerutscht ist. »Ich wusste nicht, dass du gläubig bist.«

Sie streicht den Spitzensaum des Schals ein Stück zurück. So sieht sie weniger aus wie die Seefahrerin und mehr wie die vergessenen Heiligen. »Jeder glaubt an irgendwas. Da bist du sicher keine Ausnahme.«

Ja, ich habe das alte Zeug gelesen. Ich habe es abgeschrieben, hunderte, aberhunderte Male. Fremde Hoffnungen, die ich nie geteilt habe. »Ich glaube daran, dass man alles verkaufen kann, wenn man nur tut, als wäre es wahr.«

»Das ist zynisch.« Sie bedenkt mich mit einem tadelnden Schnalzen. »Wohin gehst du, wenn du traurig bist?«

»Nirgendwohin.« Ich trete die Kippe aus. Lange habe ich nach einem Fixstern gesucht. Gebetet, wenn ich verzweifelt oder dankbar war. Es war eine stille Rebellion gegen den Aberglauben, der sich hartnäckig zwischen unserem Haus und der leeren Kathedrale hielt. Doch Beten und Glauben sind nicht dasselbe.

Mein Trost lag nie an einem Ort – ich finde ihn bei Tempest.

Ich schultere die Tasche und wir machen uns auf den Heimweg. Gale ist schweigsam. Habe ich sie beleidigt? Ich riskiere einen Blick und stelle fest, dass sie mich ansieht.

»In Rive gibt es riesige Gotteshäuser.« Sie drückt die Jacke an sich. »Ich hatte Heimweh. Bis zur Überfahrt ist es noch lang.«

»Du hättest dich am Schalter als Aristokratin ausgeben sollen, dann wäre es schneller gegangen.«

Gale schüttelt den Kopf. »Es war teuer genug, die Papiere dafür legal zu organisieren. Fälschungen sind unbezahlbar.«

Während sie redet, erreichen wir die nächste Kreuzung und warten, bis die Automobile vorbeigezogen sind. In meinem Nacken kribbelt es – ein altbekanntes Gefühl, als würde uns jemand beobachten.

»Tempest«, raune ich.

Gale dreht sich zu mir um. »Was hast du gesagt?«

»Nichts.« Ich nehme ihren Arm und lotse sie weiter, sobald uns das letzte Automobil passiert hat. Jahre in der Avenue haben mir genau das richtige Tempo eingebläut. Nicht zu langsam, nicht zu zügig. Ich stelle Gale irgendeine Frage und höre der Antwort nicht zu. Ich warte auf Tempest.

»Eine Frau«, wispert sie endlich an meinem Ohr wie eine verirrte Windböe. »Eine Prophetin, acht oder neun Schritte hinter uns.«

Gale muss meine Unruhe bemerkt haben. Sie protestiert nicht, obwohl wir nicht in die Nebengasse zu meiner Wohnung einbiegen, sondern auf ein unbestimmtes Ziel geradeaus zuhalten. Irgendwann in den letzten Minuten hat sie eine großangelegte Geschichte über die Kirche am Marktplatz in Rive begonnen. Ich habe nicht darauf geachtet. Sie schmückt sie immer weiter aus. Wie für Publikum.

»Ein Mann«, fügt Tempest hinzu, jetzt dringender. Sie kommen näher. Wir erreichen eine Haltestelle, von der uns müde Arbeiter entgegenströmen. Mein Puls beschleunigt sich.

Wir tauchen in der Masse unter, und es wirkt wie ein Auslöser. Ich sehe, wie Gale sich den Schal von den Schultern reißt und die Jacke überwirft, ehe ich mich von Tempest auf die andere Seite des Wartehäuschens ziehen lasse.

Wir haben dieses Spiel so oft gespielt, sind durch die Mauern in der Avenue getaucht, als hätten wir ein Ziel. Eine sinnlose Flucht.

Aber hier gibt es Auswege, und ich kenne sie alle.

Ich stehe unseren Verfolgern gegenüber, zwei weißen Propheten, die zwischen den Arbeitern nach uns suchen. Ich warte, bis sie mich entdecken, tippe meinen Hut zum Gruß und laufe.

Das blass gestreifte Hemd klebt auf meiner Haut. Gale öffnet mir und ich ernte den gleichen Blick, mit dem sie mich schon in der Hotelsuite bedacht hat: Misstrauen. Warum diesmal?

Ich trete ein, sie lehnt sich neben die Tür und verschränkt die Arme. Lange lässt sie mich nicht im Dunkeln. »Du kannst also durch Wände gehen.«

Tempests Kunststück dauert nur den Bruchteil einer Sekunde. Das hat sie mitbekommen? »Du kannst die Gestalt wechseln«, gebe ich im selben Ton zurück.

Ein Grinsen mischt sich mit ihrem Argwohn. »So kann man es nennen.« Sie stößt sich von der Wand ab – dem einzigen Stück, vor dem keine Werkzeuge oder zerfledderte Bücher lagern – und verschwindet ins Schlafzimmer. Ich höre, wie sie die Schranktür öffnet, und folge ihr.

Gale hat alles, was in den Fächern lagert, zur Seite geschoben oder auf schwankende Stapel getürmt, um Platz für ihr eigenes Gepäck zu schaffen. Zu Beginn war das der Inhalt ihrer hastig gepackten Tasche. Tücher, bestickter Stoff, Rüschen aus glänzender Seide. In den letzten Tagen habe ich ihr immer mehr Kleinigkeiten aus dem Hotel gebracht, sofern die Luft rein war. So, wie du es wahrscheinlich tun würdest.

Gale legt mir ein frisches Hemd aus. Dazu einen Anzug, der unverwechselbar dir gehört: auffällig gemusterter, fester Stoff, breites Revers, schmaler Schnitt. Kleidung, wie Aristokraten und Fabrikbesitzer sie tragen.

Sie wartet nebenan. Während ich mir den Schweiß aus dem Nacken wische und mich umziehe, drehe ich mich zum Türspalt. Wie steif sie dasitzt und aus dem Fenster schaut. Meine Hände graben sich in das durchgeschwitzte Hemd. Soll ich es wieder anziehen? Ich überlege, den Anzug einfach zu vergessen, statt auch den letzten Schritt zu tun und mich vollständig in den Mann zu verwandeln, als den sie dich kannte.

Heimweh, sagt sie. Aber ich weiß, dass das, was sie in der Kapelle gesucht hat, nicht Rive war.

Zumindest auf das Jackett verzichte ich. Ich ziehe es zurück auf den Bügel und will es in den Schrank hängen. Da fällt mir ein Stück Papier auf, das unter einem der Kleiderstapel steckt. Notenpapier, auf dem kleine schwarze Punkte tanzen. Unten in der Ecke steht in geschwungener Schrift: *Seite 2.*

»Eine Abschrift der *Arie der Sirene.*« Gale nimmt mir den Bügel ab. »Es war ein Versprechen. Amian hat die erste Seite behalten. Ich bekam die zweite.«

Der Verlust in ihren Augen ist deutlich zu erkennen. Ohne Jackett bin ich eine Fälschung, die nur einfach nicht gut genug ist – verflixt, mein ganzes Leben ist die Kopie von etwas Besserem.

Daher frage ich nicht nach. Ich weiß es aus bitterer Erfahrung: Die Seite, die ich eben wieder unter die Hemden geschoben habe, ist ein Original.

Die Tore des dritten Palasts öffnen sich für mich wie die Verheißung des Himmels. Mein Weg führt nicht vor den Thron oder vorbei an den marmornen Engeln, die die endlosen Gänge bewachen. Er führt zum unscheinbaren Nebengebäude. Es gibt eine Reihe von Museen in Tiara, die Kunst und Kirchenschätze ausstellen. Doch die wertvollsten Werke lagern in diesem übergroßen Einbauschrank, für den im Palast schlicht kein Platz war.

Deines Berufs wegen schaue ich öfter vorbei, aber ich bin nicht gern hier. Der Prunk nutzt sich schnell ab, und übrig bleibt nur das Gefühl von schmuckloser Verschwendung. Erschwerend hinzu kommt, dass dich die Sicherheitsleute kennen, und dass sie bei falschen Namen auf dem Einlassformular keinen Spaß verstehen.

Und dann ist da noch die kleine Tatsache, dass auch ich jemanden hier kenne. Deshalb mein Besuch.

Die Schnur, an der ich Dos Paket trage, rutscht durch meine schwitzigen Hände. Heute kann ich mir keinen Fehler erlauben. Also lasse ich die Schultern kreisen und lege dein Lächeln an.

Ich betrete den Eingangsbereich. Eine Handvoll Türen gehen zu den Büros der Beamten und zur Sammlung ab. Der Wachmann ist ein käsiger Kerl mit grellrotem Haar. Wir kennen uns. Er begrüßt mich mit einem kaum merklichen Nicken und gibt seiner Kollegin ein Zeichen.

»Immer diese Vorschriften«, witzle ich und trage deinen Namen und den Inhalt des Pakets auf einem Zettel ein. Mittlerweile kenne ich die Felder auswendig.

Der Mann lacht und löst sich aus seiner strammen Haltung. »Sie würden nicht glauben, wie oft es schon Versuche gab, etwas mitzunehmen. Und der letzte große Einbruch liegt auch nicht lange zurück.«

Für einen Moment vergesse ich meine Mission. Ich halte den Blick starr nach unten gerichtet. »Hört sich nach noch mehr Papierkram an.« Bloß nicht zu interessiert klingen.

»Zum Glück hatte ich die Frühschicht.« Der Wachmann beugt sich verschwörerisch zu mir. »Es gab sogar Verletzte.«

Deine Unterschrift bekommt einen uncharakteristischen Haken. Das war also der Fall, der Lazaros auf das Fehlen des Medaillons aufmerksam gemacht hat. Und es erklärt auch, warum: Verletzte lassen sich nicht gut geheim halten.

Bevor ich weiter darüber nachsinnen kann, kommt mir Mr. Orville entgegen.

»Mr. Mariano, Sie haben Wort gehalten!« Den Besuch hätte ich mir einmal mehr überlegen sollen. Er ist zu gut gelaunt; ich ohne handfesten Ärger. »Der Kurator ist heute verhindert. Sie werden die Ware mir übergeben müssen.« Seinem selbstzufriedenen Grinsen nach weiß er, dass er mich in der Hand hat. Auch ein Vergessener mit Geld ist ein Vergessener mit gefälschten Papieren.

Die Blöße kann ich mir nicht geben. Ich spiele mit und begleite ihn in den Hauptraum der Sammlung. Es ist ein fensterloses Zimmer, in dessen Mitte ein Tisch steht. Ich setze das Paket darauf ab, trenne das Klebeband und schlage mehrere Lagen Seidenpapier zurück. Ein Büchlein kommt zum Vorschein, dessen Einband so abgegriffen ist, dass die Pappe unter dem Leder durchscheint. Mr. Orville saugt die Luft ein.

Es handelt sich um ein Choralbuch, Pergament und Rindsleder. Teile sind original, doch nur achthundertundneunzig Jahre alt – nicht tausend. Der letzte Rest besteht aus dem Zauber, den nur Do wirken kann.

An den Waren, die hier landen, ist erstaunlich wenig gefälscht. Das Königshaus zahlt gut. Daher lohnt es sich oft, ein bisschen nachzuhelfen, statt etwas vollkommen Neues zu fabrizieren.

»Gefällt es Ihnen?«, frage ich nach einer Kunstpause und klinge dabei ganz wie du.

»Stammt es aus der Avenue?« Mr. Orville spricht so leise, dass ich mich nicht um den Wachschutz sorgen muss. Das macht mir Mut.

Ich stoße ein Lachen aus, weil es so viel leichter ist, direkte Anschuldigungen an sich abperlen zu lassen als nagenden Verdacht. »Nein. Wollen Sie mir nun jeden kleinen Zweifel vorwerfen, an dem Sie sich festklammern?« Er konnte mich noch nie leiden – und der Scheck war vielleicht groß genug, um Verschwiegenheit zu kaufen, nicht aber Sympathie. »Waren das Ihre Leute? Neulich in der Main Street?«

Mr. Orvilles Schnurrbart erzittert. »Wovon reden Sie?«

»Eine Frau, ein Mann. Sie sind mir von der Kapelle aus gefolgt.« Damit wage ich mich weit vor, bis nah an eine Kriegserklärung. Zur Sicherheit erwähne ich nicht, dass Gale dabei war. Vielleicht weiß er noch nichts von ihr. Hoffentlich. Sonst habe ich Probleme in einer ganz anderen Größenordnung am Hals.

Mr. Orville ist nicht ertappt. Er ist empört. »Ich habe niemanden mehr losgeschickt, nicht seit ...«

»Seit Sie mein Geld angenommen haben«, beende ich für ihn. Das kann ich ihm sogar glauben. Für eine überzeugende Lüge braucht man Gelassenheit. Die hat er einfach nicht. Also waren es nicht seine Leute und es war keine Polizei. Sowohl ich als auch Gale fallen damit als Gründe weg. Das Seidenpapier knistert in meinem Griff.

Mr. Orville schluckt, wodurch sein Hals weiter aus seinem Hemdkragen quillt. »Wo haben Sie sich eingemischt?«

Das frage ich mich auch.

Und der Einzige, der die Antwort hat, bist du.

VOR ZEHN JAHREN

Amian zog den Stuhl zurück und setzte sich an den Sekretär, dessen viele Klappen mit vertrockneten Tintenfässern und zerknitterten Papieren bestückt waren. Amian würde sie verkaufen, später einmal. Er notierte sich, wie viel Douglas ihm gezahlt hatte; es war eine höchst willkommene Abwechslung zu den Nachmittagen, die er mit den Finanzen der Familie verbrachte.

Der Salon war das Herzstück des Hauses. Ein dunkles Zimmer, das mit allen Raritäten glänzte, die die Marianos besaßen. Es war, wie in das Puppenhaus zu steigen, das in Nessas Kammer stand: Bilder, deren dicke Ölfarbe nach all den Jahren abblätterte, Kissen mit Rüschen und Quasten. Auf den Regalen drängte sich das bunte Porzellan von Urnen und im Luftzug klimperten blinde Kristalle an einem Lampenschirm.

Jahrhunderte, komprimiert auf ein paar Wände.

Mit der Zeit waren ein paar von den vergilbten Büchern aus den Regalen hinter den Vorhängen verschwunden. In den Fächern der Schränke fehlte hier etwas verbogenes Besteck, dort eine Untertasse. Amian hatte sie mitgenommen, wenn er die Avenue verließ. Der Salon war so vollgeräumt, dass niemand diese Dinge je vermissen würde. Und selbst wenn – ihn würde Mutter niemals verdächtigen.

»Wo warst du so lange?« Nessa warf sich auf das alte Sofa zwischen Seidenvorhängen und Perlenketten und zwirbelte eine glatte, schwarze Strähne, bis sie sich lockte. Wie immer trug sie ein passendes Kleid und passenden Schmuck. Sie war Teil des Inventars, wie eine Heilige, die er anbeten sollte. Aber Amian betete nicht, und das alles war Teil eines Schauspiels. Also spielte er mit.

»Ich war auf dem Friedhof.«

Nessa rümpfte die Nase. Sie fächerte ihre Karten vor sich auf, zog eine und warf sie nach ihm. Er hob sie auf.

»*Das Spiegelbild*«, erläuterte sie und verschränkte die knochigen Arme. »Osian war auf dem Friedhof. Du brauchst es nicht leugnen, ich habe ihn mit Cergio reden sehen. Dabei können sich die beiden nicht ausstehen.«

»Dann musst du uns verwechselt haben.« Amian steckte seine Notiz ein, bevor Nessa die auch noch entdeckte. »Du vergisst gern, dass du keine echte Hellseherin bist.«

»Ich muss nicht in die Zukunft sehen, um zu wissen, dass du uns hintergehst.«

»Wenn dir niemand Geld dafür zahlt, sind das nicht nur wertlose Weisheiten«, erinnerte er sie, »es sind Lügen.«

»Cergio hat sie sich gern angehört.« Sie zeigte ihr Unschuldslächeln. So kindlich, dabei war sie fast sechzehn. Einstudiert, wie es war, würde es sich auch nicht mehr auswachsen.

Er riss die Karte durch und ließ sie mit den Fetzen zurück.

Amian und Osian teilten sich alles, auch den Kleiderschrank. An diesem Morgen hatte Osian eine Jacke über die Schultern geworfen, die Amian besonders gern trug. Nun war der Saum zerrissen.

Osian saß auf der Mauer hinter dem Friedhof, rauchte und unterhielt sich mit jemandem. Das Tor quietschte, und er warf einen Blick über die Schulter, verstummte jedoch nicht. Er war allein.

»Hallo Tempest«, sagte Amian und kletterte neben Osian. Der bot ihm eine Zigarette an. Amian lehnte ab. Er hatte schon länger aufgehört, doch Osian schien das nicht bemerkt zu haben. Als er sich die Kippe anzündete, glänzte Blut an seinen Fingerknöcheln.

Amian atmete durch, zum ersten Mal wirklich, seit er das Haus verlassen hatte. »Nessa gefällt nicht, dass ich mich hinter der Kathedrale mit Cergio unterhalten habe.«

»Cergio ist ja auch ein Arschloch. Ich habe ihm klar gemacht, dass Nessa ein verlogenes, kleines Miststück ist.« Osian rieb sich die Hand und paffte ein paar graue Wolken, die sich über den überwucherten Gruben sammelten.

»Woher wusste sie, dass du es bist?«

»Geister. Sie muss gehört haben, wie ich mit ihnen sprach.« Er betrachtete die Glut an der Zigarette. »Es sind weniger geworden. Tempest sagt, es liegt daran, dass sie nach und nach alle Gräber ausgehoben haben.«

»Du siehst noch andere?«

Osian antwortete nicht. Nicht sofort. Er nahm erst noch einen ausgiebigen Zug und wartete, bis der Rauch verflogen war. Dann klopfte er die Asche vom Stummel. »Habe ich dir das nicht erzählt?«

Er wusste natürlich, dass er nichts erzählt hatte. Nach der Mutprobe hatte er nie wieder von anderen Geistern gesprochen.

Nicht einmal mit Amian.

Amian konnte jeden blauen Fleck und jede Narbe aufzählen, die Osian trug, auch wenn erstere über die Jahre weniger geworden waren und er letztere besser zu verstecken vermochte. Manchmal sah er ganz und gar unversehrt aus. Aber Amian wusste, dass das nicht stimmte. »Hast du immer noch Angst vor ihnen?«

Osian schüttelte den Kopf. »Es gibt Schlimmeres zu fürchten.«

12

ANTWORTEN

Ich mag sie. Das würde ich dir gern sagen.

Wann immer ich Gale besuche, gibt es diesen Moment, an dem ich mir vorstelle, dass sie nicht allein ist. Ich bleibe vor der Tür stehen, die Hand an der Klinke, und höre der Melodie zu, die sie summt oder trällert. Wenn sie verstummt, dann weil du vielleicht etwas gesagt hast und ihr euch unterhaltet. Manchmal kann ich dein warmes Lachen fast in den Pausen zwischen den Strophen ausmachen.

Sie passt zu dir. Ich hätte nie gedacht, dass ich das einmal sagen würde. Mädchen, egal welche Sorte, waren dir immer ein Zeitvertreib, wie die Arbeit an der Werkbank für mich.

Gale ist ein anderes Kaliber.

Auch Tempest ist in ihren Bann geraten. Sie wartet schon im Laubengang, die Beine über das Gitter geschwungen, und lauscht dem Engelsgesang. Ich halte inne, um das Bild, das sie abgibt, zu würdigen; in ihre Augen ist der weiche Schein alter Erinnerungen getreten. Ich klopfe und sie löst sich in Nebel auf.

Gale öffnet die Tür bereits nach Sekunden.

»Du solltest vorsichtiger sein, wem du aufmachst«, brumme ich und trete ein. Ich habe eine Tasche mitgebracht, die ich in der Küche abstelle.

»Du hast recht«, gibt Gale trocken zurück. »Dich habe ich wirklich nicht erwartet. Kaffee?«

Ich brauche nicht zu antworten, sie ist schon dabei, Wasser aufzusetzen, räumt die Werkbank leer und verteilt das Geschirr.

Bitteres Aroma füllt meine kleine Wohnung. So übermächtig, dass ich am liebsten das Fenster aufreißen will. Gale schenkt mir Spülwasser ein, das ich erst auf den zweiten Blick als den angepriesenen Kaffee erkenne.

»Deine Nachbarin hat mir Gebäck gebracht.« Sie hält mir eine Dose entgegen.

»Später.« Ich drehe das Radio leiser, sodass ein Knistern die Arie unterbricht, die sie bis vor kurzem mitgesungen hat, und deute auf ihre dreckigen Schuhe. »Warst du unterwegs? Was, wenn dich wieder jemand entdeckt hätte?«

Sie vergisst die Dose und ich sehe ihr an, dass sie versucht, abzuschätzen, wie viel von der Wahrheit sie wohl unterschlagen kann. Ja, sie passt ganz hervorragend zu dir; genauso skrupellos.

Aber dann seufzt sie und fängt an, auf und ab zu gehen wie ein Tier im Käfig. »Mir war langweilig. Ich brauchte Ablenkung. Hier ist es nicht viel anders als im St. Thalassa.«

Sie hat umgeräumt. Drei Küchenschränke muss ich öffnen, bis ich Platz für die Einkäufe finde. Ich räume die Tasche leer und greife mir auf dem Weg zu meinem Platz doch noch einen Keks. »Deshalb habe ich dir neue Bücher mitgebracht.«

Sie nimmt mir die Dose ab und schiebt sie mit Schwung zurück ins Regal. »Bücher! Viel lieber würde ich ausgehen. Ins Lichtspielhaus. Oder tanzen. Du ahnst nicht, wie lange ich in kleinen Zimmern festsaß!«

Doch das tue ich. Hast du ihr erzählt, wie viel von meiner Zeit in dieser Dachkammer versickert ist?

Ich versuche es mit Diplomatie. »Jedes Mal, wenn wir uns sehen, ist jemand hinter dir her.«

»Das bisschen Polizei.«

»Das vor der Kapelle waren auf keinen Fall Polizisten.« Ich fege mit dem Arm die Krümel weg. »Sowas hängt sonst nur in den Kneipen am Hafen herum.«

Statt einer Antwort lässt Gale sich auf den Stuhl gegenüber fallen und verschwindet hinter ihrer Tasse. Der herbe Geschmack scheint sie nicht zu stören. Sie taucht mit freundlicherer Miene wieder auf. »Danke. Das war schon das zweite Mal, dass du mir geholfen hast.«

»So funktioniert Familie.«

»Sind wir das?«, fragt sie leise.

Mir versetzt es einen Stich, wie erleichtert sie klingt. »Ich denke schon.«

Niemals würde ich so allein sein wollen wie sie. In der Avenue ist Familie bedingungslos, sie kann den Unterschied zwischen Überleben und Untergang ausmachen. Besonders für uns beide stimmte das – für dich hätte ich alles getan. Und du für Gale, da bin ich seltsam sicher.

Sie stützt das Kinn auf die Hände und sieht mich an. »Amian hat nie viel von seiner Familie erzählt. Nur, dass er aus der Avenue stammt.«

»Viel mehr gibt es da nicht zu erzählen.« Ich beiße mir auf die Zunge. Das kam zu schroff heraus.

Gale nickt bloß. Vielleicht sind abgeschlossene Türen nicht das Einzige, was wir gemeinsam haben. »Ich verstehe das. Es ist Jahre her, dass ich meine Mutter zuletzt gesehen habe. Sie wollte nicht, dass ich Sängerin werde wie sie. Wahrscheinlich fürchtete sie, ich würde Rive verlassen.«

»Sie hatte recht.«

Gale nippt an ihrem Kaffee und fährt mit dem Finger nachdenklich über den Henkel ihrer Tasse. »Meine Eltern haben sich vor meiner Geburt getrennt. Ich wusste nicht, dass mein Vater ebenfalls Musiker war, bis eines Tages ein Brief von ihm eintraf. Da war er bereits schwer krank und wollte, dass wir uns vor seinem Tod kennenlernen. Er bot mir sogar an, in Tiara zu studieren. Nur deshalb habe ich mit meiner Mutter gebrochen – ich wollte Freiheit.« Sie sieht auf. »Wie ist es bei euch passiert?«

»Es waren eher Scherben als ein einzelner Bruch«, antworte ich knapp.

»Du wirkst ganz.«

»Das verdanke ich Amian.«

Wenn wir von dir sprechen, trägt sie stets eine Art von Lächeln auf den Lippen. Manchmal traurig, manchmal gefärbt von Gedanken an schöne Momente. Manchmal erwische ich sie, wie ihre Augen zu mir wandern, wenn sie glaubt, ich würde es nicht bemerken. Vielleicht sieht sie, dass ich auf dieselbe Art lächle; vielleicht sieht sie dich. Bei ihr fühlt es sich nicht an wie ein Irrtum, sondern wie Hoffnung. Wir halten zusammen an dir fest. Du kannst mir nicht mehr durch die Finger rinnen, wenn ihre Hände da sind, um dich aufzufangen.

»Sind das die Dämonen, die dir folgen?«, fragt sie. »Deine Familie? Deine Vergangenheit?«

»Es gibt keine Dämonen.«

Sie zieht entschuldigend die Schultern hoch und umklammert die Tasse fester. »Jeder hat Dämonen. Manche sind nur etwas lauter als andere. Ich habe ein ganzes Jahr im St. Thalassa zugebracht. Das Haus ist voll von Leuten, die den Stimmen Gehör schenken. Ich habe dich mit deiner sprechen hören.«

Sie glaubt es also auch – dass Geister und Wahnsinn ein und dasselbe sind.

Alles – unser Tausch, deine Geschäfte, der Ärger zuhause – geht auf die Geister zurück. Entweder sie sind schuld an allem, oder ich bin es. Ist es das, was sie sagen will?

Ich stehe auf und kippe den Inhalt meiner Tasse an die trockene Topfpflanze in der Ecke. »Wir sind hier fertig.«

»Osian, ich wollte doch nur …«, beginnt Gale, verstummt aber.

Tempest erscheint vor dem Fenster. »Sie hat es sicher nicht so gemeint.«

Diesmal bin ich nicht so blöd, laut zu antworten. Natürlich hat sie das. Ich habe es mir oft genug anhören müssen.

»Rede mit ihr!« Tempest folgt mir an Gale vorbei zur Tür. Aber sie wird mich nicht aufhalten. Denn dann müsste ich darüber nachdenken, ob Gale recht hat. Und das kann ich nicht. Das kann ich Tempest nicht antun.

Als ich nicht reagiere, zischt sie direkt vor mir auf wie Dampf aus einem Kessel und zwingt mich, stehen zu bleiben.

Gale springt auf. »Also habe ich recht!«

»Womit?«

Zwischen uns ist weniger als ein Schritt Platz. Ich kann das Dunkelbraun in ihren Augen erkennen; warm, aber nicht weich. Sie hält mir stand. »Du weißt, womit. Erzähl mir davon.«

Kurz ist es unsagbar still. Dann knistert im Radio ein neues Stück und füllt die Wohnung. Obwohl ich es leiser gedreht habe, kann ich sogar den Text ausmachen.

Gale singt nicht mit. Sie wartet auf eine Antwort. Mein Kopf ist leer – ich hoffe und fürchte gleichzeitig, dass Tempest mir eine zuflüstert.

»Ich bin nicht wie du«, bringe ich heraus. Mir ist vollkommen klar, dass es das absolut Falscheste ist, was ich in dieser Situation sagen könnte. Das Schmerzhafteste. »Ich gehöre nicht ins Sanatorium.«

Gale stellt ihren Becher so heftig auf der Theke ab, dass der Spülwasserkaffee überschwappt. »Gerade weiß ich nicht, wer von uns beiden verrückter ist.« Sie wirbelt herum und das, was uns eben noch verband, ist aufgetrennt.

Kurz vor Feierabend schellt das Silberglöckchen und niemand Geringeres als Remont Maddox betritt den Laden.

Er besitzt nicht das ehrfurchtgebietende Auftreten von Thomasz Lazaros oder die gefährliche Eleganz der Gräfin – er ist die nüchterne Zusammenfassung von allem, was die Stadt antreibt, verpackt in einen Anzug und falsche Freundlichkeit.

»Sie arbeiten sogar«, sagt er, statt zu grüßen.

»Und Sie machen mal Pause.« Ich stelle die Flasche mit Möbelpolitur zur Seite. »Ein mittleres Wunder.«

Von allen dreien ist er derjenige, der die Kartenrunden am häufigsten absagt, angeblich wegen der Termine in seinen Fabriken.

Eigentlich sollte es ihn sympathischer machen, dass wir uns so wenig sehen.

Er grinst spöttisch. »Ich erledige meine Arbeit – und Ihre gleich mit. Es hat mich nur einen Nachmittag und ein Taschengeld gekostet, die Liste der königlichen Sammlerstücke für Lazaros zusammenzustellen. Wieso halten Sie uns hin?«

Ohne deine Hilfe muss ich alles selbst zusammensuchen, und das dauert nun mal. Die Arbeit mit Lazaros ist weder ehrlich noch einfach. Dass Maddox dazwischenfunkt, macht bloß alles komplizierter.

»Sie geben Geld für seine Leute aus?« Ich wische mir mit dem Lappen die Politur von den Händen, Finger um Finger. Wenn seine Liste wirklich existiert, würde ich zu gern einen Blick darauf werfen. »Lazaros sollte Sie befördern.«

Maddox verliert die Geduld und kommt zielstrebig auf mich zu. »Sie sind keiner von seinen Leuten. Und wir alle wissen, dass Sie nicht aus Überzeugung dabei sind.« Er stützt sich mit beiden Händen auf den niedrigen Schrank zwischen uns. In seinen Augen funkelt es gefährlich. »Ich habe keine Ahnung, wieso Sie für Lazaros arbeiten, aber jetzt haben Sie ein Problem: Sie haben mich neugierig gemacht.«

Ich spüre das Zucken meiner Mundwinkel. In solchen Momenten ist es fast zu leicht, in deine Rolle zu schlüpfen. »Haben Sie nun Lazaros' Auftrag erledigt oder sind Sie nur hier, um mir zu schmeicheln?«

Maddox presst die Lippen zu einem gemeinen Lächeln. Obwohl ich ihm keinen Platz angeboten habe, setzt er sich auf ein gepolstertes Ungetüm schräg gegenüber von Tempests Sessel. Die Narbe an seinem Hals ist im Gegenlicht kaum zu erkennen. Dafür fällt nun ein martialischer Schatten auf die an seiner Stirn, die gewöhnlich kaum ins Auge sticht.

»Ich sammle Münzen«, sagt er. »Seltene, antike Münzen.«

»Das ist mir bewusst. Die meisten haben Sie von mir.« Allein ein Drittel der Aufzeichnungen, die ich durchgegangen bin, bestand nur aus Rechnungen für das Blech, das Maddox bei dir kauft.

»Mein Vater besaß Münzen aus allen Ländern, die er bereist hat, daher mein Interesse.« Er schlägt die Beine über. »Sie werden nie glauben, was in den Listen der königlichen Sammlung geführt wird: Eine Münze aus Gold, mit religiösen Symbolen geprägt und so alt, dass sie ein echtes Fragment sein könnte. Und obwohl sie vermerkt ist, befindet sich unter den Exponaten der Ausstellung schon einige Monate kein entsprechendes Stück mehr.«

Das also hat Lazaros gesucht. Eine Münze ... genau wie die, die sich seit Jahren in deinem Besitz befindet! Zufall? Wohl kaum. Ob ich Do glauben kann oder nicht – zumindest damit hatte er recht: Wenn es zwei solche Münzen gibt, ist eine davon wahrscheinlich gefälscht.

Und mit dieser Information taucht Maddox ausgerechnet bei mir auf.

Ich straffe meine Schultern. »Mehr haben Sie nicht?«

»Haben Sie denn noch etwas hinzuzufügen?«

»Ich dachte, Sie machen meine Arbeit.«

Maddox breitet die Arme über die Lehne und schafft es irgendwie, von unten auf mich herabzublicken. »Den Rest erledigen Sie besser selbst. Lazaros' Geduld ist nicht unendlich.«

Deine auch nicht. Ich hätte ihn längst zur Hölle schicken sollen. »Ist das eine Drohung?«

Er grinst. »Eine Garantie. Wissen Sie, was ich mit Arbeitern mache, die nicht arbeiten?«

»Sie tanzen genau wie ich nach Lazaros' Pfeife.«

»Genau das habe ich vor, zu ändern.« Er steht auf, ist schon halb auf dem Weg nach draußen. »Und wenn Sie nicht in der Reihe bleiben, säge ich Sie höchstpersönlich ab.«

Tempest singt Gales Lieder am nächsten Morgen in unheiliger Frühe. Ich hätte meinen Kaffee verschüttet, wenn ich wach genug wäre, um mich zu erschrecken. Sie ist weniger ein Windhauch als ein Wirbelsturm, der Wellen in meiner Tasse schwappen lässt.

Ally steht ihr in nichts nach. Sie kommt aus dem Bad, gefolgt von einer Wolke Rosenduft, stöckelt ins Schlafzimmer und zurück in die Küche, wo sie sich am Toaster zu schaffen macht. Das Klackern ihrer Absätze echot schmerzhaft in meinem Kopf.

»Es ist Sonntag.« Sie schmiert Marmelade, die dieselbe Farbe wie ihr Kostüm hat, auf den Toast. »Du hättest ausschlafen können.«

Aber ich habe zu tun. Von Lazaros' Liste muss ich retten, was zu retten ist, der Ball mit Ally steht an und mit der Polizei bin ich keinen Schritt weiter. Was bedeutet, dass ich mit Gale sprechen muss, wenn ich selbst eine Spur finden will.

Ich reibe mir die wirren Haare aus dem Gesicht. »Du arbeitest auch.«

»Meine Patientin wurde noch nicht gefunden.«

Wir sind also beide auf der Suche nach etwas. Nur dass Allys Objekt der Begierde auf meinem Tagesplan zu finden ist und sie die Informationen über Gale hat, die mir weiterhelfen würden. Da steckt Ironie irgendwo, wenn ich endlich wach werde.

Die Kaffeemaschine röchelt hinter mir und Ally reckt sich nach einer Tasse im Schrank. Mein Blick fällt auf ihre Handtasche, die neben ihrem Stuhl ruht. Es ist nicht die Tatsache, dass sie ebenfalls marmeladenfarben ist, die meine Aufmerksamkeit erregt. Vielmehr steckt darin eine Mappe mit dem Emblem des St. Thalassa Sanatoriums.

Das kann nicht sein. Oder?

Ich sehe mich nach Ally um. Sie ist immer noch beschäftigt, also packe ich die Gelegenheit beim Schopf.

Tatsächlich – das ist Gales Akte. Ich kann mein Glück kaum fassen, und diesmal habe ich nicht einmal nachhelfen müssen.

Es handelt sich um einen Stapel medizinischer Befunde und psychologischer Einschätzungen, manches mit Briefklammern zusammengefügt, manches beklebt mit kleinen Notizzetteln. Ich blättere weiter und entdecke eine gefaltete Notiz. Es ist ein Stück von einem Notenblatt. Ich klappe es auf und sauge die Luft schon bei der ersten Zeile ein.

Finde Osian.

Deine Handschrift. Das ist die Notiz, von der Gale erzählt hat!

Auf dem Weg zum Tisch wirft Ally frischen Toast auf meinen Teller und ich lasse die Mappe gerade noch rechtzeitig unter einem Geschirrtuch verschwinden. Ally setzt sich neben mich, ohne mein verdächtiges Verhalten zu bemerken. Wahrscheinlich ist sie zu sehr in Eile.

Ich knete meine Hände. So sauer ich noch auf Gale bin, sie hat bei fast allem die Wahrheit gesagt.

»Diese Patientin ...«, beginne ich.

Ally sieht auf. »Gale Paolo?«

Ich nicke. »Wie stehen die Chancen, dass sie fälschlicherweise im St. Thalassa saß?«

»Es gibt nicht viel, das ich dir über sie erzählen darf«, antwortet Ally. »Sie wurde verwirrt und blutüberströmt mitten auf der Kreuzstraße aufgelesen. Was immer ihr zugestoßen ist, sie ist nie darüber hinweggekommen.«

»Das muss schlimm gewesen sein«, murmle ich und schiebe den Marmeladentoast von mir. Der Appetit ist mir vergangen.

Ally unterzieht mich einer Musterung. Mit dem pinken Lippenstift und den blonden Wellen um ihr Gesicht ist sie unsäglich hübsch, aber das bedeutet nicht, dass es leicht ist, ihr etwas vorzumachen. In der Avenue würden sie sich die Zähne an ihr ausbeißen.

»Ich weiß, du denkst, das St. Thalassa sei ein furchtbarer Ort.« Sie lächelt sanft. »Aber ich will nur das Beste für meine Patienten. Diese Frau ist eine Gefahr für andere, aber vor allem für sich selbst.«

Ich antworte nicht, weil sie das nicht sagen würde, wenn sie Gales sehnsüchtigen Blick aus dem kleinen Fenster in meiner Wohnung gesehen hätte.

Ally schlingt ihre letzten Happen Toast herunter, küsst mich flüchtig und ergreift ihre Handtasche. Nachdem ihre Absätze die Treppe hinuntergeklappert sind, herrscht ein paar Sekunden unangenehme Stille. Ich ziehe die Mappe unter dem Küchentuch hervor.

Von Lügen zu Diebstahl.

Tempest erscheint hinter dem Dampf meiner Tasse. Sie sinkt auf Allys Stuhl und stützt das Kinn auf die Hände. »Du solltest ihr davon erzählen.«

Ich weiche ihrem vorwurfsvollen Blick aus. »Nur von Amian oder auch von unserer Familie? Gale? Gleich die ganze Wahrheit?« Schon bei dem Gedanken daran wird mir unwohl. Ich reibe mir über den Nacken und streife dabei die Kette, die seit Kurzem wieder um meinen Hals liegt. »Es ist besser, wenn sie nichts davon weiß.«

»Das ist gefährliches Terrain, auf das du dich da begibst. Du kannst sie nicht behandeln wie ein anderes Leben.«

»Es ist keine Affäre.« Ich nehme endlich den dringend notwendigen Schluck Kaffee. »Nur ein weiteres Geheimnis.«

Mein Klopfen verhallt ungehört.

»Gale!« Ich rüttele an der Klinke. Meine alte Wohnung ist ein Drecksloch, doch die Tür ist stabil. Ich versetze ihr einen weiteren Hieb. Nichts, nur ein leises Brummen, das ich auf das Radio dahinter schiebe.

Sie ist wieder losgezogen. Verflixt noch eins, flüchtig wie Quecksilber! Wie hast du es geschafft, sie nicht aus den Augen zu verlieren?

»Suchen Sie das nette Fräulein, das da neulich eingezogen ist?« Die hutzelige alte Frau von nebenan lugt neugierig aus ihrer Wohnung. Natürlich, wie sollte es auch anders sein. »Sind Sie ihr Freund?«

»Mrs. Jones, das ist meine Wohnung.« Ich massiere mir die Stirn. Die Alte hat mir gerade noch gefehlt. »Das Fräulein ist nur zu Gast.«

»Nein«, ruft die Mrs., als befände sich zwischen uns eine Blaskapelle. »Sie hat keine Gäste.«

»Sie ist *mein* Gast.«

»Ja genau, Sie haben sie gerade eben verpasst.«

Langsam sollte ich mich daran gewöhnt haben, dass Gales Talent, sich in Rauch aufzulösen, dem von Tempest gleichkommt. Ich muss wohl später noch einmal wiederkommen.

Kurz, bevor ich das Treppenhaus erreiche, fällt mir ein Mann auf der anderen Straßenseite auf – ein Prophet, ganz in dreckiges Weiß gekleidet und bemerkenswert still zwischen den Massen an Fußgängern.

Trotz meiner Erfahrung mit Verfolgern bin ich selbst überrascht von der Gelassenheit, mit der ich den Spieß umdrehe. Auf dem Weg durchs Treppenhaus flüstere ich Tempests Namen; die Art, wie sie mich einfach durch die nächste Wand verschwinden lässt, ist keine Zauberei, sondern Kunst.

13

HAUPTROLLE

In der belebten Straße fällt der Bogen, den wir schlagen, nicht weiter auf.

Neben dem Propheten trete ich aus der Wand. Er wirbelt mit einem Keuchen herum und der Silberring an seinem Ohr blitzt auf. »Scheiße, Mann!«

Dank Tempest habe ich ihm den Weg abgeschnitten. Ich schlucke den sandigen Geschmack der Mauer herunter. »Warum folgst du mir?«

Er fängt sich – und grinst! Unter seinem Auge formt eine dünne Narbe einen Bogen, zwei weitere sehen aus wie ein unebenes Kreuz an der Schläfe, halb verdeckt von seiner Kapuze. Er ist ein Junge, schmalschultrig und nicht besonders groß.

»Ich habe keine Ahnung, wovon Sie da reden, Mann. Ich bin ein Prophet.« Er zupft an den Lumpen. »Sehen Sie?«

Wenn Nomi hier wäre, würde sie loslachen. »Propheten tragen keinen Schmuck. Besitz ist Blasphemie, hat dir das denn niemand erklärt?«

»Ach, das sehen Sie zu eng. Ich kann Ihnen was über die Hölle erzählen, wenn Sie wollen.«

Ich seufze. »Was weiß jemand wie du über die Hölle?«

»Haben Sie sich mal umgesehen?« Er lacht, räuspert sich und fährt in gekünsteltem Bass und mit erhobenem Zeigefinger fort: »Wir landen schließlich alle da, früher oder später.«

Hoffentlich nicht. Auch bei drei Höllen sind mir die Chancen zu groß, ihm da erneut über den Weg zu laufen. »Geh nach Hause. Hier gibt es nichts mehr zu sehen.«

Er dreht sich nach der Mauer um. »Zu sehen gibt's hier eine ganze Menge, finde ich. Wie haben Sie ...« Er überlegt es sich anders und zuckt mit den Schultern. »Egal. Befehl vom Boss. Spielen Sie nicht Karten? Klären Sie das am besten mit ihm. Solange bleibe ich hier. Werde schließlich dafür bezahlt.«

Das lässt mich hellhörig werden. »Dein Boss – Lazaros?«

»Das war ein Scherz, Mann!« Er hebt beschwichtigend die Hände. »Nicht so laut. Eigentlich sollte ich gar nicht ... Aber die anderen haben Sie ja neulich ... Und wenn herauskommt, dass *ich* ... Na, Sie wissen schon!«

»Vielleicht sollten wir das direkt klären«, schlage ich vor.

Der falsche Prophet blinzelt. »Ernsthaft? Sie wollen mit ihm reden? Einfach so?«

Tempest strahlt eine warnende Kälte aus. Die Sorte, die bis auf die Knochen geht wie Eisregen. Doch ich bin neugierig geworden. Lazaros weiß eine Menge über dich. Wenn er etwas will, braucht er nur anzurufen. Wozu die Verfolger?

»Wieso nicht«, sage ich und greife den Jungen an der Schulter. »Ich lege ein gutes Wort für dich ein.«

Kurz wird die Kälte beißend, ich kann Tempests Nerven förmlich entgleisen spüren. Der falsche Prophet bekommt nichts davon mit, aber besonders aufmerksam scheint er ohnehin nicht zu sein. Keine Ahnung, wie er auf diesem Posten gelandet ist.

Er zieht sich die Kapuze ins Gesicht, bis sein Grinsen nicht mehr zu erkennen ist. »Wissen Sie, vielleicht sollten Sie die Nase besser nicht in fremde Angelegenheiten stecken. Ist nicht so schwer, wirklich.«

Vielleicht hat er auch einfach mehr Verstand als ich.

Als ich damals ins Arbeiterviertel zog, wollte ich so weit weg von der Avenue wie irgend möglich. Ich hatte nur eins im Sinn: Freiheit.

Man muss ein Auge dafür haben. Tiaras Ursprünge haben nichts mit Freiheit zu tun, deshalb ist sie nicht so leicht zu finden, wie ich damals dachte.

Nun scheint sie allgegenwärtig.

Sie liegt in der Luft, wenn man durch den Hafen schlendert. Dort schmeckt sie salzig und will in die Ferne locken. Sie treibt die Maschinen an, deren Schnaufen durch die Straßen des Industrieviertels hallt, vermischt mit Ungeduld, wie man sie nirgends sonst spürt. Ich glaube, sogar im Nobelviertel gibt es so etwas wie Freiheit, versteckt unter all dem Blattgold.

Doch so rohe, echte Freiheit wie in den Schluchten zwischen den Klinkerbauten der Arbeiterviertel habe ich noch an keinem anderen Ort erlebt. Sie sieht anders aus, als ich zunächst dachte. Keine breiten Straßen, die den Horizont versprechen, keine Hilfe, wenn man verloren geht.

Man ist wohl oder übel auf sich gestellt.

Das Arbeiterviertel ist wie für mich gemacht. Es gibt kleine Geschäfte an den Ecken, die Kaffee verkaufen, der mit Sägemehl gestreckt wurde. Es gibt Restaurants, gegen die das *Schnäppchen* ein Edelschuppen ist. Winzige Kneipen, deren Fenster mit blauen Glühbirnen geschmückt sind, die erlöschen, sobald zuverlässig der Strom ausfällt.

Die wohl bekannteste von ihnen ist die *Olle Spelunke*, gelegen in der letzten Straße vor dem Hafenviertel. Und das merkt man. Hier treiben sich pensionierte Kapitäne herum, Seeleute auf Landgang und leichte Mädchen.

Ich lasse mich vom falschen Propheten durch die Menge lotsen. Er ist fast zwei Köpfe kürzer als die anderen Gäste.

»Netter Trick übrigens, das mit der Wand«, ruft er über den Lärm. »Könnte noch hilfreich werden!«

»Wobei?«

»Sie kennen doch Lazaros!« Ein bisschen Besorgnis klingt durch. »Ich hoffe wirklich, dass wir lebend aus der Sache rauskommen!«

Ich auch. Hätte ich mich wenigstens haarklein bei dir nach seinem Treiben erkundigt. Vielleicht hatte Tempest doch recht.

Dann stehe ich vor einem Tisch, auf dem sich Gläser türmen wie zu einem umgedrehten Kronleuchter. In der Ecke dahinter sitzt

Lazaros, gekleidet wie ein Hafenarbeiter vor zwanzig, dreißig Jahren. Er kramt seine Pfeife aus der Brusttasche und ich erkenne den blassen Umriss einer Tätowierung auf seinem fleckigen Handrücken.

Meine Anwesenheit scheint er gar nicht zu bemerken.

Ich räuspere mich. »Das ist also Ihr Laden?«

»Wo denken Sie hin?« Er lacht rau, ohne aufzusehen. »Kommen Sie, setzen Sie sich.«

Von irgendwoher klingt Musik, Gläser klirren. Ich lasse mich auf das Stück der Bank fallen, das am weitesten von ihm entfernt ist. Mir sinkt der Mut; hier gibt es keine Wand, durch die Tempest mich ziehen kann. Keinen Fluchtweg, nur Konfrontation. Ich zwinge mich, Lazaros' Blick zu begegnen.

»Sie haben mich überwacht.«

Lazaros' belustigtes Schnauben geht in einer Rauchwolke unter. »Ich war beileibe nicht der Einzige. Vor ein paar Wochen waren Beamte des Königshauses an Ihnen dran. Entweder, Sie sind ein ganz besonders feiner Kerl, oder etwas an Ihnen stimmt nicht. Und wir wissen ja wohl, was von beiden es ist.« Er deutet auf ein halbvolles Glas zwischen den anderen. »Rum?«

»Danke, aber mir ist nicht danach.«

»Wie Sie wollen.« Er zuckt mit den Schultern, und weiterer Rauch steigt auf. »Wissen Sie, ich mag Geheimnisse. Ich mag Bluffs. Es ist wie beim Kartenspiel – das Ass im Ärmel. Mr. Orville hat Sie in der Tasche. Was wird er tun, wenn er erfährt, dass Sie bereits verheiratet sind? Und was wird Ihre Verlobte sagen?«

Ich hätte mir denken können, dass er auch davon weiß. Und erst recht, dass er sich nicht zu fein ist, mich darauf festzunageln. Es ist dieselbe Strategie wie bei *Drei*: Er zwingt mich, abzulegen, meine Hand zu offenbaren. Er gewinnt nicht immer, aber er verliert niemals.

Was bei allen drei Höllen will er?

Lazaros bleckt die vergilbten Zähne. »Vergessen Sie nicht: Ich habe Sie aus der Avenue geholt, und ich würde Ihnen wieder helfen. Die Papiere, die ich Ihnen beschafft habe, kann ich jederzeit einsehen. Ich kann sie sogar ändern.« Er mustert mich, während das Radio im Hintergrund eine von Gales Lieblingsarien anspielt. »Ein Wort genügt und Sie sind wieder Junggeselle.«

Krumme Geschäfte kann man im Hafenviertel an jeder Ecke abschließen, aber ein so unmoralisches Angebot ist mir mit absoluter Sicherheit noch nie untergekommen. Lazaros muss mich völlig falsch einschätzen, wenn er glaubt, ich würde Ally betrügen, indem …

Mein Atem stockt und für einen Moment verblasst der Trubel um mich.

Wenn er Gale aus den Papieren streicht, muss ich Ally nie die Wahrheit sagen. Es gäbe keinen Grund mehr dafür.

Du kommst nicht zurück.

»Ist das ein Ja?«, fragt Lazaros voller falscher Hilfsbereitschaft.

Nein, halt, auf gar keinen Fall! Schon der Gedanke ist absurd. Ich kann nicht einfach dein Leben kapern. Was ist denn nur los mit mir?

Unter dem Tisch ballen sich meine Hände zu Fäusten. »Nein«, antworte ich – viel zu laut. »Das ist meine Privatangelegenheit. Halten Sie sich da besser heraus. Ich will nur wissen, wieso Sie hinter mir her waren.«

Ob du ihm je die Stirn geboten hättest, wie ich es gerade tue? Oder hat Gale doch recht und ich bin einfach nur wahnsinnig?

Letzteres ist wahrscheinlicher.

Lazaros zieht an seiner Pfeife, mustert mich und lässt mich zappeln. »Ich sagte doch, dass etwas mit Ihnen nicht stimmt. In letzter Zeit benehmen Sie sich besonders seltsam.« Seelenruhig atmet er den Rauch aus. »Keine Sorge, es liegt nicht in meinem Interesse, Ihren Familienstand an die Orvilles heranzutragen. Sie haben gute Kontakte zu den Kuratoren der königlichen Sammlung, und die gedenke ich zu nutzen.«

Ich wage nicht einmal, nach Luft zu schnappen. Wenn Ally davon erfährt, ist alles vorbei.

Lazaros' Kartenspielerfassade weicht einem großväterlichen Lächeln, das tiefe Falten um Mund und Augen gräbt. »Sie haben immer gute Arbeit geleistet. Nichts, was ich je für Sie getan habe, habe ich bereut. Ich würde weitergehen und Sie als einen Freund bezeichnen. Und ich weiß, Ihnen gefällt der Auftrag nicht, den ich Ihnen zuletzt gegeben habe.«

»Maddox hat ...«

»Ja, er hat weniger Geduld als ich.« Er pafft vor sich hin. »Was die Sammlung angeht – Sie wissen, was fehlt?«

Ich schlucke und unterdrücke den Drang, mir an den Hals zu fassen, um den seit ein paar Tagen wieder das Medaillon hängt. Nach Maddox' Besuch schien es mir sicherer, es bei mir zu haben. Die Verfolger hätten ebenso gut bei ihm Lohn beziehen können. Rückblickend war das wohl keine so gute Idee.

»Es fehlt eine Münze«, sage ich. Eine verflixte Münze wie die an meinem Hals. *Genau* wie die an meinem Hals. Ich habe es nachgeprüft. »Wurde sie gestohlen?«

»Nein, sie war gefälscht. Deshalb hat man sie aus der Sammlung entfernt. Aber es existiert ein echtes Exemplar. Finden Sie heraus, was damit passiert ist.«

Das bestätigt meine Vermutungen.

Wenn Lazaros wüsste, dass sie in Reichweite ist, wäre er keineswegs so höflich. Ich kann ihm das Medaillon wohl kaum einfach überreichen. Mir muss eine Ausrede einfallen. Eine gute.

Lazaros reißt mich aus meinen Gedanken. »Sie sollten den Abend genießen.« Er sieht sich um, als fiele ihm erst jetzt auf, wo wir uns befinden, und deutet Richtung Theke. »Denken Sie an meine Bitte. Diesmal wird Maddox Ihnen nicht dazwischenfunken.«

Er erkennt Fälschungen auf einen Blick – bestimmt erkennt er auch mein Lächeln und den Dank, den ich hervorpresse. Ob er auch den Rest unserer Lügen längst durchschaut hat? Ich verabschiede mich und bringe so viel Raum wie möglich zwischen uns.

Bin ich erleichtert, seinem Blick zu entkommen.

Es ist dunkel geworden, und die blauen Lämpchen am Fenster blinken hektisch. Die Kneipe füllt sich mit Hafenarbeitern.

Und mittendrin – wer hätte es gedacht – deine Seefahrerin.

Sie hat das Glas erhoben und singt die Arie aus dem Radio mit. Das Lied ist beinahe zu Ende.

Man könnte meinen, wir befänden uns auf der Bühne, in fremden Landen und geplagt von Heimweh. Gale verkörpert die Rolle bis hin zu einem blauen Schal, den sie sich um die Stirn geknotet hat. Den tragen viele Arbeiterinnen, daher würde sie zwischen den Gästen gar nicht weiter auffallen – allerdings schmettert sie das Finale aus voller Kehle.

Der letzte Ton verklingt und sie verbeugt sich. Ihr Haar lockt sich wild in alle Richtungen, als hätte sie einen Sturm überstanden. Leute klatschen. Ein Barmädchen bringt ihr ein neues Glas, bezahlt von einem zwielichtigen Mann inklusive Narbengesicht und Pistole am Gürtel, der auf dem Hocker neben ihr sitzt.

Ich drängele mich durch die Menge und zwischen die beiden. »Was zur Hölle tust du?«, raune ich über die zahllosen betrunkenen Stimmen.

Gale lässt sich davon nicht verunsichern, fällt auf ihren Platz und pustet den Schaum von ihrem Bier. »Ich habe Spaß.«

»Ist es dafür nicht ein bisschen früh?«

»Besser als zu spät. Ich habe es da oben einfach nicht mehr ausgehalten. Es sind wirklich verdammt kleine Zimmer.«

»Ich habe da jahrelang gewohnt.«

»Und ich saß ewig im St. Thalassa. Ich weiß, wovon ich rede. Ich brauchte Ablenkung.« Ihre Wangen haben einen satten Rotton angenommen und der Nebel in ihren Augen ist wieder da, diesmal nicht durch Medikamente, sondern sehr, sehr viel Bier.

»Dann werde ich dir neue Bücher mitbringen.« Ich versuche, freundlich zu klingen; so bald wollte ich nicht wieder streiten. »Hör nur bitte auf, dich zu benehmen wie eine ...«

»Verrückte?« Sie lacht freudlos auf. »Und du bist so viel besser?«

Narbengesicht beugt sich zu uns. »Ist alles in Ordnung, Miss?«

Gale setzt ein zuckersüßes Lächeln für ihn auf. »Ja, vielen Dank. Mein Freund hier ist einfach ein sehr unreflektierter Mensch, der gern von sich auf andere schließt.«

»Ich habe wenigstens versucht, unsere Verfolger abzuschrecken«, zische ich – auch wenn es genau genommen meine waren. »Amian würde mich umbringen, wenn er wüsste …«

Sie steht auf und die Stuhlbeine scharren über die Fliesen. »Ich glaube, mir ist doch der Spaß vergangen.« Sie wirft sich eine schmuddelige Jacke über, deutet eine Verbeugung wie auf einer Bühne an und geht.

Ich eile ihr nach, begleitet von lauten Buhrufen ihres Publikums.

Zwischen den Klinkerhäusern ist es schon Nacht. Dunst aus den Kanälen wallt über die Straße und bleibt als Kälte in meiner Kleidung hängen. Gale geht mit forschen Schritten voran. Sie ist wütend. Ich bin es auch.

Ich grabe die Akte aus der Tasche. »Sagtest du nicht, du hättest Amian geliebt?«

»Das habe ich«, antwortet sie kühl. »Das tue ich noch immer.«

Eine seltsame Art, das zu zeigen. »Dann verstehe ich nicht, wieso du dich so einem versoffenen Kerl an den Hals wirfst!«

Gales Silhouette dreht auf dem Absatz um und kommt mir aus dem Nebel entgegen. Mit einer Bewegung fegt sie mir die Unterlagen aus der Hand. Zettel und Fotos flattern um uns und bleiben im Straßendreck kleben.

»Du bist nicht Amian!«, faucht sie. Im blauen Kneipenlicht flammen ihre Augen auf. »So sehr ich mir wünsche, er wäre noch am Leben – er ist es nicht! Und dich geht es nichts an, an wessen Hals ich mich werfe! Warum also bist du hier?«

Weil ich mich – trotz Streit, trotz Furcht, trotz der Fragen nach den Geistern – irgendwie darauf gefreut habe, ihre Stimme zu hören, mit ihr zu sprechen. Jemandem gegenüber zumindest ein Stück weit ehrlich sein zu können … und vielleicht endlich einen Schritt weiterzukommen.

»Du brauchst dir keine Sorgen mehr um Verfolger machen.« Ich drehe mich nach der Spelunke um; wir sind allein. »Ich habe dich gesucht, weil ich einen neuen Hinweis habe. Amian wurde …«

»Erschossen, ich weiß.« Sie verschränkt die Arme. »Ich habe die Schwestern darüber sprechen hören.«

Es klingt wie eine einfache Tatsache, aber nicht einmal Gale kann verbergen, dass da Tränen lauern. Betreten bücke ich mich nach der Mappe, während sie sich mit dem Ärmel über die Augen wischt. Gutachten knicken in meiner Hand.

»Du hast behauptet, du wüsstest nicht, was genau passiert ist.«

»Ich erinnere mich nicht an alles.«

Das ist nicht, was sie mir erzählt hat. Die Rede war von tagelangen Lücken. Hat sie mich doch angelogen?

Gale schnieft und beobachtet, wie ich die restlichen Papiere einsammle, und ich lasse zu, dass sie mir die Mappe abnimmt.

»Ich dachte, vielleicht würden die Berichte deinem Gedächtnis auf die Sprünge helfen. Uns zum Täter führen.« Zu spät bemerke ich, dass ich die Worte mit einer Bewegung unterstrichen habe wie du. Ich balle meine leeren Hände.

Gale beißt sich auf die Lippe und trennt zwei zusammenklebende Seiten voneinander. Scheinbar wahllos blättert sie weiter, vorbei an Fotografien von blutverschmierter Kleidung und Schlimmerem. »Es muss jemand gewesen sein, mit dem er Geschäfte gemacht hat.«

Der Gedanke kam mir auch schon; es wäre nur logisch. Weder Maddox noch Lazaros oder die Gräfin kommen mir sonderlich zimperlich vor, und deine Kundenliste geht so weiter. Fabrikbosse, Verbrecher, Aristokraten.

Gale sieht auf, stockt und deutet auf ein Stück Perlmuttkarton, das ich im Schlamm übersehen habe. »Was ist das?«

»Das …« Ich hebe es auf. »Eine Einladung in den dritten Palast. Sie veranstalten einen Ball mit Ausstellung.« Die Karte muss in Allys Handtasche dazwischen gerutscht sein. Ich bürste den Dreck von den Kanten und stecke sie wieder ein. »Denkst du, der Mörder wird auf dem Ball anwesend sein?«

»Wahrscheinlich.« Gale mustert mich auf eine Art, die mich verunsichert. Als würde sie absichtlich durch mich hindurchblicken. »Was, wenn er dich für Amian hält?«

»Alle halten mich für Amian«, antworte ich bitter.

»Aber Amian ist tot. Und wer auch immer dafür verantwortlich ist, wird wollen, dass das so bleibt.«

Resigniert fahre ich mir durchs Haar, wende mich ab, um diesen Blick nicht länger ertragen zu müssen. »Ich werde vorsichtig sein.«

»Ich will keine Vorsicht.« In Gales Stimme schleicht sich das bekannte Schäumen. »Ich will Rache.«

Mir wird klar, worauf sie hinauswill. Gleich fühle ich mich noch unwohler in meiner Haut. »Du hoffst wirklich, dass der Mörder auf mich hereinfällt? Wie wahrscheinlich ist es, dass ich ihm ausgerechnet im Palast über den Weg laufe?« Ich sehe auf und bereue es sofort.

»Meinst du die Frage ernst?« Sie verzieht abschätzig das Gesicht. »Jeder weiß, was für Leute auf solche Feiern eingeladen werden. Die sind um einiges gefährlicher als die Schnapsdrosseln in der Kneipe. Du wolltest einen Plan, da ist er!«

»Wenn Amian hier wäre, würde er dir sagen, wie bescheuert dein Plan ist.« Ich widerstehe im letzten Moment, die Worte nach dir klingen zu lassen.

»Er ist nicht hier und das ist unsere einzige Idee.« Sie schließt die dreckverschmierte Mappe und reicht sie mir zurück. Ich schnappe sie ihr aus der Hand.

»Wir reden hier von einem verflixten Ball, keinem Detektivroman!« Das ist Tanzen mit Ally und Unterhaltung mit ihren Eltern. Letzteres ist nicht zwingend ein Vergnügen, aber relativ sicher harmlos. Gale kann nicht ernsthaft glauben, dass ich das alles für sie absagen würde.

»Also gehst du ohne mich?«

»Ja«, antworte ich. »Und du gehst besser nach Hause.«

Das Feuer in Gales Augen wandelt sich von kalt zu heiß. »Amians Mörder wird dort sein«, sagt sie. »Das verspreche ich dir.«

Gales Worte lassen mich nicht mehr los. In der Nacht träume ich davon, wie sie dem Mann in der Kneipe die Waffe aus dem Gürtel zieht und an die Schläfe hält.

Wenn ich wirklich du wäre, hätte ich Antworten. In meinem eigenen Kopf kreisen bloß Fragen. Ich schrecke zusammen, wann immer das Silberglöckchen läutet.

Ende der Woche ringe ich mich dazu durch, Ally von der Arbeit abzuholen. Ich durchquere den Park auf dem Weg zur Orangerie, da wehen Stimmen zu mir herüber. An einer Löwenstatue entdecke ich einen Mann und zwei Frauen. Eine von ihnen ist Ally. Sie liegt auf dem Rücken des Löwen und hält ihr Gesicht in die Sonne.

»Er ist hübsch!«, ruft ihr die andere Frau von unten zu. Sie zwirbelt ihr kurzes, dunkles Haar und betrachtet etwas so Kleines, dass ich es aus der Ferne nicht erkennen kann.

»Er ist so perfekt wie Amian«, antwortet Ally, halb seufzend, halb lachend.

Perfekt.

Dass sie so denkt, schmeichelt dir, natürlich. Was sie wohl von mir halten würde? Meine Schritte verlangsamen sich; es ist verlockend, noch etwas länger zuzuhören. Verborgen im Schatten der Baumkronen bleibe ich stehen.

Der Mann auf der Löwentatze grinst. Er hat ebenfalls dunkles Haar und ist hellhäutig, aber sonnengebräunt. »Ein perfekter Ring für eine perfekte Frau.«

»Lass das nicht meinen Verlobten hören!« Ally greift nach der Jacke, die auf dem Stein ausgebreitet liegt, und wirft sie nach ihm. So zwanglos habe ich sie noch nie erlebt. Der Stoff flattert verspielt und landet vor mir auf dem Kies.

Ally setzt sich auf. »Amian!«

Hitze sammelt sich in meinem Nacken. Nicht der beste erste Eindruck, beim Lauschen erwischt zu werden. Von wegen perfekt.

»Ich wollte dich abholen«, erkläre ich eilig.

»Wie lieb von dir.« Ally rutscht von der Statue. Sie begrüßt mich mit einem flüchtigen Kuss auf die Wange, bevor sie umständlich zurücktappt, um ihre Schuhe wieder anzuziehen. Der Wind fährt mahnend durch die rotgoldenen Blätter der Ahornbäume, die den Weg durch den Park säumen. Ich klopfe den Staub von der Jacke und lege sie Ally um die Schultern.

»Das ist er also«, ruft der Mann gut gelaunt und kommt zu uns. Sein Händedruck ist fest, sein Lächeln durch offensichtlich ausgiebige Nutzung wie eingraviert. »Ich bin Feliz. Cassy und ich sind Studienkollegen von Allinora.«

»Die beiden sind nach dem Studium aufs Festland gezogen und zu Besuch hier.« Allys erster Griff geht in die kleine Handtasche, die sie dabeihat; Lippenstift nachziehen.

»Ich habe noch keine von Allys Freunden kennengelernt.« Ich schüttle auch Cassy die Hand und sehe, dass das, was sie begutachtet hat, Allys Ring ist. Sie selbst trägt einen ganz ähnlichen.

»Frisch verlobt.« Cassy strahlt. »Wir sind hier, um es unseren Eltern zu erzählen.«

Feliz legt einen Arm um seine Verlobte. »Unser Wiedersehen sollten wir feiern.«

Ally hakt sich bei mir ein. Friert sie nicht? Die Sonne ist hinter den Wolken verschwunden und der Wind lässt den rosafarbenen Stoff ihrer Jacke um sie wehen. Sie macht sich nicht die Mühe, sie zuzuknöpfen.

Ihre Freunde laden uns zum Tanzen ein.

Weder Ally noch ich sind dazu aufgelegt, wir versacken an einem Tisch abseits der Tanzfläche und ich verbringe den Abend damit, Ally dabei zuzusehen, wie sie in ihrem Cocktail rührt.

»Sie mögen dich.« Sie schiebt die Eiswürfel in ihrem Glas mit dem Schirmchen hin und her. Es ist ihr drittes. Bis auf das Schmelzwasser am Boden ist es leer.

»Du hast nie von ihnen erzählt.«

Ally lächelt. »Sie sind unkonventionell. Cassy hatte mit siebzehn ihren ersten Abschluss. Feliz arbeitete schon während des Studiums an gleich mehreren experimentellen Medikamenten für

Firmen auf dem Festland.« Sie dreht eine blonde Strähne ein. Bunte Lichter fangen sich im Metall an ihrem Finger. »Ein Jahr, nachdem ich mit dem Studium begonnen habe, brachen sie ihres ab.«

Wenn ich mich recke, sind die beiden laut lachenden Gestalten im Getümmel nicht schwer zu finden. Sie haben alles um sich herum vergessen, auch uns. Ich drehe mich wieder zu Ally. Sie spielt an ihrem Ring.

»Stimmt etwas damit nicht?«, frage ich vorsichtig.

Eben noch war sie in rosa Licht getaucht, nun bescheint es sie kränklich grün. »Nein. Es ist, wie ich sagte: Er ist perfekt. Du bist perfekt. Alles ist perfekt.«

Nur meint sie ja nicht mich, sondern dich.

»Manchmal macht es mir Angst«, scherze ich, aber zum Lachen ist mir nicht zumute.

Ally zwingt sich ein müdes Lächeln zurück auf die Lippen. »Mir auch.« Die Worte sind so leise, dass die Musik sie fast verschluckt.

Da ist sie wieder: die Hoffnung, an der ich mich schon so lange festhalte.

Es sind die bunten Lichter, die Stimmen, die laute Musik. Wir sind für uns und irgendwie doch nicht. Ich könnte es ihr einfach sagen. Alles könnte sich ändern, und ich wäre ich selbst. Schluss mit perfekt, mit Lügen. Dies ist der Moment. Ich kaue auf den Worten. So nah an die Wahrheit bin ich noch nie gekommen.

»Was, wenn es so wäre?«, frage ich zögerlich. »Wenn das Antiquariat nicht mir gehören würde?«

»Dann hättest du nichts, womit du meine Familie beeindrucken könntest.« Ally macht eine wegwerfende Geste. All der Alkohol hat ihre glatte Oberfläche aufgebrochen. »Nimm meinen Vater als Beispiel. Als ich ein kleines Mädchen war, nannte er mich Prinzessin.«

»So etwas tun Väter manchm...«

»Er meinte genau das!« Sie presst die flachen Hände auf den Tisch. »Er hätte garantiert nichts dagegen, wenn ich einen der Prinzen heirate. Stell dir das vor! Jeder von denen ist fast zehn Jahre älter oder jünger als ich.«

Unter ihrem brennenden Blick kommen mir Zweifel. Ich trage deinen Anzug, aber ich bin kaum du – und garantiert kein Prinz. »Ich habe ein Geschäft voll Schrott.«

»Und wahrscheinlich genügend Geld, um dir sogar einen Titel zu kaufen. Geht sowas?«

»Ally.«

Sie fährt sich ungeachtet der Frisur durchs Haar. »Meine Mutter liebt dich. Alle lieben dich. Weißt du, wie schwer sowas zu bewerkstelligen ist? Du bist der perfekte Kompromiss.« Sie schenkt mir ein pinkes Lächeln. Als wäre das etwas Gutes. »Ich glaube, ich brauche noch einen.« Sie steht auf.

Ich fasse ihren Arm, will etwas sagen – aber ich habe mich so übel an meiner Offenbarung verschluckt, dass nichts mehr herauskommt.

Sie wäre nicht Ally, wenn mein Schweigen sie abschrecken würde. Mit einer erstaunlich sicheren Bewegung beugt sie sich zu mir herunter und ihr Haar fällt nach vorn über ihre Schulter. Sie küsst mich. In einem Raum voller Leben ist es, als würde uns plötzliche Stille umgeben.

Und es ist egal, dass ich nichts gesagt habe.

Obwohl ich nichts getrunken habe, verschwimmt der Abend von da an.

Wir tanzen eng umschlungen. Suchen uns einen Ort, an den es keine bunten Lichter schaffen, küssen uns bis zur Atemlosigkeit. Später kommt sie mit zu mir, und ich liebe sie, bis sie deinen Namen ruft.

In dieser Nacht bin ich es, der im Traum die Waffe hält.

Am nächsten Tag gehe ich zum Büchsenmacher, um Tatsachen zu schaffen.

14

EINLADUNG

Der Nachmittag ist totenstill bis auf die knarzigen Melodien im Radio. Es ist früh dunkel geworden, und im matten Glanz, den die Straßenlaternen und das Antiquariat aufbringen, liegt die Straße verlassen da. Kein Regen, keine Automobile, die vorbeifahren. Nomi treibt sich woanders herum.

Zum Takt der Musik erledige ich einige Reparaturarbeiten an Stücken, die Kunden über die letzten Wochen vorbeigebracht haben. Es ist die Gelegenheit, für eine Weile endlich wieder ich selbst zu sein. Dazu bin ich lange nicht mehr gekommen.

Reparaturen sind wie Rätsel. Ich kann Stunden damit verbringen, den richtigen Leim zu finden oder Füllmasse zu mischen, bis die Farbe ganz genau stimmt. Meine Gedanken wandern. Die schummrige Arbeitsleuchte lässt den Dampf über meiner Kaffeetasse aufleuchten und den Rest der Welt in Dunkelheit versinken. Nur Tempests Gesicht sticht daraus hervor; sie beobachtet mich von ihrem Sessel aus.

»Denkst du an sie?«

Mir fällt auf, dass ich die Melodie im Radio mitgesummt habe. Das Lied kenne ich, es läuft oft, wenn ich Gale besuche. Telefonklingeln verhindert meine Antwort. Ich drehe leiser.

»Antiquariat Amian Mariano.«

»Hier ist Ally.«

Beim Klang ihrer Stimme zieht sich mein Magen zusammen.

»Habe ich wieder vergessen, dich abzuholen?« Ich schaue hinter mich auf die Kaminuhr aus Wurzelholz und Messing, siebzig Jahre alt, die genau fünfeinhalb Minuten falsch geht. Laut ihr ist es lange zu spät.

»Schon gut, ich bin noch im Büro. Mir ist eine Mappe abhandengekommen ...«

Meine Schuld. Ich lasse mich auf meinem Stuhl zurückfallen. »Du arbeitest zu viel.«

»Ich weiß.« Sie lächelt, so viel kann ich hören. »Deshalb werde ich dieses Wochenende mit Cassy und Feliz in das Ferienhaus meiner Eltern fahren. Ich hatte gehofft, du würdest mitkommen.«

»Samstag wird die Ausstellung im dritten Palast eröffnet«, wende ich ein. »Du hast mich eingeladen, erinnerst du dich?«

Noch immer bin ich nicht sicher, ob Gales Plan irre oder eine irre gute Idee ist, aber ich will die Chance nicht unbesehen verstreichen lassen.

Ally seufzt. »Die letzten Wochen warst du so angespannt, und ich hatte viel zu tun. Uns würde eine Pause von alledem sicher guttun.«

Zugegeben, das klingt verlockend. Von Gales Plan könnte ich Ally ohnehin nicht erzählen. Und eigentlich ist es ja auch mehr eine vage Überlegung als ein Plan.

»Du hast recht.« Geistesabwesend greife ich nach meinem Kaffee. »Klar, ich begleite euch.«

»Schön. Amian?«

»Ja?«

Stille. Ich stelle mir vor, wie sie den Hörer mit beiden Händen an ihr Haar drückt.

»Ich weiß nicht, was passiert ist«, sagt sie mit gesenkter Stimme. »Aber ich wollte dir sagen, dass du mit mir darüber reden kannst.«

Sie hat es mitbekommen. Alles. Verflixt noch eins, ich hätte besser aufpassen sollen! Selten war ich so froh, dass sie mein Gesicht und damit das Schuldbewusstsein nicht sehen kann.

»Es ist nichts, ich ...«

»Du solltest auf sie hören«, kommt Tempest dazwischen.

»Du wirkst so unglücklich in letzter Zeit«, sagt Ally. »Es fällt dir sicher nicht leicht, Schwäche zu zeigen. Daher dachte ich, vielleicht passt es dir besser, wenn wir telefonieren.«

Ich kann kaum glauben, dass sie das für mich tut – meine Lügen und die Geheimnistuerei übergehen und sich meinetwegen sorgen. Meinetwegen! Das ist die Seite von ihr, die ich mehr liebe als alles andere.

Ich hole Luft, suche nach Worten. Von dem, was ich jetzt sage, gibt es kein Zurück. Mir wird bewusst, wie das alles aussieht, was sie von mir denken wird. Plötzlich nagt die Furcht vor ihrer Reaktion.

»Osian!« Tempests Ton ist eine Warnung. Sie steht auf und tappt zu mir herüber.

Noch nie in meinem ganzen Leben war mir ihr erwartungsvoller Blick so unangenehm. Sie kennt all meine Unzulänglichkeiten und für diese eine verurteilt sie mich? Ich reibe mir übers Gesicht. Sonst weiß sie doch immer, was ich denke. Also denke ich daran, dass sie verschwinden möge.

»Sei einfach ehrlich!«, beharrt sie.

»Amian?«

»Ich bin noch dran.« Ich schließe die Augen, versuche, mich auf Ally zu fokussieren und in Worte zu fassen, was ich ihr schon so lange verschwiegen habe: dich, Gale und so viel mehr.

Ehrlich sein. Aber wie, ohne alles einzureißen?

»Rede endlich mit ihr!« Tempests Haar flattert wie im Sturm. »Du kannst sie nicht ewig anlügen!«

»Ist jemand bei dir?« Allys Stimme ist verzerrt. »Ich wollte nicht stören.«

»Du störst nicht, hier ist niemand.«

Doch Tempest hängt an meiner Schulter.

Das Echo ihrer Stimme in der Leitung.

Kann es sein, dass es bis zu Ally gedrungen ist?

»Entschuldige mich einen Moment.« Ich presse meine schwitzige Hand auf den Hörer. »Verflixt, Tempest! Wie oft habe ich dir gesagt, du sollst dich aus der Sache mit Ally raushalten?«

»Du lügst sie seit Monaten an!«

»Sie hat dich gehört!«, zische ich.

»Gut!« Tempest macht es sich auf der Tischkante bequem, die Arme verschränkt und eine fiese Freude in den Augen. Sie braucht nichts weiter zu sagen, und ich kann sie nicht anschreien, nicht mit Ally am Telefon. Wir wissen beide, wer gewonnen hat.

»Was ist?« Allys Flüstern dringt viel zu laut aus dem Hörer, hängt zwischen uns und verschwindet hinter dem Ticken der alten Uhr.

Wie soll ich bloß das Wochenende mit ihren Freunden überstehen? Es werden nur noch mehr Lügen. So geht es nicht weiter, aber ... Ich muss versuchen, wenigstens einen klaren Gedanken zu fassen. »Das sollten wir nicht am Telefon besprechen. Wir machen das, wenn du zurück bist.«

Sie zögert. »Du willst doch nicht mitkommen?«

»Nein, ich ... Ich habe noch etwas Wichtiges zu erledigen.«

»Verstehe.« Einige Sekunden lang dringt Stille aus der Leitung. »Ich liebe dich.«

Die Wahrheit. Ich hätte einfach nur die Wahrheit sagen müssen.

»Ich dich auch«, antworte ich, weil es das Nächstbeste ist.

Dann legen wir auf.

Tempest hat den Vorteil, dass sie einfach verschwinden kann, wenn sie sauer auf mich ist. Doch diesmal kostet sie unseren Streit aus, präsentiert sich so solide, wie sie nur kann, und lässt sich auch von meinem Schweigen nicht beeindrucken.

Ich gebe trotzdem nicht auf.

Sie hat nichts anderes verdient.

Ich bin es gewohnt, einen Schatten zu haben, der manchmal aufdringlich wird, der sich einmischt und kommentiert und auftaucht, wo er es nicht sollte. Es war immer so. Tempest gehört zu mir – genauso wie du. Ich kenne nichts anderes – meine Seele teile ich mit dir und meinen Alltag mit ihr.

Langsam beschleicht mich das Gefühl, dass für mich nicht mehr viel übrig bleibt.

Was ist mit meinen Geheimnissen, wo kann ich mich verstecken, wenn ihr jeden Winkel von mir kennt? Und was von mir soll Ally gehören, wenn ihr mich schon unter euch aufgeteilt habt?

Du lässt mich einfach nicht los! Nicht einmal jetzt! Alles bleibt, wie es ist, ich bleibe an dich gekettet und Tempest an mich.

Ich kämme mir mit den Fingern das windzerzauste Haar aus der Stirn. Der Strand nicht weit entfernt vom Hafen ist nicht so schön wie der, an dem Ally und ihre Freunde sicher schon angekommen sind. Es ist ein kurzes Stück von See zu Land mit Scherben zwischen den Muscheln. Möwen und Spatzen streiten sich um Tang, der sich vor den Felsen kräuselt, und die Wellen, von Frachtschiffen auf dem Weg zum Festland über den Sand geschoben, laufen in meine Schuhe. Tempest sitzt neben mir, lässt sich umspülen und bleibt trocken zurück.

Ich hole aus und werfe einen Stein. Er hüpft über die Oberfläche, ehe er weiter draußen im Schaum versinkt. Noch einen. Und noch einen. Ich lasse mir den Kopf von harscher Seeluft freipusten, bis meine Finger taub vor Kälte sind.

Entschuldige. Du hast nicht wissen können, dass ich Ally begegnen würde. Du hast ihr nichts vorgemacht. Das war ich.

Der nächste Stein verschwindet zwischen den Wellen. Tempest feixt, und ich gebe vor, sie nicht zu bemerken.

Der Rückweg führt mich an den Markthallen vorbei, wo der Fang vom frühen Morgen zum Verkauf ausliegt. Der frische Seegeruch ist allgegenwärtig, Arbeiter laden Kisten von und auf Lastwagen, Händler und Hausfrauen gleichermaßen drängen zwischen den Ständen hindurch ins Gebäude. Ein Prophet neben dem Eingang kaut auf einem Stück rohen Fisch, das ihm jemand zugesteckt haben muss.

Gale hat sich wieder einmal verkleidet, trägt heute ein Tuch ums Haar und eine Schürze, die aber ein bisschen zu blütenweiß zwischen den mit Schuppen und Fischblut verschmierten

Verkäuferinnen heraussticht. Ich habe geahnt, dass ich sie hier antreffen würde; sie hat erzählt, dass es in Rive einen ähnlichen Markt gibt.

»Dir begegnet man wirklich überall.« Ich versuche, zwanglos zu klingen. Tempests unheilvolle Kälte in meinem Rücken ignoriere ich.

Gale strahlt. »Keine Bewacher mehr. Das musste ich ausnutzen.«

Tatsächlich freue ich mich, sie zu sehen. Seit unserem letzten Gespräch haben sich die Spannungen verflüchtigt. Ich begleite sie ein Stück auf dem Weg zwischen den Ständen. Wir passieren Kisten mit Eis, in denen Forellen und Plattfisch liegen.

Gale bleibt an einem Stand stehen und zückt ihr Portemonnaie. »Bevor du fragst, eingelegter Kohl hängt mir zum Hals raus.« In dem Korb an ihrem Arm, den ich zur Aufbewahrung von Feilen verwendet habe, landet in Zeitungspapier eingewickelter Fisch. »Solltest du nicht eigentlich bald im Palast sein?«

»Ja ...«, antworte ich langgezogen, doch Lust, Zielscheibe zu spielen, will bei mir nicht recht aufkommen.

»Du hast ein Glück.« Sie seufzt und streicht sich über die Wange. »Musik und feines Essen, ein bisschen Glamour – wie ich das vermisse!«

»Dir glaube ich das sofort.«

Sie lässt die Hand sinken. »Erzähl mir von den Gästen!«

Ich liste Namen auf, die Ally mir vor ein paar Wochen voller Begeisterung vorgetragen hat – viele Aristokraten, die üblichen Verdächtigen, im wahrsten Sinne. Doch daran denkt Gale schon lange nicht mehr.

Ihre Augen leuchten. »Und die Königsfamilie?«

»Angeblich. Irvine auf jeden Fall.«

Gale dreht sich einmal um die eigene Achse, als würde sie gleich lostanzen wollen. Die Verkäufer schauen uns nach. Sie wirft einem starrenden jungen Mann einen Kuss zu. »Ach, ich wünschte wirklich, ich könnte dich begleiten.«

Und ich muss gestehen, dass ich die Idee nicht mehr so abwegig finde. Sie liebt den großen Auftritt, ganz im Gegensatz zu mir. Noch dazu war es ihr Plan.

Ein bescheuerter Plan, aber unser einziger.

»Na gut.«

Sie wirbelt zu mir herum. »Du lädst mich doch ein?«

»Ja.« Wenn sie so fragt, bereue ich es, etwas gesagt zu haben.

Sie rückt den Korb an ihrem Arm zurecht und setzt ihren Weg fort. »Du hast Glück.« Ihr Strahlen hat einen gefährlichen Beigeschmack. »Ich habe noch nichts Besseres vor.«

15

KRONE

Um Punkt acht fährt das Taxi vor meiner alten Wohnung vor. Von Ally bin ich in solchen Fällen gewohnt, warten zu müssen. Gale steht schon draußen, aufgetakelt wie für eine Premiere.

Die Fahrt über versuche ich, das Tüllmonster zu ignorieren, das die Rückbank füllt und ihr ganz nebenbei verflixt gut steht. Bei unserer Ankunft helfe ich ihr aus dem Wagen. Sie streicht den knitternden Tüll glatt und fischt Glitzer aus ihrem Dekolleté.

Da ist es, das schlechte Gewissen. Dabei hat der Ball noch nicht einmal begonnen. Dies wäre Allys Abend gewesen, und ich habe ihn ihr gestohlen.

Aber es war meine Entscheidung, stattdessen mit Gale am Arm den dritten Palast zu betreten. Also tue ich mein Bestes, um meine Nervosität nicht zu zeigen. Es wird leichter, nachdem wir die Eingangshallen passiert haben. Gale sieht man ihre gar nicht an. Mit ihrem zu glänzenden Locken gedrehten Haar und dem roséfarbenen Kleid passt sie genau hierher. Sie trägt ein Lächeln, das jeden Zweifel ausräumt; nicht zu breit, nicht zu perfekt. Es ist dieselbe Höflichkeit aus Prinzip, die alle anderen zur Schau stellen.

»Bei dir sieht das so leicht aus«, raune ich.

»Was?«

»Dazuzugehören.«

»Ich habe Jahre an der königlichen Musikakademie gelernt.« Ihr Achselzucken lässt Tüll rascheln. »Die Ausbildung umfasst mehr als Schauspielerei. Dies ist nicht mein erster Abend im Palast.«

»Wirklich? Gibt es einen Salon, in dem du noch nicht warst?«

Gale hebt stolz das Kinn. »Irvine organisiert oft Auftritte der Studenten vor der Königsfamilie. Ich kenne mich hier besser aus als in deiner Wohnung.«

Wie alle Gebäude der neuen Viertel besteht der dritte Palast aus Eisen und Glas, Silber und Kristall. Es ist die Vision einer Zeit, die es nicht mehr gibt. Ally hat nicht untertrieben, als sie von den zahllosen Einladungen berichtet hat, von denen sie wusste.

Wir drängen uns zwischen Damen in Rüschenkleidern und Herren in kantig geschnittenen Anzügen hindurch. Kurz erhasche ich einen Blick auf Mr. Orville und ziehe Gale schnell weiter.

»Wer war das?«, fragt sie.

»Der Vater meiner Verlobten.«

»Du bist verlobt?« Sie reckt sich, doch zum Glück ist sie zu kurz, um etwas zu erkennen. »Ist sie hier? Wer ist es?«

»Denkst du, ich nehme dich mit auf eine Feier, um ihr dann in die Arme zu laufen?«

Hoffentlich gehen wir in der Masse unter – es gehört nicht zu meiner Vorstellung eines gelungenen Abends, mich Allys Eltern erklären zu müssen. So viele Nullen kannst selbst du nicht auf einen Scheck schreiben. Warum geht mir erst jetzt auf, was für eine Scheißidee das hier war? Es fühlt sich falsch an. Alles an diesem Abend, besonders das freudige Geplapper um uns herum und die schnulzige Violinenmusik vom anderen Ende des Saals. Gale summt gedankenverloren mit, nimmt sich zwei Gläser von einem ausladenden Tablett, das ein Diener an uns vorbeiträgt, und reicht eins an mich weiter.

»Das wäre deine Aufgabe gewesen.« Sie stößt mit mir an und trinkt, und ich sehe ihr dabei zu. Kurz, nur ganz kurz, scheint sie doch durch: die gleiche Anspannung, die auch ich spüre. Gale hebt eine Braue. »Hast du vor, stocknüchtern zu bleiben?«

»Du jedenfalls nicht«, stelle ich fest.

Sie schnaubt – nicht sehr elegant – und richtet den Blick in die Menge.

Ich frage mich, was sie dort sucht. Wie sollen wir erkennen, mit wem du zuletzt zu tun hattest? So viele Gäste, so viele Verdächtige. Der Abend beginnt gerade erst und mir ist schon heiß. Ich ziehe den Anzug zurecht. Das Holster drückt in meine Rippen.

Gale pflückt mir Fusseln von der Schulter, dabei hat sie auf meiner Kleidung allein auf dem Weg hierher schon genug für ganze Wollmäuse entdeckt.

»Tut mir leid«, murmelt sie, nicht ganz bei der Sache. »Das ist eine dumme Angewohnheit. Amian hat das nie gestört.«

»Ich bin nicht Amian.«

Sie blickt zu mir auf und zieht eine liebliche Grimasse. »Wenn das niemand erfahren soll, musst du endlich anfangen, dich zu entspannen.«

Leichter gesagt als getan. Ich gebe mich seit so langer Zeit für dich aus, dass die Grenzen allmählich verwischen. Heute ist mir das zum ersten Mal unangenehm.

Der schnittige Anzug – das bist du. Der Sekt in der Hand – auch du. Ich nippe daran, doch ich habe das Zeug noch nie leiden können. Und dann ist da Gale an meinem Arm. Sie wirft mir einen weiteren Blick zu, der wohl heißen soll: Entspann dich endlich!

Wir stürzen uns in die Massen. Immer wieder ziehe ich am Kragen, versuche, mir Luft zu verschaffen. Aber es ist nicht nur der Anzug. Du bist wie ein zu enges Hemd, eine Hülle, in die ich mich mit jedem Wort erneut zwängen muss. Ich hasse es. Jedes gutmütige Lächeln, das ich präsentiere, jedes Schulterklopfen, das ich austeile, nur weil ich es muss, weil ich weiß, dass du dasselbe getan hättest.

»Du machst das gut«, sagt Gale zwischen zwei Gläsern Sekt. »Ich hatte ja meine Zweifel, als der Abend anfing, aber du bist gar kein so übler Schauspieler.«

»Mariano! Sie haben eine reizende Begleitung!« Maddox kommt auf uns zu. Bis eben unterhielt er sich mit einem Mann mit goldenem Mantel. Er selbst wirkt wie ein Junge, den seine Mutter in einen möglichst teuren Anzug gesteckt hat.

»Danke für das Kompliment.« Gale lächelt. Mir gefällt nicht, wie er es erwidert; der selbstzufriedene Blick, den er mir spendiert, als er sie zum Tanzen auffordert, noch weniger.

Ich halte Gale zurück. »Dafür sind wir nicht hier.«

»Doch, das sind wir.« Sie macht sich los. »Tüll ist um einiges komfortabler als eine Zwangsjacke.«

»Selbst darin sähen Sie bezaubernd aus.« Maddox hat offensichtlich keine Ahnung, worauf sie anspielt.

»Was ist mit Amian?«, zische ich ihr zu.

»Ich tanze, mit wem ich will.«

»Maddox könnte es genauso getan haben wie jeder andere hier! Glaub mir, wenn ich dir sage, er ist gefährlich.«

»Das bin ich auch, *Liebling*.« Sie drückt mir ihr leeres Glas in die Hand und schwebt mit ihm davon.

Warst du besessen, als du sie dir ausgesucht hast? Sie mag ja hübsch sein, doch ich vermute langsam, dass sie absichtlich versucht, mich mit sich in den Wahnsinn zu reißen.

Während ich nach dem nächsten Tablett mit Sekt suche, schaue ich mir die anderen Gäste an. Ein paar von ihnen kenne ich, einige der Namen, die ich im Vorbeigehen aufschnappe, standen in deinen Unterlagen. Wenn es bei deinem Tod wirklich um schmutzige Geschäfte ging, hat gut die Hälfte der Gäste einen Grund, mich im Palastgarten aufzuhängen.

Nein, es war keine gute Idee, herzukommen.

Ich werfe einen Blick auf die Tanzfläche. Gale scheint sich zu amüsieren. Und ich gebe zu, tanzen kann sie. Ein Stück weiter fällt mir erneut der goldene Mantel auf. Er kommt mir bekannt vor.

Kurz darauf begegne ich der schwarzen Gräfin. Als würde sie ihren Ruf befeuern wollen, ist sie ganz in Schwarz gekleidet, trägt Handschuhe aus schwarzer Spitze sowie Onyx in den Ringen an ihren Fingern und den Spangen in ihrem dunklen Haar.

»Hat Thomasz Ihnen etwa freigegeben?«, fragt sie.

»Scheint so.« Wie es mit Lazaros' Auftrag weitergeht, darüber mache ich mir Gedanken, wenn der Abend überstanden ist.

Die Gräfin lacht. »Ich habe gehört, Sie hätten sich mit ihm angelegt. Keine meiner sechs Gattinnen wäre derart leichtsinnig gewesen, und jede einzelne von ihnen ist tot.«

Das ist fast schon eine Bestätigung aller Gerüchte. Sie winkt der Gruppe feiner Damen jenseits der Fünfzig, bei denen sie bis eben stand. Aus den Streifen-, Schuppen- und Blumenmustern sticht sie heraus wie Maddox zwischen den schnurrbärtigen Herren.

Ich zwinge mir ein Lächeln aufs Gesicht – dein Lächeln, denn das verfehlt seine Wirkung nie. »Darf ich Sie etwas fragen?«

»Versuchen Sie Ihr Glück.« Sie ergattert neuen Sekt und reicht mir ein Glas. Das vorige habe ich irgendwo stehen lassen.

»Warum arbeiten Sie für Lazaros?«

»Hoffnung.« Sie senkt ihre Stimme zu einem verschwörerischen Raunen. »Wenn Sie es unbedingt wissen wollen: Meine erste Frau, Agata, ist seit fast zwanzig Jahren tot.«

»Es geht Ihnen also um die Fragmente.« Ganz kann ich meine Verwunderung nicht verbergen. »Glauben Sie etwa wirklich daran?« Wir alle – Maddox, Lazaros, sie und ich – wir verdienen unser Geld damit. Aber es ist wie das Geschäft in der Avenue. Wie Do es formuliert hat: Es geht nur um das Mysterium.

»Ob *ich* daran glauben soll, weiß ich nicht.« Die Gräfin zieht mit der freien Hand den anderen Spitzenhandschuh glatt, ohne dass der Sekt eine einzige Welle wirft. »*Sie* schienen noch vor ein paar Monaten absolut sicher.«

Bevor ich antworten kann, klopft es zweimal laut und alle Gäste verstummen. Die Gräfin und die bunten Damen verschwinden im sich drängenden Publikum, und ich versuche, etwas hinter der Menge zu erkennen.

Am anderen Ende des Saals, wo ein gold- und silbergewirkter Baldachin hängt, haben sich eine Reihe von Männern und Frauen in ebenso gold- und silbergewirkten Kleidern versammelt. Würden sie stillstehen, sie würden mit dem Hintergrund verschmelzen.

Manche von ihnen haben rotes oder blondes Haar, manche braunes oder schwarzes. Olivfarbene, braune und blasse Haut.

Weit verzweigte Verwandtschaft, nur in einem gleichen sich fast alle: gerade Nasen, strenge Augen. Edle, ausdruckslose Züge, so ähnlich, dass sie nicht einmal dabei helfen, die verschiedenen Geldscheine, auf denen sie prangen, auseinanderzuhalten.

Kein Zweifel, Mitglieder der Königsfamilie.

Ich zähle fünfundzwanzig von ihnen – jeder Thronanwärter. Wenigstens eine vertraute Gestalt ist unter ihnen: Irvine.

Er erkennt mich ebenfalls, und seiner Miene nach ist er nicht glücklich darüber, mich hier zu sehen. Er steckt in einem Gespräch und weder er noch ich folgen der Rede, die jemand im Hintergrund hält. Schließlich löst er sich aus der Unterhaltung und kommt auf mich zu. Der Mann im goldenen Mantel fängt ihn ab.

Jetzt erkenne ich ihn: Silvano, Irvines Ehemann. Die beiden diskutieren, Irvines Blick huscht noch einmal zu mir, ehe er eine freundlichere Miene aufsetzt und sich unterhaken lässt. Zwischen den anderen Gästen verliere ich sie aus den Augen.

»Wieso sind wir hier?«, fragt Tempest, die hinter mir erscheint. Mir hätte klar sein sollen, dass sie sich keine Gelegenheit entgehen lassen würde, mir auf die Nerven zu fallen. Ich stelle schweigend mein volles Sektglas ab, und sie schlendert neben mir am Tisch mit Spezialitäten vom Festland entlang.

»Sind Allys Eltern nicht auch hier?« Sie beugt sich neugierig über die Speisen und ihr Haar wallt hinter ihr auf. »Stell dir vor, was es für einen Ärger gibt, wenn Ally davon erfährt.«

Unauffällig werfe ich einen Blick über die Schulter. »Das wird sie nicht.«

»Nein, weil du sie weiter anlügen wirst.«

Ich wirbele zu ihr herum. »Halt dich endlich aus meinen An- gelegenheiten raus! Ich hätte ihr ja alles erzählt! Versucht habe ich es. Hast du überhaupt eine Ahnung, wie schwer das ist? Und du funkst auch noch dazwischen!«

»Du hättest einfach auf mich hören sollen. Früher hast du auf mich gehört!«

Früher. Da gab es Ally noch nicht. Dafür eine Grenze zwischen deinem Leben und meinem.

»Das ist vorbei!« Ich presse die Zähne zusammen und versuche, nicht laut zu werden; ich ahne, wie verrückt wütende Selbstgespräche aussehen müssen. Zum Glück achtet niemand auf uns. »Diesmal bist du zu weit gegangen. Das ist meine Beziehung. Es geht dich kein Stück an, ob ich mit Ally streite oder wo wir ...« Ich raufe mir die Haare. »Ally ist etwas ganz Besonderes. Sie liebt mich. Sie ist das Einzige, das nur ich habe. Ich will sie nicht teilen, nicht einmal mit *dir*.«

Das, *das* ist die absolute Wahrheit. Und ich werde sie nicht zurücknehmen.

Tempest beißt sich auf die Unterlippe, sodass ihr spitzer Eckzahn hervorsteht. Obwohl sie sich alle Mühe gibt, gefasst zu wirken, funktioniert es nicht. Vielleicht war es das tagelange Schweigen. Vielleicht hat sie einmal selbst so etwas wie ein schlechtes Gewissen. Sie tappt unruhig von einem Fuß auf den anderen.

»Ich würde dir deine Angelegenheiten liebend gern lassen, wenn das alles so einfach wäre«, sagt sie. »Aber ...«

»Aber was?«

Tempest verdreht die Augen. »Aber du bist ein Idiot. Ich kann nicht zusehen, wie du ins Unglück rennst. Das konnte ich noch nie.«

»Dann ist es mein Unglück«, sage ich leise.

Sie fängt seufzend eine der schwebenden Strähnen ein. »Das ist es so oder so.«

Ein Schuldeingeständnis kann man das wohl kaum nennen, doch ich sehne mich nach Frieden. Vor manchen Konflikten kann man davonlaufen. Dieser hier hat Ausdauer. Er wird mich einholen und mit absoluter Sicherheit spätestens heute Nacht wieder auf meiner Fensterbank sitzen, wenn sich nichts ändert.

Tempest schlendert weiter, und ich folge ihr die Tafel entlang. Ihre nackten Füße auf den Goldintarsien im Marmor wirken unecht.

Sie bemerkt meinen Blick, doch ihre Miene bleibt starr. »Prätentiös, findest du nicht?« Sogar ihre Stimme ist gleichgültig.

»Es ist eine Feier für Aristokraten.«

Noch bevor sie sich zu mir dreht, weiß ich, was kommt. Und tatsächlich trägt sie dieses gewitzte Grinsen.

»Ich war einmal Aristokrat.«

Die Anspannung verschwindet aus meinen Schultern und ich atme erleichtert aus. »Klar ...«

»Ein bisschen mehr Respekt bitte. Ich war nicht irgendein Prinz, sondern der alleinige Thronerbe.«

»So funktioniert das aber nicht.« Mit demonstrativem Desinteresse probiere ich etwas von der Schokolade. Tempest setzt sich mitten zwischen die Teller und baumelt mit den Beinen. Sie kann froh sein, dass niemand sonst sie sehen kann. Der Aufschrei wäre riesig, und ihrem Grinsen nach weiß sie das. Von jetzt auf gleich ist alles wie immer.

»Damals gab es noch kein Komitee und nur einen Erben«, sagt sie. »Lies ein Geschichtsbuch, wenn du mir nicht glaubst.«

»Epoche?«

»Vergangen.«

»Name?«

»An die Jahrhunderte verloren ... Und an den Mob. Es waren andere Zeiten damals.«

Ich lache auf. »Und das soll ich dir glauben?«

Sie bedenkt mich mit einer durchaus erhabenen Interpretation ihres abfälligen Blickes. »Im königlichen Schlafgemach gibt es nicht nur eine Tapetentür, sondern drei, zwei von ihnen so gut versteckt, dass sie praktisch unsichtbar sind. Eine führt in einen Geheimgang und eine zu einem verborgenen Schrank.«

Ich bin versucht, eine Braue hochzuziehen, besinne mich dann aber eines Besseren und widme mich wieder der Schokolade. »Will ich die Details wirklich wissen?«

»Was sich im Schrank befindet? Nein.« Tempest beäugt den Schokoladenturm, neben dem sie sitzt. »Der Gang diente zur Flucht bei einem Aufstand. Ein ziemlich blöder Plan. Hat nicht funktioniert.«

Ich versuche, sie mir so vorzustellen, gieße ihre freche, zierliche, flackernde Gestalt in die Form eines übergroßen, haarigen Monarchen, der sich voller Furcht in seinem Zimmer verbarrikadiert.

»Du warst der letzte König vor dem Dynastiewechsel?«

Sie zuckt mit einer Schulter. »Nichts währt ewig.«

Die Schokolade hat ihren Reiz verloren. Nun, da Tempest Geschichten erzählt und ich meine Wut losgeworden bin, fühle ich mich müde. Es kann nicht besonders spät am Abend sein. Aristokraten brauchen ihre Zeit, um warmzulaufen. All der Trubel, der Stress der letzten Wochen und die vielen, vielen, *vielen* Lügen ... ich wäre am liebsten für mich. Kein Du. Bloß ich.

»Sieh mal.« Tempest deutet auf einen Torbogen, hinter dem ein abgedunkelter Gang liegt. Auf der anderen Seite haben zwei Wachen Position vor einem Vorhang bezogen.

»Was ist das für ein Raum?«, frage ich.

Tempest schürzt die Lippen. »Ein ruhiger, wenn du Glück hast.« Woher weiß sie immer so genau, wie ich mich fühle?

Ich drehe mich um und versuche, Gale in dem Meer von Rüschenkleidern auszumachen. Egal, sie wird ein paar Minuten länger auf mich verzichten können.

Der Lärm der Abendgesellschaft bleibt hinter uns zurück; die Blicke der Wachen folgen mir ein Stück weit den Gang hinunter. Sobald ich um die Ecke gebogen bin, lasse ich mich von Tempest durch Vertäfelung und Marmor ziehen.

Wir landen in einem kleinen Saal. Gedimmtes Licht taucht alles in einen tragischen Schein. Er flimmert auf den Goldverzierungen der Wände und spiegelt sich in den Scheiben der Vitrinen, die wie Säulen aus dem Boden ragen.

Die Ausstellung der Fragmente in königlichem Besitz.

Laut Einladung soll sie später am Abend eröffnet werden. Ich habe keine Uhr dabei; hoffentlich bleibt mir noch etwas Zeit für eine Atempause.

Tempest folgt mir zwischen den Vitrinen hindurch. Von meinen Besuchen im Nebengebäude habe ich eine grobe Vorstellung davon, wie viele wertvolle Stücke das Königshaus besitzt. Ein paar Fälschungen – unzählige Originale. Kostbaren Schmuck, Skulpturen aus der Zeit vor der Kolonie, Tiere in Bernstein erstarrt. Letztere sind unbezahlbar, so alt, wie sie sind. Vieles, was ich sonst in den praktischen Glasschränken gesehen habe, finde ich hier auf feinen Polstern präsentiert wieder.

Die Sammlung ist beispiellos. Auf jeden Fall rechtfertigt sie das pompöse Fest. Ich kenne einige, die für diesen Krempel morden würden. Gale hatte recht.

Das wichtigste, schönste Stück ist in einer besonders großen Vitrine in der Mitte des Raumes ausgestellt. Ich muss mich über eine Samtkordel lehnen, um einen guten Blick darauf zu bekommen.

Vor mir – gebettet auf ein dunkelrotes Kissen – liegen die Teile einer Krone, strahlend wie die Zacken der Morgensonne. Goldlegierung, garantiert über eintausend Jahre alt, unvollständig erhalten, Jade- und Amethystverzierung. Im weichen Licht glimmen die Edelsteine am Reif geheimnisvoll.

Dein Fundstück.

Mein Atem beschlägt das Glas. So nah habe ich sie noch nie zu Gesicht bekommen.

Ich ziehe das Medaillon unter dem Kragen hervor. Es hat denselben warmen, altertümlichen Schimmer. Das Muster, das in die Oberfläche eingeprägt ist, passt ebenfalls dazu.

»Sie gehören zusammen«, flüstert Tempest.

Daran besteht kein Zweifel. Das Medaillon in meiner Hand wiegt plötzlich tonnenschwer.

Warum zur Hölle hast du es mir gegeben?

»Sie sind es«, hallt eine Stimme durch den Saal. »Kein Wunder, dass Sie mir bekannt vorkommen.«

Tempest verschwindet, ich fahre herum und stopfe das Medaillon zurück. In der Ecke sitzt Silvano Salvatori, der Mann im goldenen Mantel, halb versteckt unter einem weiteren Baldachin.

Er hat die gleichen hohen Wangenknochen wie die Gräfin, muss über einen Kopf größer sein als ich und ist dabei nicht viel breiter. Alles an ihm schreit »Aristokrat«. Von den langen, graudurchzogenen Haaren über die golddurchwirkte Kleidung bis hin zu dem Gehstock, auf den er sich stützt, obwohl er auf einem Seidensessel sitzt.

Wenn man in Tiara lebt, läuft man ihm zwangsläufig irgendwann über den Weg. Obwohl ranghohe Familienmitglieder des Königshauses lieber unter sich bleiben, haben die Salvatoris ihre Finger bei einem Haufen wichtiger Institutionen im Spiel. Silvano ist da keine Ausnahme. Ihm gehören drei der größten Fabriken im Industrieviertel. Ein reicher, ein einflussreicher Mann, dessen Leben schon sichtbare Spuren an ihm hinterlassen hat.

Er erhebt sich, und das bestätigt meine Vermutung; er ist ein Riese, dem es ganz offensichtlich gefällt, auf andere herabzublicken. Seine Schritte sind ungleichmäßig, sein Gewicht auf den Stock gelehnt. Sein schwerer Brokatmantel verbirgt die Beine sicher nicht grundlos. Er verleiht Silvano eine breitere, kräftigere Silhouette.

»Die Ausstellung wird erst in einer halben Stunde eröffnet.« Das findet Irvine an ihm: Sein Bariton hallt mit Leichtigkeit durch den ganzen Saal. Er lächelt säuerlich. »Ich hatte gehofft, bis dahin für mich zu sein.«

Ich auch. »Verzeihung. Ich war zu neugierig.«

Er stützt sich mit einer herrischen Geste auf seinen Stock. »Das scheint bei Ihnen Berufsrisiko zu sein.«

Ihr kennt euch also – bisher war das selten etwas Gutes. Wenn ich bedenke, weshalb ich hier bin … Ich wünschte, ich könnte abdampfen, wie Tempest es in solchen Momenten zu tun pflegt.

»Es ist eine sehr umfangreiche Sammlung«, sage ich in der Hoffnung, Silvano zu schmeicheln. »Ich bin sehr beeindruckt.«

Es wirkt, doch nicht wie erwartet. Seine Augen verengen sich gefährlich. »Erzählen Sie mir, was Sie wissen.« Er klopft gegen ein Vitrinenglas.

Einen Moment lang herrscht unangenehmes, violinengefülltes Schweigen. Vieles von dem Zeug hast du ihm verkauft. Du wusstest, um was es sich handelt. Er sicher auch. Soll das ein Test sein?

Ich ziehe mein Jackett glatt, trete zu ihm an die Vitrine und versuche, mir die bösen Vorahnungen nicht anmerken zu lassen. Vor gerade einmal ein paar Wochen hatte ich die Unterlagen zu dem Stück in der Hand.

»Ein Kästchen, beinahe zweitausend Jahre alt. Angeblich hat es einer Königin gehört, deren Name lange vergessen ist.« Dunkles Holz, das irgendwann einmal vielleicht schwarz lackiert war. Die Farbe ist abgeblättert, aber sie hat die Fasern getüncht. Nur in der Ecke ist ein bogenförmiger Fleck – stecknadelkopfgroß –, wo der Lack nicht durch das Material gedrungen ist. Ich sehe zu Silvano, dessen Miene sich kein Stück verändert hat. »Sind das alles Originale?«

Er neigt den Kopf. »Wozu Repliken ausstellen?« Vorerst wirkt er zufrieden. Ich lasse mich von ihm zum nächsten Ausstellungsstück führen wie ein Gefangener.

Dieses kenne ich von Maddox' Liste: ein elfenbeinfarbener, mit Mustern bemalter Armreif. Dreck hat sich in den haarfeinen Sprüngen der Lasur festgesetzt, und die Oberfläche ist ermattet. Mir entgeht die Stelle in der Bemalung nicht, die dieselbe gebogte Form hat wie der Fleck im Holz. Nicht zu fassen.

»Porzellanschmuck, sogar noch älter.« Ich versuche, mich an die zugehörigen Dokumente zu erinnern. »Die Bestandteile der Farben gibt es in Tiara nicht. Vermutlich kam er lange vor den ersten Sträflingen vom Festland hierher.«

»Es könnte also tatsächlich ein Fragment sein.«

»Fragmente sind nur eine Legende …« Ich verstumme. Mein Widerspruch in diesen Dingen ist zu sehr zur Gewohnheit geworden.

Ein schmales Lächeln taucht auf Silvanos Gesicht auf. »Sollten nicht gerade Sie daran glauben?«

»Das habe ich allerdings auch gedacht«, fällt Irvine ein.

Wir beide wenden uns zum Eingang. Er duckt sich unter dem Vorhang weg und kommt forschen Schrittes auf uns zu. Er ist selbst nicht klein, doch neben Silvano wirkt er jungenhaft. Bei meiner Einschätzung von ihm lag ich richtig. Seine lockere Art heute ist aufgesetzt. Darunter schwelt jede Menge Ärger.

»Ich wusste nicht, dass Sie hier sein würden«, sagt er zu mir. »Wenn ich recht informiert bin, stehen Sie auf keiner der Gästelisten.«

Ein bisschen beleidigt mich dieser Ton, doch ich lasse mir nichts anmerken. Wenn ich sowieso den ganzen Abend tun soll, als wäre ich du, kann auch deine nonchalante Art nicht schaden.

»Die Einladung kam von den Orvilles.« Meine Stimme trieft vor Verbindlichkeit. Ich hätte erwartet, dass Irvine darauf einsteigt. Für einen guten Schauspieler hielt ich ihn nie, doch die Maske, die er heute trägt, beherrscht er ganz gut. Er versichert Silvano, dass es keine weiteren Störungen geben wird, und komplimentiert mich mit knappen Worten hinaus.

Mit Betreten des Saals habe ich bestimmt eine ganze Reihe von Regeln gebrochen. Dass Irvine mich kennt, rettet mich entweder, oder es macht alles nur noch schlimmer. Aber gerade habe ich ganz andere Sorgen als ihn.

Nach außen hin bin ich du. Innerlich tobe ich. Da dreht sich wieder einmal alles um dich.

Du hast alle belogen.

Du hast *mich* belogen.

Das Kästchen und der Armreif – alles in diesem Raum bis auf die Krone teilt eine ganz entscheidende Eigenschaft. Ich glaube nicht, dass Silvano es bemerkt hat, sonst wäre er nicht derart stolz auf diese Ausstellung.

Wir passieren die letzte Vitrine, und ich schiele hinein. Sie präsentiert Silbergeschmeide, dessen Ziselierung im Metall in kleine Bögen übergeht. Sie sehen aus wie umgedrehte Buchstaben. Wie eine Signatur.

D für Do.

Und D für: Du treibst mich in den Wahnsinn!

Verflixte Scheiße! Wieso ist außer der Krone kein einziges von den Fragmenten im Besitz der Königsfamilie echt?!

16

LÜGEN

»Was hast du dir dabei gedacht?«, zischt Irvine. »Was, wenn dich jemand erkannt hätte?«

»Du hast mich erkannt und hast nichts gesagt.«

Wir stehen am Torbogen im großen Saal. Die halbe Stunde ist verstrichen, man stößt an und die diamantbehangenen Massen erobern die Ausstellung. Über den Lärm könnte Irvine auch schreien, doch er besteht auf seiner Heimlichtuerei.

Seine Augen speien Feuer. »Wäre es dir lieber gewesen, ich hätte Silvano erklärt, dass du nicht wirklich der Entdecker des wichtigsten Kunstschatzes unserer Landesgeschichte bist? Dass du dir deine Einladung ergaunert hast? Wo steckt Allinora überhaupt?«

»Ich bin nicht mit ihr hier.«

Er spart sich eine Zurechtweisung. Stattdessen reicht er mir ein Glas Sekt von einem vorbeieilenden Tablett. Gale hatte recht, es scheint zum guten Ton zu gehören. Diesmal kippe ich es anstandslos herunter.

Gegen den Durst hilft es wenig; die Luft ist unerträglich stickig und ich streiche mein Haar zum wiederholten Male aus der feuchten Stirn. Ein frostiger Luftzug trifft meinen Nacken, ich schaudere und drehe mich nach der Ursache um.

Es ist nicht die Eisskulptur über dem Büffet, von der die Kälte dringt – sondern Silvanos Anwesenheit. Sobald ich mich wieder umwende, sticht sein Blick in meinem Rücken. Verflixt, was, wenn er derjenige ist, nach dem Gale und ich suchen?

»Was ist das mit Silvano?«, frage ich vorsichtig. »Wie gut kennt er Amian?«

»Silvano hat das ganze Zeug angehäuft.« Irvine sagt es, als wäre ich gar nicht daran beteiligt. »Es ist besser, du hältst dich – Amian – fern von ihm. Silvano erfährt von all dem lieber nichts.«

»Von was?« Ich packe das Glas fester.

»Irvine hat etwas genommen, das nicht ihm gehört«, antwortet Gale für ihn, und zum ersten Mal bin ich kein bisschen überrascht, dass sie im unpassendsten Moment wie ein Geist aus dem Nichts erscheint.

Irvine strafft sich. »Die Arie gehörte mir. Dein Vater hat sie mir vermacht.«

»Das ist nicht wahr!« Gale rafft ihren Rock und baut sich vor ihm auf. »Er hat mir in seinem Brief davon geschrieben. Und dann hast du behauptet, sie existiere gar nicht.«

Reden sie über die Melodie aus der Oper? Das, was Irvine mir später vorgespielt hat? Er sagte doch, das sei eine Abschrift ...

Eine Abschrift von dem Zettel in Gales Kleiderschrank.

O nein.

»Sollten wir das wirklich hier ...«, beginne ich, doch Irvine drückt mich aus dem Weg. Die beiden stehen sich gegenüber wie zu einem Tanz – oder einem Ringkampf.

»Zur Hölle, Gale«, knurrt Irvine. »Ich habe viel für dich getan. Ich habe dich auf die Akademie gebracht, obwohl du kein Anrecht darauf hattest, dich unterrichtet, wie dein Vater es gewollt hätte, und ich habe dich behandelt wie meine Schwester. Ich habe versucht, dir ein Leben zu bieten. Und du hast meins fast zerstört, um an diese verfluchte Arie zu gelangen!«

»Weil sie mir gehört!« Sie ballt Fäuste. »Soll ich dankbar dafür sein, dass du mich angelogen hast? Du bist kein Freund und auch kein Bruder! Du bist ein verzogener, selbstsüchtiger, arroganter Prinz!«

Jedes Wort ist eindringlicher geworden, bis wir zwischen Rüschen und Krawatten im Zentrum der Aufmerksamkeit stehen. Die Unterhaltungen der Herrschaften um uns stocken.

»Majestätsbeleidigung«, sagt Irvine tonlos in die Stille hinein.

Allerdings. Ich würde Geld drauf verwetten, dass es nur noch Sekunden dauert, bis das Wachpersonal uns davonschleift.

Ich packe Gales Schulter. »Das ist der falsche Ort dafür.« Und die falsche Sorte Aufmerksamkeit. Von ihr wusste ich, dass sie den großen Auftritt liebt. Aber Irvine?

Endlich besinnt er sich. »Du hast recht.« Er nickt unserem Publikum zu, als wäre dies das Ende eines Theaterstücks, und zieht uns davon.

Wir tauchen in ein Meer aus Stimmen ein. Sie tosen, als wären sie von Sturm getrieben, das Licht ist schummrig und Gale und ich haben Mühe, mit Irvines langen Beinen mitzuhalten. Wir rauschen vorbei an strammstehenden Wachen in hellen Anzügen und Scharen betrunkener Gäste. Dann ist es plötzlich still. Hinter uns schließt Irvine Türen, die dreimal so hoch sind wie ich. Ich sehe mich um.

Es ist ein weiterer Saal in einer Reihe von Sälen. Dieser besteht nur aus Fenstern, durch die das ferne Licht der Stadt hereinfällt und sich auf dem Boden spiegelt.

»Ihr solltet so schnell wie möglich verschwinden.« Irvine hält auf ein paar Glastüren zu und der Klang seiner Schritte hallt geisterhaft durch den Raum. »Von der Terrasse aus führt ein Weg, auf dem ihr ungesehen zum Eingang gelangt.«

»Was?« Endlich hole ich ihn ein. »Warum?«

»Weil diese Arie Ärger bedeutet!«

Ich zucke zusammen. Einen so herrischen Ton habe ich von ihm noch nie gehört.

Gale erreicht uns ein paar Sekunden später. »Das könnte dir so passen!« Der Tüll knittert wild um sie und halb glaube ich, eisiger Wind wird gleich an ihrem Haar zerren. »Diesmal laufe ich nicht weg!«

»Gale, bitte.« Irvine atmet durch. »Es wäre wirklich besser, wenn ...«

»Nein! Ich gehe nicht. Nicht, bis du alles erzählt hast! Die ganze

Wahrheit über den Abend, an dem Amian und ich bei dir auf dem Konzert waren.«

Die Wahrheit? Verwirrt schaue ich zu ihm und stelle fest, dass er mich ebenfalls fixiert. Er ringt die Hände. Als er es merkt, zwingt er sie an seine Seiten.

»Welche Wahrheit?« Ich habe eine leise Ahnung, worauf Gale hinauswill, aber ich muss es von Irvine hören.

»Amian war der Grund für meinen Streit mit Gale«, murmelt er. »Er hat sich auf ihre Seite geschlagen.«

»Er hat dich bestohlen.« Der Groll in meiner Stimme ist hundertfach verstärkt durch das Echo. Ich habe genug Zeit mit Gale verbracht, um zu wissen, dass es stimmt. Schließlich habe ich das Notenpapier gesehen.

Irvine knirscht mit den Zähnen. »Also hat Gale es dir erzählt?«

Ich habe gehofft, er würde genauer werden oder das Bild berichtigen, doch er tut nichts davon. Es hätte mich auch gewundert. Du warst vieles, aber kein Moralapostel.

»Es ist also wahr?«

Ich versuche, es mir vorzustellen: Irvine, reglos wie jetzt, eine Waffe auf dich gerichtet. Du, furchtlos wie immer. In meiner Brust bebt die Wut. Der Sekt war ein Fehler; jetzt bin ich rasend und habe einen widerlichen Geschmack im Mund. »Hast du ihn umgebracht?«

Sein Gesicht wird kalkweiß. »Nein, ich …«

»Du warst wütend«, fährt Gale dazwischen. »Weil Amian herausgefunden hat, dass du mich angelogen hast! Weil er mir die Arie zurückgegeben hat. Du konntest nicht ertragen, dass wir dir deinen Diebstahl nicht durchgehen lassen haben!«

»Du willst über Diebstahl reden?« Irvines Stimme ist bedrohlich ruhig. »Dann sag mir, Gale, wohin die ganzen Arbeiten deines Vaters verschwunden sind.«

»Ich wollte wissen, wer er war! Es war nur etwas Papier. Niemand hat es bemerkt.«

»Ihr habt euch mit der Aristokratie angelegt!«, donnert er. »Was habt ihr denn erwartet?«

Unvermittelt zieht Gale die Waffe aus dem Holster an meiner Seite. Mit zwei schnellen Schritten ist sie bei ihm und setzt sie ihm auf die Brust.

Ich stürze ihr hinterher. »Was tust du denn da?«

Die Stadtlichter scheinen um sie aufzulodern, verwandeln den weichen Stoff ihres Kleids in ein Schimmern wie das eines Rachegeistes. »Ich bestrafe den Mörder deines Bruders.« Sie schürzt die Lippen voller Ungeduld darauf, dass Irvine die Hände hebt. »Auf die Knie!«

»Niemals.« Ihm läuft der Schweiß an der Schläfe hinab. Dass er überhaupt Widerworte hat, erstaunt mich. Er ist einer, der schweigend tut, was von ihm erwartet wird, und den Rest mit sich selbst ausmacht. Ein schlechter Moment, um es sich anders zu überlegen.

»Ihr Aristokraten seid alle gleich.« Gale wedelt mit der Waffe. »Auf die Knie, *Prinzlein*!«

Irvine zuckt zusammen und sinkt auf den Boden. Er ist so groß, dass er immer noch fast auf Augenhöhe mit ihr ist. Aber sein Blick gleitet zu mir.

Er fleht.

Ich starre ihn an. Alles, woran ich denken kann, bist du. Du hast nicht gefleht, das weiß ich.

Ohne meinen Blick von Irvine abzuwenden, nehme ich Gales Hand um die Waffe. Ich kann Tüll rascheln hören, sie dreht sich zu mir. Langsam lösen sich ihre Finger. Irvine atmet erleichtert aus.

Die Pistole ist erstaunlich schwer, das Metall kalt. Sie fühlt sich so unwirklich an wie der Gedanke, dass du Angst gehabt haben könntest. Also nehme ich mir ein Beispiel an dir und setze den Lauf mit ruhiger Hand wieder an Irvines Brust. Sein Mund öffnet sich ein Stück, aber er wagt keinen Laut. Besser so. Ein falsches Wort, und ich werde zu Ende bringen, was Gale angefangen hat. Ich werde den Teufel tun und ihn einfach davonkommen lassen.

»Du hast eine Chance«, sage ich. »Ich will eine Erklärung.«

Meine Stimme verhallt heiser in diesem viel zu großen Raum.

Er blinzelt verwirrt. Dann sucht er nach den richtigen Worten. »Du musst mir glauben! Ich habe niemanden ermordet. Amian hat mich niedergeschlagen, ich bin unglücklich aufgekommen und habe mir die Hand gebrochen. Das hätte ich nie verheimlichen können – ich konnte ewig nicht spielen. Natürlich haben sie nach dem Angreifer gesucht. Als Amian verschwunden ist, dachte ich zuerst, er sei abgetaucht, um den Konsequenzen zu entkommen ... Aber dann wurde Gale gefunden.«

»Du wusstest, dass er tot ist?«, fragen Gale und ich gleichzeitig.

Irvine schluckt geräuschvoll und weicht meinem Blick aus. »Ich konnte es mir denken. Und du wärst als nächstes dran gewesen, Gale. Das muss dir doch klar sein!« Er senkt den Kopf. »Ich dachte, es wäre das Beste, wenn du für eine Weile verschwindest. Also habe ich dafür gesorgt, dass sie dich im St. Thalassa behalten.«

Entsetzte Stille.

Kurz glaube ich, Gale würde mir die Waffe wieder abnehmen wollen. Stattdessen macht sie auf dem Absatz kehrt und stürmt zu den Fenstern. »Ich dachte, ich bin verrückt.« Sie bleibt stehen, ein kleiner, schwarzer Umriss vor der silbernen Stadt. »Manchmal dachte ich es wirklich.«

»Es war zu deiner eigenen Sicherheit.« Er ist Elend in Seide, Schweiß und Tränen.

Sicherheit. In mir kommt Ekel auf.

Ich denke an seine heimlichtuerischen Besuche. Er wollte nicht, dass irgendwer entdeckt, dass es einen zweiten Amian gibt – und er wollte nicht, dass ich erfahre, was dir passiert ist.

Ich spüre meinen Finger am Abzug nicht. Nur den immensen Drang, das herauszuschreien, was in mir tobt.

Mir fehlt die Stimme.

Irvine fasst mein Schweigen als Zögern auf. Er greift die Pistole, die nassen Augen wieder fest auf mich gerichtet. »Wenn dir das reicht, um mich zu erschießen, solltest du es endlich tun. Wenn nicht, betest du besser, dass niemand herausfindet, wie ihr euren Prinzen behandelt.«

Meinen Prinzen also. Abscheu kratzt mir im Hals wie Galle. Ich fühle mich dir so nah wie lange nicht. Es ist, als würden sich unsere zwei Welten überschneiden, wir eine Person werden, Osian und Amian. Die Freundschaft, die ich über Jahre für Irvine empfunden habe, ist keinen Heller mehr wert. In meinen Adern fließt es kalt, und ich bin mir nur vage bewusst, dass ich nicht auseinanderhalten kann, ob es wegen Gales Leid ist. Oder deinem. Oder meinem.

So viele Lügen, die alles so schwierig machen.

Und es wäre so leicht, abzudrücken.

Du würdest abdrücken.

Der Sekt, der Anzug, Gale.

Die Waffe.

Ich lasse sie sinken. Zwischen uns wallt ein Schweigen auf, von dem ich immer dachte, dass es nur zwischen Freunden existieren kann. Ich stecke die Pistole zurück ins Holster.

»Danke«, flüstert Irvine.

»Fick dich.« Ich drehe mich um, bevor ich doch noch etwas Dummes tue.

Gales Schminke hat sich zu schwarzer Schmiere aufgelöst, die unter ihren Augen klebt. Sie mustert Irvine mit derselben Abscheu, die immer noch auf meiner Zunge brennt. Dann drückt sie die Klinke und tritt vor mir hinaus auf die Terrasse.

Wir gehen mit zügigen Schritten. Wäre mir nicht so schlecht, würde ich laufen. Auch wenn es sich dann wie Flucht anfühlen würde.

»Fick dich?«, ereifert sich Gale.

»Das muss ich von irgendwem aufgeschnappt haben.«

So eine Scheiße. Ich müsste stolz sein auf meine Entscheidung, wütend auf Irvine, ich müsste Gale so vieles fragen. Aber ich fühle mich nur hilflos.

So sehr ich, wie ich nur sein kann.

Der Weg liegt im Dunkeln, gefangen im Niemandsland zwischen den Lichtern der Stadt und dem sanften Schein, in dem die Gäste im dritten Palast baden. Der frische Wind ist angenehm; schon seit

Stunden schwitze ich in diesem verflixten Anzug. Gale ist die Hitze nicht anzumerken, die zwischen Büffettischen und Tanzfläche hing.

Keiner von uns sagt etwas. Jetzt wünschte ich, Tempest wäre nicht einfach verschwunden. Mit ihr würde ich zu gern reden, aber es ist eben nicht Tempest neben mir, sondern Gale. Ich ziehe die Kippen aus der Tasche.

»Seit wann raucht Amian?«

Um genau zu sein hast du dir das Rauchen schon vor Jahren abgewöhnt, als wir uns noch hinter der Kathedrale mit Freunden trafen. Damit hast du zumindest mehr Vernunft bewiesen, als ich je zusammenkratzen konnte. Aber das geht Gale gar nichts an. Nicht einmal Tempest geht es etwas an, obwohl die vermutlich nur ein müdes Schulterzucken zustande bringen würde, weil sie sowieso weiß, wie es ausgeht, wenn ich dumme Entscheidungen treffe.

Ich stecke mir eine Kippe in den Mund. »Kümmere dich um deine eigenen Probleme.«

Gale schnaubt. »Eine Auszeichnung bekommst du für deine Darbietung heute Abend bestimmt nicht, *Liebling*.«

»Ich bin kein Schauspieler, *Liebling*.«

Ich bin kein Mörder.

Weiß ich überhaupt, wen ich da spiele? Du hattest immer eine Vielzahl von Plänen, du hattest Asse im Ärmel, während andere nicht einmal ahnten, dass du spielst. Aber vor mir hast du das nicht verheimlicht. Mich hast du nie belogen. Zumindest dachte ich das.

»Wessen Idee war es, die Arie zu stehlen?«, frage ich.

Gale zupft Glitzer von ihrem Rock. »Amians.« Einen Herzschlag lang verschwindet die Härte aus ihrem Blick. »Er sagte, er würde alles für mich tun. Das war der Abend, an dem ich mich in ihn verliebt habe.«

Je länger wir laufen, umso sicherer werde ich mir, dass Sekt und Tabak gerade eine unheilige Liaison in meinem Kopf eingehen. Von allen miesen Gewohnheiten, die ich mit mir herumschleppe, ist Alkohol die einzige, die mich selten einholt. Ich kann das Gefühl der

Trägheit nicht leiden, das unausweichlich folgt. Es erinnert mich an dunklere Zeiten.

Es ist spät. Am Eingang warten die glänzenden Karossen der Taxis auf die Kundschaft, die bald aus dem Palast strömen wird. Ich beschleunige meine Schritte, kann es kaum abwarten, diesen Abend hinter mir zu lassen.

»Osian!«, ruft Gale mir nach.

»Jetzt also doch?« Ich schnippe den Kippenrest weg.

Gale packt meine Schulter und zerrt mich zu sich herum. Ich habe gar keine andere Wahl, als mich zu ihr zu beugen. Sie verschränkt die Finger in meinem Nacken und drückt ihre Stirn an meine. »Spiel mit.«

Einige Herzschläge lang habe ich keine Ahnung, was hier passiert. Dann höre ich hinter mir einen Wagen vorfahren und Stimmen, die von den Treppen des Palasts herunterklingen. Unter ihnen Mr. Orvilles. Schon der schnarrende Klang lässt mich verkrampfen.

Da verstehe ich: Gale verdeckt mein Gesicht.

Ich komme zu mir und lege die Arme um ihre Taille, wie beim Tanzen. Es muss aussehen, als würden wir uns küssen. Weiter könnte das nicht von der Wirklichkeit entfernt sein. Die verschmierte Schminke untermalt ihren grimmigen Blick, das wütende Beben ihrer Lippen. Ihr Atem riecht nach Alkohol, und jetzt sehe ich, dass auch ihr warm ist. Ein dünner Schweißfilm liegt auf ihrer Haut wie ein überirdisches Leuchten.

Die Sekunden vergehen, Autotüren schlagen, ein Motor wird angeworfen. Wir stehen immer noch da und warten. Dieser verflixte Sekt. Ich vertrage das Zeug nicht, und Gales Augen wirken so … golden. Süß, wie Salzkaramell.

Heilige Scheiße.

Sie löst sich von meinem Hals und der kühle Abend erwischt mich mit voller Kante. Ein Taxi wartet. Diesmal helfe ich Gale nicht beim Einsteigen, sie stellt es allein umständlich genug an. Ich lasse mich auf der anderen Seite aufs Polster fallen und starre aus dem Fenster auf den Palast. Neben mir raschelt der Tüll.

Langsam habe ich keine Ahnung mehr, wer ich bin oder wer ich sein soll. Was ich denke oder fühle. Nur der Anzugkragen ist immer noch zu eng. Ich entknote die Krawatte, um endlich Luft zu bekommen.

Sie waren neunzehn, als Amian eines Abends ein totenstilles Haus betrat. Im ersten Moment glaubte er fast, dass es dieses eine Mal zu spät war, und gewissermaßen war es das auch.

Die Sonne schien ins Treppenhaus und in den Gang. Der Schlüssel lag nicht auf dem Türrahmen, sondern steckte.

Das Regal über Osians Bett und alles, was darauf gestanden hatte, war zerstört und über den Boden verstreut. Die Bettwäsche zerrissen, der Teppich warf Wellen. Die Spieluhr war zertreten.

Osian hatte sich auf dem Bett ausgestreckt. Er hatte die Arme so unter dem Kopf verschränkt, dass sein Ellenbogen sein Gesicht verbarg. Er zuckte nicht zusammen, als Amian hereinkam. Er sagte auch nichts. Nein, er lag nur reglos da. Eine leise Kälte ging in Amian auf wie Unkraut, wie an dem Nachmittag damals, als sie neun gewesen waren.

Und eine gnadenlose Wut.

»Osian?«

»Sie haben das Geld entdeckt.« Seine Stimme war rau. Er weinte schon lange nicht mehr, wenn Horace ihn schlug, aber die Folgen waren unüberhörbar. Amian schob den Teppich zur Seite. Die lose Diele lag quer über der Vertiefung, in der mehr Geld versteckt gewesen war, als sich ein Vergessener über ein ganzes Leben erhoffen konnte.

Amian kehrte um und nahm immer zwei Stufen auf einmal, den ganzen Weg herunter bis ins Erdgeschoss. Die Tür zum verbotenen Zimmer schwang auf, knallte gegen die Wand, und da saß Horace und zählte Geld.

Amians Schlag warf Horace vom Stuhl. Er trat zu, nochmal und nochmal und nochmal. In die Seite, gegen den Kopf. Bis Blut spritzte und er sich besser fühlte. Und dann noch ein paar Mal.

Als er fertig war, war die Sonne hinter dem Haus gegenüber verschwunden. Amian nahm die Scheine, die Horace überall verteilt hatte, und wandte sich zum Gehen. An der Tür zum Flur begegnete er Nessa.

»Es ist mein Geld«, sagte er und schob sich an ihr vorbei.

17

SCHERBEN

Die Fahrt über schweigen wir. Hinter den Regentropfen an den Scheiben bluten die Lichter der Stadt. Weiß und rot. Rosa Tüll kratzt an meiner Hand.

Keiner von uns hat einen Regenschirm dabei. Obwohl der Wagen direkt vor der Wohnung hält, sind wir tropfnass, als wir es endlich die Treppen hinauf zum Laubengang geschafft haben.

Gale sucht nach den Schlüsseln, und zwischen uns ist noch immer kein Wort gefallen. Ich sollte etwas sagen. Aber wo fange ich an?

Ich räuspere mich. »Danke.«

»Es gibt keinen Grund, sich zu bedanken«, sagt sie, ohne aufzusehen. Das ist keine Bescheidenheit. Nicht von ihr.

»Du bist noch immer wütend.«

»Das bin ich.« Sie dreht den Schlüsselbund und er blitzt auf. Unwillkürlich denke ich an das Metall der Pistole in ihren Händen.

»Woher wusstest du, dass ich eine Waffe dabeihatte?«

Sie zuckt die Achseln. »Ich hätte sie auch einem seiner Wachmänner abnehmen können. Du hast sie gesehen, es waren die Herren in Weiß.«

»Das waren Irvines Leute?«

Endlich hat Gale den richtigen Schlüssel gefunden. Das Schloss knarzt. Statt einzutreten, wendet sie sich zu mir und streicht mir das nasse Haar aus dem Gesicht, so wie sie mir vorhin Fusseln von den Schultern gesammelt hat. Das fahle Lächeln auf ihren Lippen hat einen Sprung. Vielleicht war er schon immer vorhanden und ich habe ihn nur nicht bemerkt. Er ist fast zu fein, um ihn wahrzunehmen. Ist das Glitzer oder Regen an ihrer Wange?

»Warum hast du es nicht getan?«, flüstert sie.

Und erst da wird mir wirklich klar, wen sie vor sich sieht. Den ganzen Abend schon.

Dich.

Du würdest alles für sie tun.

Warum ich es nicht getan habe? Weil ich nicht du bin, will ich sagen. Weil ich es einfach nicht könnte, selbst wenn Irvine gestanden hätte. Selbst wenn ihr Plan aufgegangen wäre.

Ich schlucke meinen Herzschlag herunter. »Du hättest es irgendwann bereut.«

»Das glaube ich nicht.«

Aber ich. Ich würde es gern glauben.

Wenn Gale sich nur sehen könnte, wie ich es gerade tue: verschmierte Augen, zerknittertes Glitzerkleid. Sie ist kein Rachegeist.

Vielleicht hat sie sich nicht nur in mir geirrt.

Sie reißt sich als Erste aus diesem Moment, in dem wir beide hängen, und schlüpft durch die Tür.

Ich mache einen Schritt zurück. »Gute Nacht, Gale.«

»Gute Nacht, Osian.« Sie hält inne. »Und danke.«

Den ganzen Laubengang und drei Treppenabsätze dauert es, bis der Glitzer aus meinem Kopf verschwindet und ich wieder freier atmen kann. Den Regen spüre ich kaum. Ich überquere die Straße und lasse mich ins Taxi fallen.

Bei meiner Heimkehr ist es früher Morgen. Der Himmel hat eine unschlüssige Mischung aus Blau und Dunkelgrau angenommen. Alle Fenster in der Straße sind schwarz, nur hinter meinen leuchtet es schwach.

Das Antiquariat liegt im Dunkeln, das Licht kommt aus der Wohnung darüber. Ich werfe einen kurzen Blick auf das Schloss, finde aber keine Kratzspuren. Mir fällt ein, dass ich Ally schon vor Monaten einen Schlüssel gegeben habe. Den, der früher dir gehört hat.

Sie sitzt am offenen Fenster und raucht. Die kalte Luft trägt den Geruch von Tabak davon und bringt den Herbst herein. Auf dem Küchentisch hat Ally eine kleine Gaslampe aufgestellt, die beinahe ausgebrannt ist. Nachdem ich aus meinem Jackett geschlüpft bin, suche ich in den Innentaschen nach den Kippen.

Ich erwarte ein »Wo warst du« oder »Wie siehst du denn aus«, als ich mich zu Ally setze. Genauso gut könnte ich sie fragen, wieso sie hier ist und nicht in der Heide. Ally hebt den Schirm von der Lampe, damit ich die Zigarette anzünden kann.

»Ich habe den Scheck gefunden«, sagt sie nach einer Weile. »Erzähl mir die Wahrheit.«

Ich wusste, dass dieser Moment kommen würde. Trotzdem ist da ein Kloß in meinem Hals. Die glühende Zigarette in meiner Hand zittert. »Die willst du nicht wissen.«

Allys Mund verzieht sich nur das kleinste Bisschen. »Ich weiß schon, dass es mit meiner Patientin zu tun hat. Ich weiß, dass du meinen Vater darum gebeten hast, Details zu einem Mord herauszufinden. Ging es um das Blut auf ihrem Kleid? Es wäre leichter gewesen, wenn du mich gefragt hättest. Ich kenne die Gerichtsmedizinerin.«

Hätte ich nur mit ihr geredet, hätte ich nur. Aber nun rollt das Unglück auf uns zu.

»Ist es zu spät, dich jetzt danach zu fragen?«

Sie nimmt einen Zug von ihrer Zigarette. »Der Tote ist angeblich verschwunden, bevor es eine Untersuchung geben konnte. Den wenigen Hinweisen nach war er ein Vergessener: Sein Name war Osian Mariano.«

Ich weiß nicht, warum mich das überrascht.

Natürlich haben sie den Toten für mich gehalten. Du warst schließlich im Antiquariat. Du hast dein Leben weitergelebt. Nicht du warst in Schwierigkeiten geraten, sondern ich. Und das, ohne es überhaupt zu bemerken.

»Weiß man, wer es getan hat?«

Sie zieht an ihrer Zigarette. »Nein.«

Ich bin dran, aber ich kann mich nicht dazu bringen, Ally anzusehen. Stattdessen betrachte ich die Glut, wie sie orange vor den blauen Bäumen am Straßenrand leuchtet. Es hilft nicht. Ich bringe die Wahrheit nicht über mich. Die Worte kommen mir plötzlich so fremd vor. Dabei ahnt sie es.

Sie weiß es doch längst.

»Wir haben getauscht, vor einem Jahr. Ich wusste nicht davon, dass er ...« Ich müsste mich leichter fühlen, nun, da es endlich heraus ist. Doch die Wahrheit lastet nur noch schwerer. »Es war ein Irrtum. Er hieß Amian Mariano. Ich bin Osian.«

Der Wind bringt ihre langen, feinen Wimpern zum Zittern. Wenn ich nur einmal ihre perfekt kontrollierte Miene entziffern könnte. Bis heute wusste ich nicht einmal, dass sie raucht. An ihrem Filter klebt Lippenstift, dieselbe Farbe wie ihre lackierten Nägel. Das schwache Licht, das vom Horizont in die Wohnung dringt, verleiht allem einen vergänglichen Ton.

Allys Blick ist direkt, und dieses Mal wünschte ich, sie würde nicht mich so ansehen. »Wieso hast du mich angelogen?«

Weil ich ein verflixter Idiot bin, weil ich nicht riskieren wollte, alles zu zerstören, weil ich Angst vor dem Moment hatte, an dem sie mir genau diese Frage stellt! Weil eine Lüge, einmal ausgesprochen, schlicht nicht mehr zu knebeln ist. Es gibt zehntausend Gründe – die Tage mit ihr und die Nächte, das schlechte Gewissen, all die Erinnerungen. Ich kann unmöglich alle aufzählen, und ich will es auch gar nicht. Also küsse ich Ally.

Ihr Atem schmeckt nach Qualm und dem letzten Hauch des Parfüms, das sie trägt. Sie erwidert den Kuss zögerlich, so zurückhaltend, dass es mir die Hitze in den Nacken treibt. Ich will nicht zögern, ich will alles über Bord werfen, jede Lüge, jeden Maßstab. Es ist mir egal, wer ich bin, wenn ich sie nur haben kann. Ich will Ally.

Sie löst sich von mir.

Ihre Wangen leuchten. Ob aus Scham oder Zorn, ist nicht auszumachen. Die Schachtel Zigaretten verschwindet in ihrer Handtasche, sie zieht sich die Kostümjacke über und ist plötzlich wieder die bonbonfarbene Allinora Orville, die ich kenne. Bis auf den verwischten Lippenstift.

Süß – und so verdammt bitter.

»Glaubst du, das allein reicht?«, fragt sie.

Nein, und das sehe ich ein. Sie nimmt den Ring ab, den neuen, schönen, glänzenden Ring, und legt ihn auf den Tisch zwischen uns. Mir fällt kein Argument ein, um sie aufzuhalten. Ich habe mich an mir selbst festgekettet und mich versenkt, habe alles zerstört, weil das nun einmal ist, was Vergessene tun. Ich wusste es immer: Meiner Vergangenheit kann ich nicht entkommen.

An der Treppe dreht sich Ally noch einmal zu mir um. »Da ist Glitzer an deinem Anzug.«

Sie verschwindet – und ich bin machtlos dagegen.

Es ist zu spät. Zu spät, um Ruhe zu finden. Die Sonne geht auf, und ich flüchte vor meinen Schatten. Scheiß auf Schlaf, auf Duschen, auf Frühstück. Zum ersten Mal überhaupt öffnet der Laden überpünktlich.

Ich drehe das Schild am Eingang um und wühle mich durch die Bestände. Kleinteilige Arbeit, das brauche ich jetzt. Irgendetwas wird doch wohl kaputt sein.

Die Silberglocke kündigt zwei große Männer in hellen Anzügen an. Beim dritten Klingeln betritt Silvano Salvatori den Laden. Sein Gehstock klappert über das zerkratzte Parkett. Anders als ich ist er frisch gekleidet. Er erscheint mir noch größer als am Abend.

Wie Irvine widmet er sich zunächst den Ausstellungsstücken, jedoch ohne aufrichtiges Interesse. Er zieht ein paar Schubladen auf und betrachtet sich in einem angelaufenen Spiegel. Die ganze Zeit über ist mir etwas vollkommen klar. Sein Schweigen macht es überdeutlich.

Meine Uhr läuft ab.

»Spielen Sie?« Silvano hebt eine Schachtel Karten, die irgendwo in einer der Schubladen lag. Er deutet damit auf Tempests Sessel. »Setzen Sie sich.«

Ich zögere. Erstens, weil Tempest meinen Kopf dafür fordern wird. Zweitens, weil mir gar nicht gefällt, dass ein Prinz mir in deinem eigenen Laden einen Platz anbietet. Ich schicke eine stumme Entschuldigung an Tempest und bete gleichzeitig, dass sie auftauchen und mich durch die Polster von hier wegziehen möge. Schließlich habe ich nur einen Kopf.

Ich setze mich. Bis auf das metallische Geräusch der alten Federn unter mir ist es totenstill. Silvano knallt den Kartenstapel auf den Beistelltisch und zieht.

Wenn man *Drei* zu zweit spielt, bleiben dafür nur die Regeln, die auch in der Avenue gelten. Ich sollte froh darüber sein, aber ich habe keinen Zweifel daran, dass ein Salvatori besser betrügt als jeder Taschenspieler.

»Erleuchten Sie mich«, bittet er, während ich aufnehme. »Im Palast aufzukreuzen – sind Sie nun mutig, dreist oder schlicht dumm?«

Das kann nichts Gutes bedeuten. Ich lege lieber schweigend ab. Der Vorbesitzer muss die Karten sortiert haben; schon nach wenigen Runden ist für mich ein unverhoffter Sieg in Sicht.

Silvano gibt sich damit nicht zufrieden. »Ich dachte, Sie hätten Ihre gerechte Strafe für das bekommen, was Sie Irvine angetan haben.« Ich spüre seinen bohrenden Blick. »Sie sollten tot sein.«

Die Worte laufen meinen Rücken herunter wie ein eiskalter Schauer. Das ist ein verflixtes Geständnis!

Ich springe auf, er reißt seinen Gehstock hoch und der metallene Griff kratzt über meinen Hals.

»Setzen!«

Scheiße, du legst dich mit gleich zwei Thronanwärtern an und warnst mich nicht einmal? Ich sinke zurück. Etwas Warmes läuft meine Kehle herunter bis zur alten Wunde am Schlüsselbein.

»Sie schulden mir Ihr Geheimnis«, fährt Silvano seelenruhig fort und reicht mir die Karten zurück. »Wie ist es möglich, dass Sie weiterhin am Leben sind?«

234

Das ist also der Einsatz: die Wahrheit. Meine Finger verkrampfen sich um mein Blatt. Ich muss versuchen, mich zu konzentrieren. Silvano sieht man nicht an, ob er gute oder schlechte Karten aufnimmt. Er lauert darauf, dass ich einen Fehler mache. Darauf, dass mir eine leichtsinnige Antwort herausrutscht. Wie bekomme ich ihn dazu, mir mehr zu erzählen?

Der Stapel ist fast aufgebraucht. Silvano zieht die letzte Karte und seine Augen verengen sich. »Ihr Geheimnis, heraus damit.«

Als ich nicht antworte, reißt er die Waffe aus meinem Holster. Der kalte Lauf landet an meiner Stirn. Ich wage kaum zu atmen. Hätte ich das verfluchte Ding bloß niemals gekauft. Hätte ich es abgelegt. Hätte ich ...

»Heraus damit!«, wiederholt Silvano.

Durch meinen hastigen Herzschlag dringt die Erkenntnis, dass es nun, da Ally die Wahrheit weiß, sowieso keinen Unterschied mehr macht, wenn ich alles erzähle.

»Ich bin nicht Amian Mariano«, flüstere ich. »Sie haben ihn umgebracht.«

Ich halte die Luft an, und ich glaube, er ebenfalls. Etwas in seinen Augen lässt mich schaudern.

Ein kleines Lächeln spielt um seinen Mund. »Das ist die schlechteste Lüge, die ich je von Ihnen gehört habe.«

Weil sie wahr ist. Oder nicht?

Er offenbart seine Karten. Ich brauche nicht auf das Blatt sehen, das in meiner zitternden Hand klemmt. Ich habe gewonnen.

»Ich habe Sie nicht getötet«, sagt Silvano. »Wenn ich es selbst getan hätte, wären Sie jetzt nicht hier. Ich war zu spät. Es ist mein Glück, dass ich doch noch die Chance dazu bekomme.«

Er senkt die Waffe. Sie kratzt mir über Kinn und Schulter und bleibt an meinem linken Knie hängen. Silvano stützt sich auf der Armlehne ab. »Sie haben nicht nur Irvines Leben beinahe zerstört, sondern auch meins«, knurrt er. »Ich schulde Ihnen ein zertrümmertes Knie. Also wie? Wie sind Sie zurückgekommen?«

Ich, Amian. In meinem Kopf rauschen die Gedanken wie das

Meer. Blau, weit und gnadenlos. Der Lauf presst durch den Stoff. Silvano wird abdrücken. In meiner Kehle kratzt Säure, ich warte nur noch auf den Knall, auf den Schmerz.

Sekundenlang passiert nichts. Dann lässt Silvanos unerbittlicher Blick von mir ab. Er richtet sich auf, und mit der freien Hand greift er nach der Kette um meinen Hals und zerrt das Medaillon hervor. »Was ist das?«

Das Gold glänzt rot vom Blut an meinem Hals. Ich bringe keine Antwort zustande. Ich bin wie festgeklebt. Aber meine verrückten Finger ergreifen die Chance. Sie packen die Waffe an meinem Bein, ein letzter, hoffnungsvoller Versuch, das Schicksal abzuwenden. Vor Schreck lässt Silvano die Kette los. Die Welt überschlägt sich und dreht meinen Magen um. Das Metall gibt nach.

Silvano flucht. Er stolpert rückwärts und landet unelegant vor mir auf dem Boden. Wir starren auf die Pistole, die in meiner Hand zu Staub zerbröselt.

»Teufel noch eins«, presst er hervor.

Allerdings, denke ich und springe auf.

Das Adrenalin treibt mich an. Ich ducke mich unter den Armen eines Schlägers hinweg und werfe einen Schirmständer aus Schmiedeeisen hinter mir um. Das Poltern wird zu Prasseln. Ich reiße die Ladentür auf und das Silberglöckchen übertönt alles.

Der andere Schläger ist schneller. Seine Hände erwischen meinen Kragen und schließen sich um meinen Hals. Ich schnappe sinnlos nach Luft, während die Tür wieder zufällt. Irgendwo in der aufkommenden Schwärze schellt das Silberglöckchen. Das Glas blitzt auf und vor mir erscheint Tempests Spiegelbild. Hinter den Punkten um mein Sichtfeld kann ich sie kaum erkennen. Mit letzter Kraft strecke ich mich nach ihr aus.

Meine Fingerspitzen berühren das kalte Glas.

Tempest packt zu und zieht.

Glas ist eine verflixte Tortur. Es ist wie eine Mischung aus einem Sprung in kaltes Wasser und dem Aufprall auf eine Eiswand. In diesem Moment wird es zu etwas anderem: Staub.

Ich finde mich draußen vor dem Laden auf dem Bürgersteig wieder – mit meinem Leben, aber ohne Gleichgewicht. Auf der Suche danach torkele ich vorwärts, seitwärts, huste und würge. Es dauert bis zur anderen Straßenseite, dass ich bemerke, wieso der Boden nicht stillhalten will.

Die ganze Welt bebt.

Ein grässliches Knirschen geht durch den Asphalt bis hinauf in die Fassaden. Fenster splittern.

Dann quietschen Räder. Flackernde Silberlichter leuchten vor mir auf und blenden mich. Ich muss die Augen mit der Hand abschirmen, stolpere. Ein Automobil kommt gerade so vor mir zum Stehen. Der Fahrer springt aus dem Wagen.

Im Antiquariat werden Stimmen laut wie das Heulen von Sirenen in der Ferne. Ich laufe weiter.

Um mich erwacht das Chaos. Staubverschmierte Menschen irren aus den Häusereingängen auf die Straße, Kinder schreien und weinen. Dumpfes Grollen fährt durch den Boden. Wieder kann ich mich kaum auf den Beinen halten.

Normalerweise thronen die Gebäude zu beiden Seiten der breiten Straße wie elegante Aristokraten, besetzt mit Lichtpunkten wie Goldschmuck. Nun sind sie genauso staubig und grau wie der Rest der Stadt. Risse ziehen sich durch die Fassaden, grotesk beleuchtet von Automobilscheinwerfern. Der Strom ist ausgefallen und lässt die Straßen finster unter dem blauen Morgenhimmel zurück. Ich strauchle mit hämmerndem Herzen über Sprünge im Asphalt und schaffe es in eine der Häuserschluchten, die von der Straße abgehen.

❦

»Do!« Mein Hämmern verhallt eine quälende Ewigkeit ungehört. Ich versuche es noch einmal. Unter der Wucht meiner Fäuste rieselt Putz auf mich herab. Zahlreiche Schlösser klackern, die Kette wird beiseitegeschoben. Die Tür geht auf.

Do hebt einen silbernen Kerzenleuchter und runzelt die Stirn. »Bist du extra hier, um meinen Teppich zu ruinieren?«

Ich sehe an mir herunter. Da kleben Staub, Dreck und Schweiß. Blut sickert durch den zerfetzten Stoff meines Ärmels. Auf dem Weg habe ich mir die Hand aufgeschürft. Ein kratziges Lachen rutscht mir heraus – nicht so schlimm wie eine Schussverletzung. »Ich schätze schon.«

»Muss das jetzt sein? Hast du eine Ahnung, wie viel Uhr es ist?« Ich dränge mich an ihm vorbei. »Es gab Ärger.«

Do seufzt. »Hätte ich das geahnt, hätte ich mehr Whiskey gekauft.« Er schiebt die Kette wieder vor und folgt mir ins Wohnzimmer. »Wo kommst du um diese Uhrzeit überhaupt her?«

Es fahren keine Züge. Keine Taxis. Der Weg war zehnmal so lang wie sonst. Ich hatte massig Zeit, meine Gedanken in geordnete Bahnen zu lenken. Silvanos Besuch, die Sammlung, das Medaillon – das alles hatte mit dir zu tun.

Und Do hängt mit drin.

»Gestern war ich im Palast.« Ich krame nach dem Medaillon, das ich auf dem Weg in der Hosentasche verstaut habe. »Heute früh ist einer der Prinzen aufgetaucht.«

»Was hast du getan?« Do hält mir den Kerzenleuchter vor die Nase und mustert mich. »Sind deine Manieren derart schlecht, dass ...«

Weiter kommt er nicht, weil ich ihn gegen die Wand remple.

»Der ganze Palast ist voll von deinen scheiß Fälschungen!« Kann sein, dass die Nerven mit mir durchgehen. Aber ich habe es satt, jedes Wort von ihm hinterfragen zu müssen.

Do kichert bloß. »Es hat also geklappt!«

»Hat Amian sie in Auftrag gegeben? Erklär mir das!« Mein Griff um seinen Kragen wird fester.

»Reg dich ab! Es ist ein Geschäftsmodell – gewissermaßen.« Schweißperlen sammeln sich auf seinem Gesicht. Wachs läuft von den Kerzen. »Wenn ich recht darüber nachdenke, würde ich es ein gemeinschaftliches Komplott zur Überlistung des Königshauses nennen, bei dem ...«

»Do!«

»Gut, ist ja gut. Er hat sie gebraucht, um sie gegen die Originale zu tauschen.« Er stemmt sich aus meinem Griff, taucht unter meinen Armen weg – und stellt den Kerzenleuchter auf der Hausbar ab. Die Flaschen sind umgekippt, ein paar Gläser zersprungen. Er fischt seelenruhig nach einem intakten und schraubt den Whiskey auf. Heute trägt er keinen Anzug, es ist ja auch erst morgens. Das hindert ihn aber nicht daran, mehr Alkohol in ein Glas zu gießen, als ich im ganzen Palast gesehen habe.

»Das falsche Medaillon war also doch von dir. Deshalb haben sie es aussortiert.«

»War ein Prototyp.« Und er fragt nicht einmal nach, woher ich das überhaupt weiß? »Nicht meine genaueste Arbeit. Sie sind besser geworden seitdem, das kannst du mir glauben. Wir konnten das Original ja wohl kaum aus der Hand geben.« Er prostet mir zu.

Ich reibe mir über Stirn und müde Augen. »Das ist Verrat.«

»Hochverrat.« Er winkt ab. »Aber das merkt ja jetzt keiner mehr. Natürlich haben wir uns nicht einfach ins Abenteuer gestürzt. Die Idee ist weder neu, noch war es Amians.«

»Was?«

»Es war ein Nebenverdienst.« Do zieht bedeutungsvoll die Augenbrauen hoch. »*Mein* Nebenverdienst – nichts weiter. Das falsche Medaillon ging damals an irgendeinen Typen, der garantiert nix mit irgendwelchen Aristokraten zu tun hatte. Keine Ahnung, wie das in der königlichen Sammlung gelandet ist. Dann hatte Amian die Idee, die Sache in großem Stil aufzuziehen. Die Herrschaften da oben haben eine Menge Zeug rumliegen. Da steckt Geld drin. Und das eine oder andere echte Stück.«

Es wäre so schön, mich in meinen angestammten Sessel fallen zu lassen. Ich verdränge den Gedanken. Konzentration. Wenn ich mir noch mehr Lügen erzählen lasse, bin ich selbst schuld. »Ihr habt also nach Fragmenten gesucht.«

»Selbstredend, erst hat Amian sie ausfindig gemacht und dann stattdessen meine Fälschungen weiterverkauft.« Do sieht zum

Kamin, als würde ihm erst jetzt auffallen, dass dort kein Feuer brennt. »Hast du ihn gefunden?«

Es ist heraus, bevor ich mich wappnen kann. »Er ist tot.«

Vor Lachen verschüttet Do fast seinen Whiskey. »Scheiße.«

Ich starre ihn an. Zwischen uns zieht bleierne Stille ein. Es dauert, bis er es bemerkt.

»Ironie.« Nachdenklich senkt er den Blick auf sein Glas. »Dass ein Mann auf der Suche nach dem Leben nur den Tod findet.« Er nimmt einen ausgiebigen Schluck.

»Du bist ein mieser Poet«, sage ich tonlos.

»Kritiker an jeder Ecke.« Er runzelt die Stirn, weit weniger ernst, als es angebracht wäre. »Wer sonst kennt sich so gut mit Literatur aus wie ich? Sechzig Seiten Chorale. Alles aus eigener Feder.«

Sein Grinsen bringt neues Leben in mich. Cergio habe ich seines oft genug aus dem Gesicht gewischt. Do reiße ich das Glas aus der Hand und verteile den Inhalt überall.

»He, der Teppich ist importiert!«

»Vergiss den Teppich!« Meine Stimme dröhnt mir in den eigenen Ohren. »Ich will endlich ein paar Antworten! Was bei allen drei Höllen wollte er mit dem ganzen Zeug?«

Der Ausbruch wirkt – ein bisschen zumindest. Dos Grinsen verschwindet. »Dasselbe wie alle anderen, nehme ich an. Etwas zurückholen, das nicht mehr existiert.«

Ich bin kurz davor, zu explodieren. »Jetzt glaubst du auch an den Scheiß, den sich alle in der Avenue erzählen?«

»Ich sagte doch, dass meine Schachtel nicht leer ist«, gibt er zurück, beleidigt und offensichtlich noch immer nicht in der Lage, zu begreifen, wie ernst es mir ist.

»Das sind Ammenmärchen. Amian hat nicht …«

»Daran geglaubt?«

»Nein.«

Er lacht. »Natürlich hat er das! Du tust es schließlich auch!« Dabei schaut er nicht mich an, sondern das Medaillon, das ich immer noch in der Hand halte. Da ist wieder dieses Gefühl, ganz weit entfernt, dass sich alles umdreht, dass die Welt Kopf steht und in sich zusammenfällt.

Do hat gelogen, natürlich hat er gelogen.

Und ich wusste es.

Und du, du wusstest es verflixt nochmal auch.

»Wieso habt ihr mir nichts davon erzählt?«

»Diebstahl am Königshaus? Ein gesetzestreuer Mann wie du kennt sicher die Strafe dafür.« Do lässt den Satz in der Luft hängen, bis mir die Antwort von allein klar wird.

»Tod?«

»Tod.«

Ich atme aus, lang und zittrig. Mit einem Schlag setzt die Erschöpfung ein. Ich setze mich doch. »Heilige Scheiße.«

»Haargenau.« Do nimmt seinen gewohnten Platz vor dem Kamin ein, und halb erwarte ich, dass er nach dem Schürhaken greift. Aber es brennt ja kein Feuer. »Damit, dass es soweit kommt, hat Amian garantiert nicht gerechnet. Also: Wo sind die Fragmente?«

»Fragmen... Du meinst die aus der Sammlung?« Darüber habe ich noch keine Sekunde nachgedacht. Ich fahre mir durchs Haar. Staubig. »Ich weiß nicht ...«

Do zieht eine Grimasse. »Dann organisierst du sie besser.«

»Es ist Schrott.«

»Mächtiger Schrott.« Er verschränkt die Arme. »Die Grenze zwischen unserer und der Vergangenen Welt ist pure Macht. Und die Fragmente sind der Schlüssel dazu. Sowas verliert man nicht einfach wie sein Scheckbuch oder eine Haarnadel.« Einen Augenblick lang betrachtet er mich.

Warum bin ich hergekommen, was habe ich von ihm erwartet? Die Wahrheit?

Keinen Vortrag jedenfalls.

Seufzend steht er auf, greift nach dem Kerzenleuchter und dreht den Knauf der Schranktür neben dem Kamin. Es klickt und der Korpus schwingt zur Seite. Do deutet mir, vorzugehen.

Uns empfängt ein kleines, vollgerümpeltes Zimmer, das durch das schummrige Licht aus dem Wohnzimmer noch überfüllter wirkt: Dos Atelier. Die Wände bestehen nur aus Regalen, die von Kisten und Kleinkram überquellen. Während des Erdbebens haben sie ihren Inhalt über den ganzen Boden verteilt: Farbe und Werkzeuge wie in meiner Wohnung, alter Krempel und Kleinodien wie im Antiquariat. Mitten aus all dem Chaos ragt eine Werkbank. Do betätigt einen Schalter, woraufhin blasses Licht über die Arbeitsfläche sirrt. Damit er jederzeit arbeiten kann, hat dieses Zimmer einen Generator.

»Beantworte mir eins«, sagt er. »Warum können die Menschen die Vergangene Welt nicht hinter sich lassen?«

Ich durchforste mein müdes Hirn nach Informationen. »Weil alles, was einmal war, dort ist. Die alte Welt ging unter, die neue auf, und was in dieser keinen Platz mehr hat, gehört zur anderen.« Das stammt eins zu eins aus den Texten, die ich früher abgeschrieben habe. Esoterischer Schwachsinn.

»Korrekt.« Do klopft mir auf die Schulter. »Nur ziemlich weltfremd. Genauer: Fragmente sind Reste von dem ganzen Zeug, das hier nicht mehr existiert.«

Ich widerstehe dem Drang, ihn erneut anzufahren. Versuche, mitzudenken. »Gibt es dort dann ... auch so etwas? Reste von etwas, das es dort nicht mehr geben sollte?«

»Du hast es erfasst!« Er strahlt. »Die Antwort wird dir gefallen.«

Da bin ich mir nicht so sicher.

Do zieht eine Schneidematte hervor, legt sie vor uns aus und stellt den Leuchter in die Mitte. »Stell dir vor, du könntest den Spalt zwischen hier und dort überwinden. Du bräuchtest es dir nur zu wünschen, und alles, was du je verloren hast, wäre wieder in Reichweite. Zumindest theoretisch.«

Ich starre meine Hände an, in denen vorhin Metall zerfallen ist wie zu Friedhofserde.

Dos Gesicht, eben noch eine bleiche Maske, verzieht sich zu einem wissenden Grinsen. »Ja, auch Amian.«

Ich schlucke. »Unmöglich.«

Als er nach dem blutigen Medaillon greift, weiche ich zurück, doch in diesem engen Zimmer gibt es keinen Ausweg. Seine Finger schließen sich wie schon vor Wochen um das Metall: voller falscher Zurückhaltung. Er betrachtet es, ehe er mit der anderen, unversehrten Hand den Leuchter packt.

Das Metall löst sich zu Staub, die Kerzen fallen und entzünden die Matte.

»Phantastisch, oder?«, fragt Do triumphierend. Die Flammen schießen höher. »So gelangt etwas von unserer in die Vergangene Welt. Man braucht nur ein bisschen Blut. Grob vereinfacht.«

»Dann ist Blut das, was es dort nicht gibt?«

Do nickt. »Es ist also *absolut* möglich. Mit den Fragmenten, die Amian gestohlen hat.«

Zum ersten Mal seit Wochen flackert es in mir, nicht rauschend und atemlos und lodernd – sacht und mit neuer Geduld. Vor meinen Augen tanzen Blitze. Ich fahre mit der Fingerkuppe durch den glimmenden Staub, muss das Brennen auch äußerlich spüren, um zu wissen, dass es wahr ist. Auf die feinen Körner folgt ein wohliger Schauer, der durch meinen ganzen Körper fährt.

Du bist noch nicht verloren.

Ich kann dich zurückholen.

VOR ACHT JAHREN

Egal, wie oft Amian die Avenue verließ, es gab auch Tage, an denen er einfach dorthin gehörte. Er konnte durchaus Teil der immer gleichen Rituale sein, ein Zahnrad in dem Uhrwerk, das diese Familie war. Für eine Weile fiel das Leben leichter, wenn man alle Regeln kannte.

Nessa saß wie immer vor einem Auftritt an ihrem Frisiertisch, der eingezwängt zwischen dem Bett und einem ausladenden Schrank stand. Für mehr war kein Platz in dieser Kammer, doch Nessa schien das nicht wahrhaben zu wollen. Sie bekam viele Geschenke von Verehrern, sowohl aus der Avenue als auch aus dem Rest Tiaras. Schätze, die sie hortete wie eine Elster.

Amian lehnte an der Tür, während Nessa ihr Haar bürstete. Es war schwarz und schimmerte wie Öl. Ihr Teint war etwas dunkler als seiner, die Augen wirkten kohleschwarz – zumindest in diesem Moment. Eigentlich hatten sie ein dreckiges Blaugrün wie seine eigenen und Osians; sie half mit Belladonna nach.

»Du musst mir einen Gefallen tun«, sagte er.

Ohne darauf einzugehen, hielt sie zwei Paar Ohrringe ins Spiegelbild. »Welche passen besser?« Amian antwortete nicht. Sie seufzte, steckte sich eins der beiden Paare an und erhob sich. »Es muss warten. Gerade habe ich keine Zeit für dich.«

Er folgte ihr den Gang und die Treppen hinunter. Auf dem Weg begegneten sie einer ganzen Reihe von Leuten; das Haus war in Aufruhr, seit durchgesickert war, dass ein paar Aristokraten in der Avenue aufgetaucht waren. Unten drängten sich die jüngeren Kinder am Treppengeländer, um den Eingang zu beobachten und womöglich eine echte Prinzessin, einen echten Prinzen zu Gesicht zu bekommen. Henrietta schickte sie in ihre Zimmer.

Amian hatte diese Aufregung nie geteilt. Es war immer dasselbe Spiel: die Lichter wurden gedimmt und es roch noch beißender und schwerer nach Weihrauch als sonst. Auch Nessa ließ all das kalt; das Gebäude hätte in Flammen stehen können, und der Hauch von Überlegenheit, der sich als Lächeln bei ihr manifestierte, wäre immer noch derselbe gewesen. In dieser Hinsicht ähnelte Amian mehr ihr als Osian.

Am Eingang zu warten, hieß, sich unterwürfig zu zeigen. Nessa setzte sich daher in den Salon, um Gäste zu empfangen. Es würde mehr Eindruck schinden, dass sie mit ihnen gerechnet hatte, selbst wenn sich die Nachricht auf weltliche Weise in der Avenue verbreitet hatte. Aristokraten waren leichtgläubig und sie erwarteten, mit Spektakel um ihr Geld betrogen zu werden.

Nessa mischte ihre Karten, als wollte sie ihn zu einem Spiel *Drei* herausfordern. Es waren dieselben Motive, übermalt mit eigenen Symbolen. Dass Amian sich gegenübersetzte, hätte sie allerdings nicht einmal vorhergesehen, wenn diese Kunst wirklich möglich gewesen wäre.

»Also gut, was willst du?«, fragte sie, ohne aufzusehen.

»Freiheit.« Er sah zu, wie sie mischte. »Für mich und Osian. Und du wirst sie uns verschaffen.«

»Völlig egal, welche Karte ich ziehe, jede wird dir sagen, dass das unmöglich ist.«

»Ich kann das ändern.«

Sie spielte mit, kommentierte seine Offenheit nicht. Zwischen ihnen hatte es schon immer dieses Verständnis gegeben, das Wissen, dass sie beide nicht wirklich hierhergehörten, obwohl ihnen die Avenue dermaßen gut zu Gesicht stand. Sie schwenkte auf die andere Kunst um, die man hier beherrschen musste: Verhandlungen.

»Es wird dich kosten.«

Er holte die kleine Glasphiole aus der Innentasche seiner Jacke. Die Flüssigkeit darin war dunkel, fast wie Tinte. Rot, wie die Symbole auf den Karten.

»Ich kann zahlen.«

Für die Länge eines Atemzugs vergaß Nessa ihre Rolle, kam aus dem Takt, den das Haus, die Familie, das Geschäft vorgaben. Sie sah auf, sodass ihn die ganze Schwärze ihres Blickes traf.

Und sie lächelte, als wäre der Weltuntergang im Stillen über sie beide hereingebrochen.

Es klopfte an der Haustür, und damit begann der Takt von vorn.

»Ich werde warten.« Amian steckte das Fläschchen wieder ein und stand auf, um sie mit ihren Karten allein zu lassen.

18

STAUB

Ich habe vergessen, Ally anzurufen.

Das fällt mir erst ein, als ich schon wieder durch die Straßen laufe. Gale, Gale habe ich versucht, zu erreichen. Die Leitung war tot.

Scheiße, ich hoffe, es geht ihr gut.

An jedem normalen Tag kann es ewig dauern, bis man ein Taxi findet. Wenn die Erde versucht, ganze Straßen zu verschlucken, gestaltet es sich nahezu unmöglich. Zwei Blocks von Do entfernt stolpere ich endlich über ein Taxi, das nicht zwischen anderen Wagen eingekeilt ist. Daneben streiten sich ein Mann und eine Frau darüber, wer es zuerst entdeckt hat. Ich dränge mich zwischen ihnen hindurch, steige ein und halte dem Fahrer ein paar Scheine hin.

Er nimmt sie und startet den Motor.

Die Fahrt ist ein Höllenritt. Der Verkehr ist komplett zum Erliegen gekommen, die Stadt präsentiert sich als Chaos. Mehr als einmal muss der Fahrer wenden, weil ein umgekippter Laternenmast oder Rettungsfahrzeuge den Weg versperren. Die andere Hälfte der Zeit kralle ich mich in den Sitz. Erst ab der Brücke hinter der Main Station ist der Weg wieder frei. Unter uns fliegt der aufgebrochene Teer dahin.

Den ganzen Weg die Treppen hinauf und den Laubengang entlang spüre ich den Staub unter meiner Kleidung überdeutlich. Den Schweiß. Ich hämmere an die Tür, bevor ich richtig zum Stehen komme. Nichts. Ich drücke die Klinke.

Die Tür zu meiner alten Wohnung ist nicht verschlossen. Sie schwingt ohne einen Laut auf. Ich trete ein und der Boden jault.

»Gale?«

Durch das kleine Fenster pfeift der Wind. Man kann es kippen, doch bei näherer Betrachtung hängt es an nur noch einem Scharnier. Das Radio ist an, es rauscht.

Mein gesamtes Werkzeug liegt über den Boden verteilt, vermischt mit Besteck und Scherben der Teller, die aus den Küchenschränken gefallen sein müssen. Bei jedem Schritt in das Zimmer rutschen meine Sohlen. Farbe. Ein paar Gläser sind zersprungen. Ihr Inhalt ist über die Bretter gelaufen und versickert in den Ritzen. Der penetrante Lackgeruch überdeckt alles andere.

»Gale!« Ich drehe das Radio aus. Totenstille flutet den Raum.

Die Wohnungstür nebenan öffnet sich und die alte Mrs. Jones schiebt neugierig die Nase vor. »Sie sind es bloß«, stößt sie halb erleichtert, halb enttäuscht aus.

Ich war noch nie so froh, sie hier zu haben. »Was ist passiert?«

Sie nickt bekräftigend. »Ja genau, jemand war hier.«

Schon entgleitet mir dir Geduld. »Wer, Mrs. Jones?«, frage ich, diesmal lauter. »Wer war hier?«

»Ich dachte erst, die Miss hätte Besuch. Aber so früh? Das hat mich gewundert. Sie kam mir so zurückgezogen vor ...«

»Mrs. Jones!« Gale, zurückgezogen! Die Frau hat keine Ahnung!

Sie fährt unbeirrt fort, laut und schnarrend, als würde sie gegen den Lärm einer ganzen Fabrik anreden. »Sie haben die Tür fast aus den Angeln gerissen. Männer in hellen Anzügen. Sowas Unhöfliches ist mir noch nie begegnet. Und dann ...«

Silvano war hier. So eine Scheiße! Er will Rache, das war offensichtlich.

Und er wusste von Gale.

Mrs. Jones plaudert weiter vor sich hin, während ich versuche, mir vorzustellen, was passiert ist. Ich sollte es nicht, aber ich kann nicht anders; Gale im Glitzerkleid, jetzt blutüberströmt zwischen Lack und Glassplittern. Hell gekleidete Männer, die sie mitnehmen.

Ich hätte wissen müssen, dass er sie als nächstes aufsucht. Ich hätte sofort zu ihr fahren sollen – ich hätte sie schützen müssen.

»Zum Glück war Ihr Gast nicht zuhause.«

Das reißt mich zurück in den windigen Laubengang. »Was?«

»Ja genau«, sagt Mrs. Jones und ich habe keine Ahnung, auf was das die Antwort sein soll – egal. Ich lasse sie stehen und stürme in die Wohnung.

In den Wochen, in denen Gale hier war, hat sie sich häuslich eingerichtet. Das Sofa ist unter das Fenster geschoben und sie hat eine ganz eigene Unordnung in mein ohnehin schon vorhandenes Durcheinander gebracht. Sie war sehr wohl zuhause; ihre Schuhe liegen mitten im Zimmer.

Ich trete ans Fenster. Im Schatten der Anhöhe liegen weite Teile der Stadt weiterhin im Halbdunkeln. Kalter Wind pfeift durch den Fensterspalt, und ich stocke. Im verbliebenen Scharnier klemmt ein Fetzen roséfarbener Glitzerstoff.

»Verflixt noch eins«, entfährt es mir.

Flüchtig wie Quecksilber.

Ich suche den ganzen Vormittag nach ihr. Die *Olle Spelunke* ist verwaist. Das Nebengebäude hat Putz und Balkonkästen mit Geranien regnen lassen und die blauen Lichter heruntergerissen.

Dagegen herrscht im Hotel in der Rondeelstraße helle Aufregung, nachdem ein Automobil während des Bebens von der Straße abgekommen ist und einen der Löwen neben dem Eingang gerammt hat. Ich schiebe mich unbemerkt durchs Treppenhaus und lasse mir von Tempest in die Suite helfen. Zwischenzeitig war ich ein paar Mal hier, um Gales Sachen abzuholen. Was ich nicht mitgenommen habe, ist nun verschwunden. Die Suite ist wieder leer und unpersönlich und ohne jegliches Überbleibsel von Geschmack. Das bisschen Glamour, das Gale mit sich brachte, ist so verblasst wie die Fransen am Vorhang.

Es gibt andere Orte, von denen sie erzählt hat. Ein Geschäft in der Innenstadt, Lichtspielhäuser, Cafés. Ich klappere alles ab, was sie je genau genug erwähnt hat, dass ich mich daran erinnern kann. Nichts. Ich gebe an der Grenze zwischen Innenstadt und Arbeiterviertel auf, ein paar hundert Meter von dort, wo meine Suche begonnen hat.

Am Ende der Straße steht die Kapelle, die Gale vor ein paar Wochen besucht hat.

Ich trete ein wie der ungebetene Gast, der ich bin. »Gale?«

Zumindest hier hatte ich gehofft, sie im Halbschatten der Buntglasfenster zu finden. Doch meine Schritte sind die einzigen Geräusche in diesem viel zu kleinen Saal. Gale ist nicht hier.

Ich bleibe vor dem Altar stehen. In der Luft hängen die Überreste alten Rauchs, der die Gestalten aus poliertem Holz mystischer wirken lässt, als sie wirklich sind: leidende Gesichter. Aufgerissene Augen.

Hier drinnen ist es sauber und auffallend still, während draußen Aufräumarbeiten anlaufen und Motoren über die Straßen donnern. Es ist Mittag. Tiara ist in Aufruhr.

So werde ich Gale niemals finden, selbst wenn ich ewig suche. Sicher, sie kann auf sich aufpassen. Aber das konntest du auch, und du bist nicht mehr hier.

Ich klammere mich an meine neugefundene Hoffnung wie ein Ertrinkender.

Gale ist geflüchtet.

Aber du bist in Reichweite.

Die Pforte öffnet sich mit einem dumpfen Klackern. Jemand tritt ein und bleibt an der Bank hinter mir stehen.

Ich drehe mich um – Lazaros.

Heute trägt er keinen maßgeschneiderten Anzug, sondern einen Pullover, dessen Ärmel er so weit zurückgekrempelt hat, dass man die verblassenden Tätowierungen auf seinen Armen erkennen kann: Teufelsfratzen, die aus der unruhigen See emporsteigen. Engelsflügel auf der Flucht.

»Eine turbulente Nacht«, brummt er und zieht an seiner Pfeife. Graue Wolken stieben durch die Kapelle und vermischen sich mit dem bunten Mittagslicht. Sie verleihen dem feierlichen Duft einen weltlichen Beigeschmack. »Sie waren in der *Spelunke*.«

»Ich habe jemanden gesucht.«

Lazaros sieht aus wie ein Hafenarbeiter, dem die Jahre den Rücken nicht nur gekrümmt, sondern zusammengestaucht haben. Sie sind vielleicht das Einzige, das diese Macht hat. Nicht Tiara, nicht einmal das Königshaus. Obwohl mir genau das immer Angst gemacht hat, bin ich nun heilfroh darüber.

»Kann ich Sie um etwas bitten?« Mir gelingt es kaum, mein eigenes Echo zu übertönen.

»Das habe ich Ihnen doch angeboten.« Lazaros pafft genüsslich. »Was kann ich für Sie tun?« Er sieht den Wolken nach, als wüsste er bereits, worum es geht.

Ich kämpfe noch damit. Das, was jetzt kommt, werde ich bereuen. Mir bleibt keine Wahl. Wärest du an meiner Stelle, würdest du sie niemals sich selbst überlassen. »Finden Sie sie«, sage ich. »Sorgen Sie dafür, dass sie in Sicherheit ist.«

Lazaros klopft mir auf die Schulter. »Ich werde den Gefallen einfordern«, warnt er mich. Als würde das noch irgendwas ändern. Er geht wieder und der betäubende Pfeifenrauch bleibt.

Ich wende mich den Figuren am Fuße des Altars zu, die den Boden tragen, auf dem die Engel kämpfen. Es muss mühsam sein, eine solche Last zu schultern.

Plötzlich fällt mir das Atmen unheimlich schwer.

Wann mein Tag angefangen hat, daran kann ich mich gar nicht mehr erinnern – gestern irgendwann. Ich glaube, da war die Welt noch in Ordnung. Nun liegt alles in Scherben, wirklich alles. Ich habe gefeiert, getrunken, habe meinem Freund die Pistole auf die Brust gesetzt – nicht nur im übertragenen Sinne –, bin durch alle Stadtteile gehetzt.

Und zu guter Letzt habe ich meine Seele verkauft für ein Stück von deinem Leben.

Die Ladenfront des Antiquariats ist kaum wiederzuerkennen. Sprünge wie Spinnenweben ziehen sich über das große Schaufenster und teilen das goldene Emblem der Krone entzwei. Von der Tür ist nichts übrig. Es war eine Einladung an alle, die es sonst schwer haben, in meiner Abwesenheit in den Laden zu gelangen. Ich trete ein und sehe auf einen Blick, dass diverse Figuren, Möbel und Kästen mit Kleinigkeiten fehlen. Bloß Tempests Sessel war offenbar zu unhandlich. Sie wirft sich hinein und streckt sich aus wie eine Katze, die die letzten zwei grauenhaften Tage am Stück verschlafen hat.

Von Silvano Salvatori fehlt jede Spur. Halb habe ich damit gerechnet, beim ersten Schritt über die Schwelle erschossen zu werden. Ich taumele die enge Treppe hinauf in die Wohnung, habe Hunger, Durst und das unstillbare Verlangen, das Durcheinander nach Kippen und Feuerzeug zu durchsuchen.

Doch ich falle nur ins Bett und schlafe wie ein Toter.

Du mochtest Ausgefallenes. Du hattest ein Faible für hell lackiertes Holz, für Metallbeschläge, für Intarsien und Nippes auf den Regalen. Du umgabst dich mit Dingen, die für mich keinerlei Erinnerungen bergen. Wenn ich sie betrachte, kommt mir nur ihr Alter in den Sinn – und die Tatsache, dass alle, sogar du, sie für Fragmente gehalten haben. Und vielleicht sind sie das ja auch.

Also probiere ich es aus.

Ich ersetze die Tür notdürftig und trage zusammen, was noch da ist. Blut, sagt Do, sei der Schlüssel zur Vergangenen Welt. Ich hole das Medaillon heraus, beiße die Zähne aufeinander und scheuere an meiner aufgekratzten Hand.

Nach und nach berühre ich die Antiquitäten, starre in den blauen Himmel hinter dem Fenster und versuche, mir zu erklären, wie das klappen soll. Eine Tür, die sich öffnet? Ein Windstoß, der die Zeit zurückdreht? Dazu hatte Do erstaunlich wenig zu sagen. Er schien selbst überrascht, dass es überhaupt funktioniert.

Wie, muss ich wohl selbst herausfinden.

Daher denke ich an dich. Ich wünsche und bete und hoffe. Wie ich hoffe.

Die Garderobe aus Magnolienholz, siebenhundert Jahre alt, zerfällt zu Staub.

Der Porzellanteller, handgemaltes Blumenmuster, Gold- und Platinrand, dreihundert Jahre alt, zerfällt zu Staub.

Der weiche, antike Kaschmirschal, grün gefärbt, zweihundertzwanzig Jahre alt, zerfällt zu Staub.

Staub, Staub, Staub, Staub. Was immer ich berühre, es zerfällt, es zerbröselt, es bleibt nichts als Staub und ein nagendes Gefühl in meiner Magengrube.

Ich habe Angst.

Hier ist der Beweis, die Hoffnung direkt vor meinen Augen. Gleichzeitig fürchte ich, es wäre Einbildung. Und auf der anderen Schulter sitzt Zorn, der fragt, warum es dann nicht funktioniert.

Falle ich auf eine von Dos Lügen herein?

Drei Tage dauert es, bis alles im Antiquariat von Wert zerstört ist. Zwei weitere, bis auch die Wohnung darüber leer ist. Ich schlafe kaum. Erstens habe ich kein Bett – auch das ist zu Staub zerfallen – und zweitens werde ich den Gedanken nicht los, dass ich etwas übersehe. Dass Do etwas nicht weiß.

Wenn auch nur etwas von diesem Tand ein Fragment ist, muss es doch möglich sein, dich zurückzuholen!

Was, wenn ich das einzige echte Fragment aus purem Unwissen ausgelöscht habe?

Kein Schlaf, aber ein einziger Alptraum.

Als ich am fünften Nachmittag noch immer keinen Unterschied zwischen dem Staub eines Polstersessels und dem Staub einer Kaffeekanne entdecken kann, gebe ich auf.

Staub. Nichts als Staub. Die Hoffnung, die Do in mir gesät hat, ist vertrocknet, verstreut in diesem Haus wie alles, was darin stand.

Tempest sitzt auf ihrem einsamen gelben Sessel und summt eine Melodie. Ich habe mich auf eine Klavierbank gegenübergesetzt, fünfzehn Jahre alt, holzwurmverseucht, Antikbeize. Schon seit Stunden betrachte ich das Medaillon. Ich habe es umgelegt, abgenommen, weggeräumt und bin doch wieder zu ihm zurückgekehrt. Es liegt in meiner brennenden Hand, auf der gereizten Haut um die Schürfwunde. Ein paar Schnitte an den Fingerkuppen sind hinzugekommen, weniger schmerzhaft, mehr Blut. Geändert hat das nichts.

Verflixt, ich weiß nicht weiter!

Hinter meinem Rücken knarren Scharniere. Ein Mann im dunklen Anzug tritt ein. Die neue Übergangstür ist oben zu kurz, um die Silberglocke schellen zu lassen.

»Wir haben geschlossen!«, rufe ich über die Schulter.

»Mich hast du noch nie abgewiesen.«

Ich drehe mich langsam um.

Ohne seinen Mantel habe ich Irvine nicht erkannt. Heute trägt er einen Hut. Er hat ihn sich tief in die Stirn gezogen, sodass ich nur den kantigen Kiefer sehe, der über seinem Schal hervorsteht.

»Wo sind deine Schläger?«, frage ich herausfordernd.

»Wo ist deine Waffe?«

Schweigen.

Er nimmt den Hut ab und legt ihn auf die Kommode mit den drei Kratzern. Mit den Fingern fährt er über den Rahmen des Spiegels darüber und begutachtet die verbliebenen Stücke am Rande der Schneise, die ich geschlagen habe. »Was ist hier passiert?«

Ich antworte nicht.

Irvine verschränkt die Arme hinter dem Rücken und wandelt durch die armseligen Reste meines Sortiments wie durch ein Wunderland. Aber er ist ein mäßiger Schauspieler und mir fehlen die Nerven.

»Warum bist du hier?«

Er dreht sich stirnrunzelnd zu mir. »Soll ich ehrlich sein? Ich war fast sicher, dass ich deine Leiche finden würde.«

»Tut mir leid, dich zu enttäuschen.« So ist das nun also zwischen uns; es wäre besser, wenn aus den nächsten drei Monaten drei Jahrzehnte werden.

»Ich bin erleichtert.« Irvine hält inne und begutachtet mich – die aufgeschürfte Hand, die Schnitte, die Augenringe. »Auch wenn du furchtbar aussiehst.«

»Dafür kannst du Silvano danken.«

»Die ... *Szene*, die ihr gemacht habt«, er verzieht das Gesicht, »Silvano hat mitgehört, was im dritten Palast vorgefallen ist.«

Wir. Als wäre er gar nicht daran beteiligt gewesen! Innerlich schäume ich schon wieder. Ich kralle die Fingernägel in den Hocker und dumpfer Schmerz pocht in meiner Hand. »Du lebst ja noch.«

»Du auch.« Er schürzt die Lippen. »Das ist nach allem, was neulich Abend passiert ist, keine Selbstverständlichkeit. Ich hoffe, das ist dir bewusst.«

Die Art, wie er das sagt, lässt mich stutzen. »Du bist der Grund dafür, dass Silvano hier nicht wieder aufgetaucht ist.«

Er geht zurück zur Kommode, um den Hut zu holen. Doch als er ihn endlich hält, scheint er nicht zu wissen, wohin damit; er dreht die Krempe in den Händen. Seine Miene verfinstert sich zusehends. »Glaubst du an die Macht der Fragmente?«

Ich fühle über das Medaillon. »Mittlerweile schon.«

»Ich hielt es immer für Geschwafel.« Der Filz wellt sich unter dem Druck seiner Hände. »Deshalb habe ich mich nie gefürchtet. Bis zu dem Abend, als Amian die Arie gestohlen hat. Danach war alles wie umgekrempelt. Die Ärzte sagten, ich könnte vielleicht nie wieder Violine spielen.« Seine Stimme bebt, die Augen glänzen bei der Erinnerung. »Ich hätte das nicht ertragen, Silvano wusste das. Er wollte um jeden Preis verhindern, dass die Weissagung sich bewahrheitet.«

Diesmal ist mein Schweigen nicht Strafe, sondern Überraschung. Weissagung – bei dem Wort werde ich hellhörig.

»Mein letzter Besuch in der Avenue ist Jahre her.« Irvine weicht meinem Blick aus. »Es war Mode, du weißt, wie das ist. Es gab das Gerücht über eine unfehlbare Wahrsagerin.«

»Nessa.« Ich stehe auf, getrieben von der plötzlichen Hitze in meinen Fäusten. Nessa, immer wieder Nessa. »Was hat sie dir vorhergesagt?«

Er fällt in sich zusammen. »Meinen Untergang.«

»Es ist Schauspiel!«, schreie ich. »Sie ist eine Lügnerin! Eine gute, aber trotzdem eine Lügnerin!«

»Ich habe nichts drauf gegeben!«, antwortet er weniger laut, dafür voller Verzweiflung. »Ich dachte wie du, aber es ist genauso passiert, wie sie sagte. Ich kann ohne Musik nicht leben! Meine größte Leidenschaft hätte mich fast in den Ruin getrieben. Soll ich so tun, als wäre das Zufall?«

Für ein paar Sekunden kehrt das gespannte Schweigen zurück. Die Reue, die er auch spüren muss. Irvine reibt sich über die Augen. Sie sind rot wie der Rest seines Gesichts.

»Silvano begann, nach Fragmenten zu suchen. Er dachte, wenn die Weissagung echt ist, dann auch die Fragmente, um mich zu retten. Aber mit der Zeit heilte meine Hand doch und es ging mir wieder besser. Ich habe ihm nie erzählt, dass Amian die Arie gestohlen hat, das kannst du mir glauben! Nicht einmal, als er Silvano beim Einbruch in die königliche Sammlung fast erschossen hat. Ich habe geschwiegen, damit er nichts von dir erfährt!«

Mein Körper versteift sich, bereit, erneut loszuschreien. Doch meine Stimme ist erstaunlich ruhig. »Du denkst, Amian war der Einbrecher?«

»Ich weiß es. Es ist meine Schuld, dass Silvano verletzt wurde. Ich hätte Amian töten sollen, als ich die Chance hatte.«

Solchen Hass habe ich noch nie in seinen Augen lodern sehen. Ich dachte, dass ich ihn kenne, so wie er mich kennt. Wir haben uns beide geirrt, denn in mir lodert es ganz genauso.

Über die Asche, die übrigbleibt, sehe ich alles plötzlich ganz klar. »Wenn Silvano nach den Fragmenten gesucht hat, wusste er dann auch, wie sie funktionieren?«

Irvine runzelt die Stirn. »Die königliche Sammlung umfasst nicht nur die Fragmente, sondern auch Aufzeichnungen dazu. Die sind nicht öffentlich zugängl...« Er unterbricht sich. »Du willst Amian retten.«

Darauf brauche ich nicht zu antworten.

Sein Kiefer arbeitet. Nach kurzem Zögern setzt er den Hut wieder auf. »Man braucht die Leiche, Blut und ein Fragment.«

Die Leiche, natürlich. Blut und Fragmente gehören untrennbar zusammen. Aber die Leiche ...

»Wenn du nicht aufpasst, endest du wie dein Bruder«, sagt Irvine. Er streckt sich nach dem Silberglöckchen, läutet es und geht.

Es wird ein Herbsttag mit safranfarbenem Licht und einem Himmel, der sich in der Ferne über dem Meer verliert. Der Park vor dem Sanatorium ist voll von Spaziergängern.

Die Angst – vor ein paar Wochen bei jedem Besuch noch ständiger Begleiter – hat sich verabschiedet. Ich kenne mich aus, der Abstecher bei Lucinda ist unnötig. Auf dem Weg zur Orangerie lasse ich mich nicht von den verwunderten Blicken der Schwestern und Pfleger verunsichern.

Schon aus der Entfernung habe ich den weißen Kittel hinter den hohen Fenstern erkannt. Doch bei unserer Ankunft ist die Orangerie verlassen und die Tür zum Vorzimmer verschlossen.

»Es ist Mittagspause«, sagt Tempest. Heute hat sie nicht mehr Form als ein Sonnenstrahl, der mir von draußen herein gefolgt ist. »Wahrscheinlich genießen alle das Wetter.«

»Ally ist da. Eben habe ich sie gesehen.« Ich muss mit ihr reden. Sie hat gesagt, sie habe Kontakt zur Gerichtsmedizinerin. Es gab keine Leiche, aber vielleicht einen Hinweis. Ich rüttle an der Klinke. »Sie muss abgeschlossen haben«, überlege ich laut.

Normalerweise reicht das, um Tempest vortreten zu lassen. Sie legt bloß den Kopf schief. »Bist du dir sicher, dass das eine gute Idee ist? Wenn Ally abgeschlossen hat, was glaubst du, was das heißt? Ständig redest du davon, dass ich mich nicht in eure Angelegenheiten einmischen soll.«

Jetzt kümmert sie das?

Aus dem Büro dringt der gedämpfte Klang eines Gesprächs. Leise Stimmen, die nicht belauscht werden wollen. Lachen. Mir läuft es den Rücken herunter wie Eis. Meine Fragen an sie sind vergessen, verdrängt von dunkler Vorahnung.

»Hast du das gehört?«

»Klingt, als sollten wir gar nicht hier sein. Lass uns einfach später wiederkommen.« Der mitleidige Klang ihrer Stimme kribbelt mir im Nacken wie Zorn oder Scham – ich weiß nicht, was von beidem.

»Auf gar keinen Fall.« Ich rüttle demonstrativ noch einmal an der Klinke. »Du bringst mich da rein, sofort!«

»Mir gefällt dein Ton nicht«, antwortet Tempest langsam. »Du spielst schon wieder Amian.«

»Weil Amian weiß, was zu tun ist. Du solltest auf ihn hören.«

»Nein.« Sie verschränkt die Arme. »Das hier ist das eine Mal, dass *du* auf *mich* hören solltest!«

»Scheiße, Tempest!« Jetzt prickelt auch mein Gesicht. Scham ist das garantiert nicht mehr. »Gib es endlich auf, mein Gewissen sein zu wollen!«

Ihr Auflachen klingt wie ein Windstoß. »Du hast ja anscheinend keins.«

»Das ist Ally, über die wir hier reden. Ich werde nicht einfach umkehren und ...«

»Nach Hause gehen?« Tempest trifft dieselbe ironische Note, mit der ich auf ihre Geschichten antworte. »Doch, genau das solltest du.«

»Was weißt du schon?« Ich will ihre Hand packen, doch sie entschlüpft meinem Griff. Aufgebracht fahre ich mir durchs Haar. Ich denke an all die verwirrten Blicke, die man mir je zugeworfen hat. An das Geflüster hinter meinem Rücken. »Vielleicht hatten sie all die Jahre recht, und ich treibe mich selbst in den Wahnsinn.

Vielleicht bist du kein Geist, sondern nur ein ganz besonders bösartiger Dämon! Du bist Einbildung! Nichts weiter.« Es klingt falsch und so dermaßen richtig. Die Grenzen haben sich verschoben. Aber ich bin nicht verrückt. Nicht, wenn ich weiß, was Einbildung ist.

»Denkst du das wirklich?«, fragt Tempest. »Einbildung?« Die spitzen Eckzähne blitzen gefährlich.

Eine leise Warnung summt in meinem Hinterkopf. »Nichts weiter«, wiederhole ich.

Allys Stimme kommt unserem Streit dazwischen. Endlich nimmt Tempest meine Hand. Im nächsten Moment stehe ich im Vorzimmer und sie ist verschwunden.

Geht doch. Während der paar Schritte bis zu Allys Tür brodelt es in mir, bis ich überzukochen drohe.

Jemand seufzt auf.

Ich bleibe stehen.

Ally.

Die ganze Zeit über habe ich gewusst, ich würde zornig werden, geglaubt, mein Herz würde in sich zusammenstürzen und nichts als Trümmer um sich zurücklassen.

Aber es bricht nur, ganz still und unspektakulär. Vielleicht waren die Risse, die es trug, schon zu tief. Ich drücke mich an die Wand hinter einem Bücherregal und warte schweigend. Lausche den zarten Worten, den Geheimnissen, der Aufregung, die noch so frisch ist. Meine Ally, meine perfekte Hölle. Niemand, nicht einmal Nomi, könnte sich etwas Vernichtenderes für mich ausdenken.

Tempest hatte recht: Amian oder Osian – ich sollte gar nicht hier sein. Aber es ist zu spät, um umzukehren, schon gar nicht ohne sie; die Tür ist immer noch verschlossen.

Es dauert eine ganze Weile, bis ein Mann aus dem Zimmer tritt. Er hat schwarzes Haar und gebräunte Haut von einem Leben an einem sonnigeren Ort – Feliz. Er bemerkt mich nicht, schließt auf und geht.

Ally sitzt am Schreibtisch. Sie ist noch dabei, sich das Haar zu richten und die Knöpfe ihres Kostüms zu überprüfen. Gleichzeitig greift sie zum Hörer und wählt. Etwas an ihr ist kälter als sonst. Ich trete ein, und sie erstarrt.

»Osian.« Der Name klingt fremd aus ihrem Mund. Ich wünschte, ich hätte ihn ihr nie genannt. »Wie bist du hier hereingekommen?«

»Ich ...«

In dem Moment meldet sich eine Stimme am anderen Ende der Leitung. »Hallo?«

»Ich rufe zurück.« Ally legt auf. Das Geräusch von Hörer auf Gabel bleibt im Raum zwischen uns hängen. »Du solltest nicht hier sein.«

Nein, und ich will es auch gar nicht mehr. Es gibt kein Argument, mit dem ich diese fatale Fehlentscheidung verteidigen könnte.

»Es ist selten, dass du freiwillig hier erscheinst«, sagt Ally in mein Schweigen.

Ich winde mich unter ihrem vorwurfsvollen Blick. »Ich brauche deine Hilfe.«

»Dann zückst du besser dein Scheckbuch.« Das versetzt mir einen Stich. So ist sie nicht. So bissig; so verletzt. Sie nestelt an dem obersten Knopf ihres Kostüms. »Wir haben uns alles gesagt. Oder vielmehr: Ich habe alles gesagt. Du hast dich nicht an die Wahrheit halten können.«

»Wahrheit?« Hitze wallt in meiner Brust auf und brennt auf meiner Zunge. Ich mache einen Schritt zu ihr, bleibe dann aber unschlüssig stehen. »Du hast was mit diesem ...«

»Das ist allein meine Angelegenheit«, schneidet Ally mir das Wort ab. »Du und ich, wir sind getrennt. Ich habe dich nicht betrogen.« Sie senkt den Blick auf die Formulare auf ihrem Schreibtisch, wendet sich schon wieder irgendwelchem Kleingedruckten zu. »Du solltest besser gehen.«

Nein, nicht ohne Informationen. Ich räuspere mich, um den Eisklumpen in meinem Hals loszuwerden. Hier ist kein Platz für mich und meine Unsicherheiten. »Ich muss wissen, wo mein Bruder gefunden wurde, was mit seiner Leiche passiert ist.«

»Und wie soll ausgerechnet ich dir dabei helfen?«

»Du sagtest, dass du die Gerichtsmedizinerin kennst.«

»Das tue ich.« Sie streicht sich eine blonde Strähne hinters Ohr. Ich weiß nicht, was ich davon halten soll. Ist sie unsicher?

»Ally ...«

»Ich schulde dir nichts, eher umgekehrt. Ich kenne dich nicht einmal. Wenn also jemand Fragen beantworten sollte, dann du.« Sie steht auf und umrundet den Tisch. Weniger als eine Armlänge vor mir bleibt sie stehen. Ich glaube, sein Rasierwasser an ihr riechen zu können.

»Nur zu«, sage ich. Es klingt ... herausfordernd?

Ally verzieht den pinken Mund. »Wer bist du?«

Als wären wir uns tatsächlich noch nie zuvor begegnet. Es gab Momente, in denen wir so getan haben, getrieben von Streit oder Verlangen. Nie aus Verzweiflung.

Ich reibe mir über den Nacken. Die Antwort ist nicht so leicht, wie sie denkt. »Ich bin Osian.« Der Name ist wie eine ferne Erinnerung. Ein Stück der Vergangenen Welt, das ich heraufzubeschwören versuche. Aber es geht nicht. Der Osian, den alle kennen, ist tot.

»Ich bin immer noch der, der dich liebt.« Es ist die eine Wahrheit, die ich nie verschwiegen habe. Aber jetzt gerade klingt es unheimlich falsch. Vielleicht zu viel. Mit Sicherheit zu wenig.

Und sie gibt sich nicht mehr damit zufrieden. Etwas in ihren Augen erstickt. Wir sind Fremde, und das bisschen Wärme, das eben noch von ihrem Körper ausging, ist verschwunden. Als hätte der Winter Tiara schon erreicht und sie zuerst getroffen.

Sie seufzt. »Es gibt keine Aufzeichnungen über deinen Bruder. Alles, was wir haben, sind die Aussagen einer verwirrten, blutüberströmten Patientin und einiger Anwohner. Als die Polizei endlich eintraf, war sein Leichnam schon aus der Kathedrale in der Avenue verschwunden. Mehr könnte ich dir nicht geben, selbst wenn ich wollte. Ich habe nicht einmal mehr die Akte.« Sie setzt sich hinter ihren Schreibtisch und sieht zu mir herauf. Es ist eine stille Bitte, endlich zu gehen.

»Er wurde in der Kathedrale getötet?«

»Ist das wichtig?«

»Ja«, flüstere ich, weil ich weiß, dass meine Stimme nichts taugen würde. »Ja, das ist es.«

Denn die Kathedrale ist alles andere als Niemandsland.

19

RAUCH

Neun Uhr morgens. Ich schwimme, ich kämpfe mich durch den dichten Dunst aus Ofenrauch und Seeluft, der in der Avenue hängt. Er verschluckt alles – meinen Atem, meine Schritte. Er dämpft sogar das Pochen in meinen Fäusten.

Fünf Stockwerke tauchen als unheilvoller Koloss vor mir aus dem Nebel auf. Die Fenster starren mich an wie tote Augen. Ich atme einmal durch, beobachte, wie der Nebel verwirbelt, und schlage an die Tür.

Es dauert nur ein paar Sekunden, bis mir geöffnet wird. Sie haben mich kommen sehen.

Die Hand an der Klinke ist klein. Sie gehört einem Mädchen, das halb so groß ist wie Nomi. Eine entfernte Nichte oder Großcousine. Mit dem zusammengekniffenen Mund sieht sie so aus, wie ich mich in diesem Haus immer gefühlt habe.

Aber ich bin nicht in meinem Namen hier.

Ich drücke mich an dem Mädchen vorbei. Es zuckt vor mir zurück.

Meine Füße führen mich den schier endlosen Gang hinab in die Dunkelheit. Die Decke ist niedrig und scheint mir immer weiter entgegenzukommen. Im Treppenhaus erwarten mich fahle Gesichter, die mir zunicken. Ich hebe zögernd die Hand und trete in den Salon, in dem mit Symbolen bestickte Stoffbahnen hängen wie Unwetter. Als das Mädchen die Tür hinter mir schließt, muss ich mich zwingen, nicht herumzufahren. Die Haare in meinem Nacken stellen sich auf. Dieses Haus ist eine ganz eigene Art von Folter.

Nessa sitzt wie auf einem Thron, umgeben von Vorhängen, Glasperlen und speckigen Ölgemälden. Ihre langen, schwarzen Haare lassen Ketten und Amulette durchblitzen, die über ihrem blauen Kleid hängen. Aus dem Püppchen ist eine unheilvolle Göttinnenfigur geworden. Die heimliche Königin über die Avenue.

»Wie kann ich dir helfen?« Sie neigt den Kopf und lässt die Geste wie eine Beleidigung wirken. Ist das ein Versuch, mich einzuschüchtern? Sie liebt solche Spielchen.

Dieses Mal wird es ihr nicht helfen. Das darf es nicht.

»Amian ist tot«, sage ich. Über die letzten Tage hat sich die Bedeutung dieses einen, kleinen Satzes verändert. Er war Befürchtung und Frage. Nun ist es ein Vorwurf.

Ein mondsichelförmiges Lächeln erscheint auf Nessas Gesicht. »Ja, und?«

Ich bin wie in Bernstein gefangen. Eingefroren zwischen meiner eigenen Fassungslosigkeit und dem Wissen, dass du noch nicht fertig mit ihr bist.

»Ich weiß, dass ihr miteinander gesprochen habt.« Und dabei kann es nicht nur um Mutters Elfenbeinring gegangen sein. Dessen bin ich mir sicher.

Nessa erhebt sich und schreitet auf mich zu. Im Gehen zückt sie den Stapel länglicher Karten und fächert sie zwischen uns auf. »Setz dich.«

Nicht vor ihr zurückweichen. »Ich stehe lieber.«

»Wie du willst.«

Mir wird schlecht vom schweren Aroma von Weihrauch und verbrannter Vanille, das aus unzähligen Lämpchen hinter Nessa dringt. Der Rauch verschwimmt zu einem Heiligenschein um ihren Kopf. Sie leckt sich über den Daumen und mischt. Ob aus Gewohnheit oder bösem Willen, sie lässt sich Zeit dabei.

»Weißt du, wie Amian euch damals freigekauft hat?« Sie hält mir eine der Karten hin. Es ist eine Spielkarte für *Drei*, an den Ecken zerfleddert und fleckig von den vielen Runden, die sie durch fremde Hände gegangen ist. Über den Druck ist ein Motiv aus dunkelroter Farbe gemalt, die mit den Jahren braun geworden und schließlich fast verblasst ist.

»Ist das ...«

»Blut.« Nessa betrachtet mich. »Irgendwie hat Amian es geschafft, an Blut aus der Vergangenen Welt zu gelangen. Dafür hat Mutter euch gehen lassen.«

Das ist gelogen, das weiß ich von Do. In der Vergangenen Welt gibt es kein Blut und in dieser sollte es die Fragmente nicht geben. Es sind Gegensätze.

Aber ... Nessa klingt so sicher, dass ich die Grenze nicht benennen kann, an der die Lüge in Wahrheit übergeht. Allein, wie sie die Karten mischt; andachtsvoll, beinahe ehrfürchtig.

Sie glaubt daran.

Ich ziehe die Augenbrauen zusammen. »Entweder hat Amian dich belogen oder du mich.«

Nessa lächelt und umrundet mich mit langsamen Schritten. »Wie erklärst du dir dann, dass es eine Sache gibt, die kein anderer in der Avenue vorhersagen kann?« Ihre Stimme ist dunkel wie die eines bösen Geistes. »Nur ich, ich und niemand sonst. Das Einzige, was am Ende zählt: das Schicksal. An der Legende der Fragmente ist mehr dran, als alle glauben. Amian wusste es. Nach Jahren kam er plötzlich zurück und verlangte, dass ich für ihn weissage. Welche Karte, denkst du, hat er gezogen?« Sie hält mir das aufgefächerte Deck vor die Nase. Das Schicksal in Reichweite.

Vorausgesetzt, sie sagt die Wahrheit.

Und wann hat sie sich dazu zuletzt herabgelassen?

Ich reiße ihr die Karten aus der Hand und lasse sie fallen. Sie verteilen sich flatternd um uns auf dem Teppich.

Nessa lacht leise. »Diese Karten können alles über dein Schicksal aussagen. Aber als ich sie für Amian gelegt habe, bekam er zwei. Es war ein Versehen, sie müssen zusammengeklebt haben.« Ihre giftigen Augen brennen sich in meine. »Dass eine von ihnen fehlte, habe ich erst bemerkt, nachdem er gegangen war. Er hat sie mir gestohlen. Dein Bruder ist ein Dieb. Ich hatte jedes Recht, mich zu revanchieren.« Sie streicht über ihr Kleid, und mir fällt auf: es ist blau. Alter Stoff, mit den Jahren weichgetragen, dessen Färbung an den Falten und Nähten nachgelassen hat.

Ich fasse mir an den Kopf und mir entfährt ein nervöses Lachen. »Du bist für ein zerschlissenes Kleid bei mir eingebrochen?«

»Bei Amian«, verbessert Nessa. »In der Hoffnung, die Fragmente aus der königlichen Sammlung zu finden. Ich weiß, dass Amian sie besaß. Wo hat er sie versteckt?« Sie senkt das Kinn, um mich zu mustern.

Unter meinem Kragen sammelt sich kalter Schweiß. Dass sie mich so leicht durchschaut, kann ich glauben – aber dich? »Ich habe keine Ahnung. Er hat keine Hinweise hinterlassen.«

Nessas ernste Miene wird wieder falsch und freundlich. »Er war schon immer klüger als du«, sagt sie, hebt die eine Karte auf, die offen direkt zwischen uns liegen geblieben ist, und hält sie so, dass ich sie sehen kann. »Die zweite Karte habe ich zum Glück zurückbehalten. Und ist das nicht ein wunderbarer Zufall?«

Die braunrote Farbe auf dem abgegriffenen Papier der Vorderseite formt einen Vogel. Die Federn sind schon fast verblasst. Von allem ist der Schnabel am dunkelsten. Als hätte er gerade an frischem Fleisch gepickt.

»Die Nachtigall«, sagt Nessa. »Es stand zu erwarten, dass ihr dieselbe Karte zieht. Ihr teilt schon alles andere. Warum nicht euer Schicksal?«

Sie wendet sich in einer flüssigen Bewegung ab.

Nein – ich brauche Antworten! »Was ist mit Amian?« Ich mache einen Satz und greife ihren Arm.

»Vergiss ihn. Wenn du mir nicht helfen kannst, wirst du hier verrecken.« Sie zeigt mir ihr lieblichstes, kindlichstes, bösartigstes Lächeln. »Genau wie er.«

Meine Finger sind zu taub, um sie festzuhalten. Bevor ich noch etwas sagen kann, schließt sich die Tür hinter ihr. Das Schloss knirscht.

Ich rüttle an der Klinke; es bringt rein gar nichts.

Sie hat mich eingeschlossen.

Ich sitze fest. Allein in diesem Zimmer, das vollgestopft ist mit dem wenigen, an das sich meine Vorfahren in dieser Welt krallen konnten. Die Flügeltüren ins Nebenzimmer – auch verschlossen. In meinen Ohren rauscht das Blut. Meine letzte Chance ist das Fenster. Ich stolpere herüber und schiebe die Vorhänge zurück ...

Vergittert.

»Tempest, ich könnte etwas Hilfe gebrauchen.« Ich stemme den modrigen Fensterrahmen auf, und ein Schwall frischer Luft kommt mir entgegen und lässt die Lämpchen flackern.

»Tempest!«

Noch immer nichts. Kälte dringt in alle Ecken des Zimmers. Nicht von draußen, sondern von ihr.

»Du kannst dich später rächen. Tempest?« Es hat nicht so verzagt klingen sollen. Warum ist sie nicht an meiner Seite? Da ist keine Wärme, kein Blick in meinem Nacken. Auf der Suche nach ihr drehe ich mich um mich selbst.

Im Flur knarren die Dielen unter schweren Schritten. Ich erstarre.

Eine Höllenangst verbeißt sich in mein Inneres, treibt mich dazu, die Gitterstäbe vor dem Fenster zu packen. Als könnte ich sie mit bloßen Händen verbiegen. Nein, rausreißen. Meine Hände rutschen nass über das Metall. Ich schwitze. Packe fester zu. Der Gedanke, dass mich dann nichts mehr hier hält, ist wie ein Fieber.

»Du kannst mich jetzt nicht hängen lassen.« Die Worte sind ein Flehen, ein Wispern.

Die Tür hinter mir öffnet sich knarzend. Es ist zu spät, um zu fliehen. Zu spät, weiter zu bitten, an Gittern zu rütteln.

Es wird nur diese eine Tür aus diesem Zimmer geben.

»Amian.«

Ich sehe über meine Schulter. Horace steht hinter mir. Die Tür schließt sich. »Dich habe ich hier gar nicht erwartet.« Es klingt, als hätte er das sehr wohl.

Und ich weiß jetzt, warum: Er war es. Ich weiß es einfach. Er hat dich getötet oder er hatte damit zu tun. Er muss geglaubt haben, dass ich das in der Kathedrale war. So oft hat er versucht, mich kleinzumachen. Jetzt, fast ein halbes Leben später, hatte er Erfolg.

Ich drehe mich zu ihm um.

Meine Erinnerung hat längst aufgegeben, ihm eine feste Form zu verleihen. Mal ist er stärker und sehr viel größer als ich, mal ein bemitleidenswertes Stück Dreck.

In Wirklichkeit ist er einfach nur alt.

Ein alter Mann, dessen kahle Haut vernarbt und fleckig ist wie die der mumifizierten Heiligen. Heilig, ausgerechnet er. Wenn es Dämonen gibt, dann ist er einer von ihnen.

Ich sollte keine Angst haben, schon lange nicht mehr. Dies ist doch nicht mehr mein Leben. Es ist nicht einmal mehr *meine* Vergangenheit. Ich kann mich alldem stellen. Es endlich hinter mir lassen. Für dich.

»Was ist vor einem Jahr in der Kathedrale vorgefallen?« Meine Zähne haben sich verkeilt, es ist Schwerstarbeit, zu reden.

Horace lächelt genauso gemein, wie Nessa es von ihm geerbt hat. »Ein Jahr? Lass mich überlegen – nein, nichts.« Er kommt auf mich zugehumpelt; obwohl er einen Kopf kleiner als ich und knochendürr ist, weiche ich vor ihm zurück.

Er stutzt. »Die Kathedrale also. Was willst du hören? Wie er aussah? Wo sein Gehirn überall verteilt war?«

Ich muss reagiert haben, denn Horace' Grinsen ist zurück.

»Überall«, antwortet er sich selbst. »Kopfschuss, hat dir das keiner erzählt?«

Ich beiße mir auf die Zunge, atme tief durch. Nur noch mehr Vanille. Ist mir schlecht. »Wo ist seine Leiche?«

Horace grinst weiter. »Alle Viere von sich gestreckt, abgeschlachtet wie ein Tier.«

»Horace.«

»Und sein Gesicht. Das, was davon übrig war, sah aus, als würde er sich gleich bepissen vor Angst.«

»Horace, wo ist der Leichnam?«

»Nicht einmal einen aufrichtigen Tod konnte er sterben«, fährt Horace unbeirrt fort, Stich um Stich. »War immer schon ein kleiner Schisser. Du, *du* konntest dich wenigstens durchsetzen. Vor *dir* konnte man Respekt haben.«

Seine Stimme dröhnt mit jedem Wort heftiger. Er kommt immer näher, und ich weiche immer weiter zurück. Ich stoße gegen Truhen und Sessel und hole mir blaue Flecken. Nichts, ich kann nichts dagegen tun. Die Furcht, die früher mein ganzes Leben bestimmt hat, ist immer noch da. Sie brennt in meinen Muskeln, sie schreit, nein sie bettelt, ich solle laufen. Es ist ein Alptraum. Horace, dieses Haus – dass ich meine Beine nicht finde, um endlich stehen zu bleiben. Sein Grinsen füllt das ganze Zimmer.

»Ich habe den Hurensohn verbrannt.« Sein Atem stinkt faulig. »Ich habe ihn verbrannt, und er ist nicht wie die anderen auf dem Sims gelandet, nicht in so einer hübschen Urne. Ich habe seine Asche in den Rinnstein gekippt – weil das ist, wo Scheiße wie *du* hingehört!«

Ich spüre gar nicht, wie ich zuschlage. Es passiert einfach, und es dauert, bis Schmerz durch meine Hand schießt.

Horace fängt sich schon wieder und reibt sich die eigene Spucke aus dem Gesicht. »Zuerst dachte ich, dass du es wärst.« Er lacht. »Osian, der Schisser. Ich wusste immer, dass du zu nichts zu gebrauchen bist. Ohne ihn bist du nichts.«

Ein Stoß schickt mich rückwärts auf den dreckigen Teppich. Ich schlage mit dem Kopf an die Vertäfelung. Über mir zerfasert die Decke. Ächzend versuche ich, mich auf die Seite zu drehen.

Es ist Jahre her, dass ich mich in der kleinen Dachkammer zusammengerollt habe. Aber das Flackern hinter meiner Stirn ist vertraut. Mein Atem verhakt sich in meinem Hals und landet tonlos im kratzigen Teppichflor. Der Schmerz greift mit geübten Fingern nach mir.

Horace zieht hoch und rotzt auf meinen Rücken. »Amian hat es verdient. Hatte die Eier, hier noch aufzukreuzen und um Almosen zu betteln. Als würde ich es nicht erfahren. Schätze, ihr seid euch doch ähnlich.«

Der erste Tritt bringt Leben in mich. Ich reiße den Arm hoch. Noch ein Tritt. Horace' krallenartige Finger legen sich um meinen Hals, drücken zu und verknoten sich in der Kette. Ich schreie, doch da ist keine Luft. Die Welt dreht sich um, er schreit und die Kette spannt. Er lässt im selben Moment los, als mich endlich Tempests Hände packen. Glasperlen klirren, Lampen flackern und Möbel fallen um. Ich komme auf die Füße. Ich bin frei.

Horace grunzt hinter mir vor Schmerz.

Diesmal höre ich auf die Warnungen, die in meinen Ohren rauschen: Lauf! Lauf, so schnell du kannst! Ich hechte vorbei an Gemälden, durch den Gang und die Tür. Stolpere die Treppen herunter und wehre mich nicht dagegen, dass der kalte Dunst mich verschluckt. Graue Luft flutet meine Lungen und verhüllt das Haus. Horace' Geschrei und das Weinen des kleinen Mädchens, das mich begrüßt hat, folgen mir.

Ich drehe nicht um.

Ich laufe.

Es ist, wie wieder neun zu sein. Nur, dass ich diesmal nicht derjenige bin, den Horace grün und blau schlägt. Ich bin nicht Osian. Der bin ich schon eine ganze Weile nicht mehr. Nein, ich bin Amian. Derjenige, der immer irgendwie davongekommen ist.

Das ist genauso schlimm. Vielleicht schlimmer.

Scheiße, ich sollte umkehren. Aber das werde ich nicht. Ich kann nicht.

Ich habe es bis zum Friedhof geschafft. Ein gutes Versteck. Zwischen den Bäumen und Büschen hängt der Nebel noch dichter. Ich sitze gegen einen der Grabsteine gedrückt und warte, dass mein Herz endlich aufhört, vor Furcht zu hämmern. Doch es hört nicht auf.

Es ist, wie wieder neun zu sein.

Es ist hoffnungslos. Ich kann dich nicht zurückholen. Es gibt nichts zurückzuholen, weil es keine Leiche mehr gibt.

Mit zitternden Fingern stecke ich mir eine Kippe in den Mund. Die ersten Züge nehme ich schnell, dann ergreift mich die Erschöpfung und ich lasse die Hand samt Zigarette sinken. Starre auf das glimmende Ende. Tempests Gesicht erscheint im Dunst vor mir.

»Es tut mir leid, dass ich nicht da war.« Ihr Umriss flackert und ihre Stimme dringt wie aus weiter Ferne. Etwas hat sich zwischen uns geschoben. Das ist meine Schuld. Wie konnte ich solche furchtbaren Dinge zu ihr sagen? Wie konnte ich sie von mir schieben?

Und sie tröstet mich auch noch.

»Es tut mir leid, dass du ihn nicht retten konntest«, sagt sie.

Ich reibe mir Tränen aus dem Gesicht. »Ich habe immer noch dich.«

»Ich bin kein Mensch.«

»Aber du warst einmal einer. Früher, in der Vergangenen Welt.«

Sie kaut auf der linken Seite ihrer Unterlippe, sodass ein spitzer Eckzahn darüber hervorragt. »Das ist lange her.«

In ihre dunklen Augen schleicht sich Wärme. Sie hockt sich zu mir auf das Grab. Wir blicken in das Grau, während das Echo der Stadt langsam anschwillt. Ich atme die kalte Luft ein.

Vielleicht sind wir uns an einem solchen Tag das erste Mal begegnet. Wirklich daran erinnern kann ich mich nicht. Seltsam, dass ich einen so wichtigen Moment vergessen konnte. Nein, irgendwann war sie einfach da. Sie saß an meiner Seite und schwieg mit mir, wie jetzt. Oder sie zwirbelte ihr Haar, wie wenn sie auf dem Ohrensessel lümmelt. Irgendwann muss sie ein Kind gewesen sein wie ich, barfuß und mit Dreck im Gesicht. Wir sind zusammen aufgewachsen, du und ich und Tempest. So kam es mir zumindest vor. Aber wenn ich nun versuche, mich zu erinnern, war sie schon immer sie selbst.

Und ich?

Ich lehne den Kopf neben ihren an den Grabstein. Ich mag mich einsam fühlen, aber ich bin es nicht. Ich habe sie.

»Lass uns nach Hause gehen.« Ich drücke die Kippe aus und will gerade aufstehen, als ein Klicken mich innehalten lässt.

»Du sprichst also immer noch mit Geistern«, knurrt Cergio neben mir. »Sie suchen nach dir. Ich habe ja nicht geglaubt, dass du dich noch einmal hierher zurück trauen würdest.«

Ich habe keinen Zweifel daran, dass der Lauf seiner Waffe auf meinen Kopf zeigt. Mein Körper wird taub, ich denke an die Bilder, die Horace' Worte heraufbeschworen haben. Blut überall. Dein zertrümmerter Schädel.

Die Kippe rutscht mir aus den Fingern und landet im nassen Gras. Ich schlucke – auf der Suche nach einer Antwort – und schmecke Metall. Die Begegnung mit meiner Vergangenheit sitzt mir noch in den Knochen.

Cergio schnaubt belustigt. »Hat Horace dir die Fresse poliert?« Er tippt mit der Waffe auf die zerrissene Stelle meines Jacketts.

Ich weiche zurück, soweit es im Sitzen geht. »Woher hast du die eigentlich?«

»Was?«

»Die Pistole. Wo hast du sie her?« Irgendwo zwischen Haus und Friedhof muss ich den letzten Rest Verstand verloren haben. Die Furcht hat mich so fest im Griff, dass ich nur von außen zuschauen kann, wie ich mich ins Verderben stürze. Ich muss es tun, wenn ich Antworten will. »Hier gibt es keine Waffen. Schon gar nicht für abgebrannte Kerle wie dich.«

»Nein.« Unheil schwingt in dieser einen Silbe.

Ich greife nach Tempest, keinen Moment zu früh. Sie zieht mich auf die andere Seite des Grabsteins, aber nicht wie sonst. Der Stein dringt mit einer Wucht durch mein Fleisch, die mir die Luft aus den Lungen presst, das Blut aus den Adern. Ich keuche, merke zu spät, dass wir hindurch sind. Der Dunst gibt unter scharfem Knallen nach und neben meinem Kopf splittert es. Schnaufend komme ich auf die Beine und laufe.

Die Wand der Kathedrale erscheint aus dem Nichts, mittig die Pforte. Unter meinem Gewicht gibt sie widerwillig nach. Ich stolpere durch die Krypta und die Treppen hinauf. Das finale Grollen der Pforte folgt mir.

Hell ist es hier. Erstaunlich hell.

Zitternd klopfe ich mir Friedhofserde von der Kleidung und zucke zusammen. Frischer, sengender Schmerz breitet sich in meinem linken Arm aus. Ich taste ihn ab; sofort ist meine Hand klebrig rot. In meinem Kopf rasen leere Gedanken, ein Summen, das sogar das Echo der Pforte übertönt.

Blut und Fragmente.

Blut und Fragmente gehören zusammen.

Ich stütze mich an das Gemäuer. Rote Streifen an der Wand folgen mir in die Halle.

Dort steht Gale, getaucht in silbernes Licht.

Kein Geist – ein Engel.

Sie dreht sich zu mir, reißt die Augen auf und presst die Hände starr vor den Mund.

Bevor sie etwas sagen kann, ist die Hitze durch meine Kleidung gesickert. Die Kraft verschwindet aus meinen Beinen.

Den Aufprall spüre ich nicht mehr.

VOR EINEM JAHR

Die Welt zog Amian in zwei Richtungen zugleich. Er hockte auf einem Küchenstuhl im Abglanz der Arbeitsleuchte und beobachtete Osian, wie er über ein Sammelsurium von Einzelteilen gebeugt saß, die er knallrot lackierte. Der Gestank von Farbe vereinte sich mit dem der Kanäle, die das Arbeiterviertel durchzogen. Osian hatte das Fenster gekippt, weshalb auch der Straßenlärm versuchte, sich mit in das kleine Zimmer zu quetschen. Abends konnte man sich über den Krach kaum unterhalten.

An diesem Tag genügte Amian das ausnahmsweise nicht. Er drehte gedankenverloren am Knopf des Radios, bis es Töne von sich gab. Es war besser, wenn die Nachbarn gar keine Chance bekamen, mitzuhören.

Osian legte seinen Pinsel beiseite und nahm sich eine Zigarette. Es war eine alte Gewohnheit, die Schachtel auch Amian anzubieten, doch er hatte sich so viele Jahre beherrscht. Irgendwann war es Zeit für neue Gewohnheiten gewesen, und er war niemand, der zurückblickte.

Heute allerdings ...

Damit wenigstens seine Finger beschäftigt waren, gab er Osian Feuer. Er hatte lange nicht so viel Disziplin aufbringen müssen, um zu verzichten.

Das Fenster richtete nicht viel aus; der Rauch füllte schon nach ein paar Zügen die kleine Wohnung. Ferner Motorenlärm und das Kreischen der Möwen über dem Kanal waren die einzigen Hinweise darauf, dass hinter der Scheibe eine ganze Welt lag.

Amian holte ein Päckchen aus blauem Seidenpapier aus der Tasche und schob es Osian über den Tresen. »Bewahre das für mich auf. Trage es am besten.«

Osian klemmte sich die Zigarette zwischen die Lippen und hob das Medaillon aus der Verpackung. Seine Augen wurden groß. »Das?« Sein Blick sprang zu Amian und zurück aufs Medaillon. »Auf keinen Fall. Es ist dir heilig!«

»Dann schenke ich es dir eben.« Amian knüllte das Papier zusammen, um jeden weiteren Protest zu übertönen.

Osian war es gewohnt, dass seine Großzügigkeit meist mit kurzer Geduld verbunden war. Er nahm noch einen Zug und rührte in der roten Farbe. »Meinetwegen.« Das Wort brachte einen Schwall Rauch mit sich. »Ich gebe es dir irgendwann zurück.«

»Das hat Zeit.« Amian entspannte sich etwas, da das nun geklärt war. »Erst muss ich dich um einen Gefallen bitten. Einen weiteren Tausch.«

Diese Worte waren dieselbe Sorte Gewohnheit wie die Zigarettenschachtel. Es gab keine überraschende Antwort darauf. Wenn Osian die Tragweite der Bitte bewusst gewesen wäre, hätte er vielleicht von seiner Arbeit aufgesehen. So sagte er nur »Klar« und kratzte die Farbe unter seinen Nägeln weg.

»Ich habe einiges zu erledigen. Es wird womöglich eine Weile dauern.«

»Ist alles in Ordnung?«

Amian nickte. »Das wird es sein.«

Zu unbekümmert. Osian horchte auf. Er hatte einen Spürsinn wie ein Bluthund, was das anging.

Amian fuhr fort: »Morgen Abend findet eine Feier im dritten Palast statt.«

Osian zog eine rot befleckte Braue hoch. »Kein Wunder, dass du dich davonstehlen willst.«

»Ich habe ja dich, um an meiner Stelle zu erscheinen«, antwortete Amian. »Du wirst Ehrengast sein. Ich habe dem Königshaus ein Fragment verkauft. Es ist der Anlass für die Feier.«

»Ist es eines von Do?«

»So etwas Wertvolles könnte nicht einmal Douglas fälschen.« Amian setzte ein Lächeln für ihn auf. Er wusste, dass Osian einfach daran vorbeischauen würde. Aber er wusste auch, dass die Antwort Formsache war. »Steht die Abmachung?«

»Sicher.«

»Gut.« Er stand auf. »Bis wir uns wiedersehen, gehört der Laden dir.«

Das war nichts Neues. Osian nickte abwesend. Er drückte den Zigarettenstummel aus und widmete sich schon wieder der roten Farbe. Etwas an seinem Anblick hielt Amian zurück. Er fühlte sich wie an den Küchenstuhl gekettet, gezwungen, sein eigenes Spiegelbild zu betrachten.

»Ich werde dir eine Nachricht mit Anweisungen schicken. Befolge sie genau.«

Zu scharf. Bei Osian musste man genau abmessen, wie Unzen auf der Goldwaage.

»Ich werde warten«, versprach Osian, scheinbar ruhig.

Amian traute dem nicht. Er wusste, wie leicht es ihm nach all den Jahren fiel, seine eigene Art nachzuahmen.

Genau darauf baute er schließlich.

20

BLUT

Am Himmel drehen sich Gewölbe, und ich liege wie fest verankert am Grunde der See. Wassermassen pressen auf mich nieder, alles fühlt sich so schwer an.

Atmen sollte unmöglich sein.

Mir ist schwindelig, obwohl ich mich gar nicht bewege. Es ist das vertraute Gefühl blauer Flecken, eines Lattenrosts über mir. Das Wissen, dass der Geschmack von saurem Kupfer noch eine Weile auf meiner Zunge kleben wird. Dass sich die nächsten Stunden ziehen werden. Schock.

Durchatmen. Warten. Einfach warten, bis das Adrenalin abebbt.

Neben mir sitzt die Sirene. Sie ist verhüllt mit dunkler Spitze, selbst ihr Haar ist bedeckt, doch ich weiß, es kräuselt sich zu wilden Locken. Gale.

Ich will mich aufrichten; ihre Hände drücken mich zurück. »Bleib liegen. Du blutest zu stark.«

Blut und Fragmente, jetzt kommt es mir wieder in den Sinn. Ich suche nach der Wunde, fühle aber nur nassen Jackettstoff. Meine Finger sind taub, sodass ich keine Ahnung habe, wo Cergios Kugel mich getroffen hat. Gale schiebt meine Hand weg und drückt etwas auf meinen Arm, das vielleicht mal ein Taschentuch war.

»Bald wird Hilfe hier sein«, sagt sie, so sicher, dass ich es beinahe hinnehme. Die Räder in meinem Kopf drehen sich quälend langsam. Nein, es gibt einen Haken.

»Hierher kommt niemand«, krächze ich, »nicht in die Avenue.« Damit zumindest hatte Mr. Orville recht. Wir könnten auch am Ende der Welt sitzen.

Gale stößt ein Lachen aus, das in einem Schluchzer endet. »Ich habe dafür gesorgt, dass jemand kommt, das kannst du mir glauben.«

Ich blinzele. Ihre Ärmel sind rostfarben von meinem Blut, ihr Mantel, ihr Kleid ... Sogar über ihr Kinn ziehen sich rote Striemen. Wenn sie so hinaus auf die Straße gelaufen ist ...

»Es ist genau wie letztes Mal«, flüstert sie. Auf ihren Wangen glänzen halb getrocknete Tränenspuren. »Ich glaube, ich erinnere mich. Ein Stück weit zumindest, deshalb bin ich hier. Es war die Kathedrale. Hier bin ich damals aufgewacht, bevor sie mich ins St. Thalassa gesteckt haben.«

Damals – sie meint den Tag, an dem du gestorben bist. Alles hat sich verändert, ohne dass ich es überhaupt bemerkt habe. Nun liege ich an deiner Stelle hier. Ist das Vorsehung? Ein Zeichen?

Du hattest Fragmente und eine Karte von Nessa. Du wusstest, was damit zu tun ist. Hast du gehofft, dass ich dich retten würde?

»Die Welt hat einen grauenvollen Sinn für Humor«, seufze ich. Gale sieht aus, als würde sie entweder gleich erneut in Tränen ausbrechen oder mir eine Ohrfeige verpassen. Selbst jetzt kann ich deiner Rolle nicht entfliehen. Es ist, als steckte ich in deiner Haut, festgezurrt an Fleisch und Knochen, die meinen zum Verwechseln ähnlich sind. Ein verzweifelter Versuch, mich an dir festzuhalten. Doch du bist nicht hier. Ich bin es.

Ich brauche keine Hilfe.

Ich brauche dich.

»Vielleicht ist es noch nicht zu spät und ich kann ihn retten.« Meine Worte hallen von allen Seiten. Sie klingen seltsam richtig.

Die Spannung weicht aus Gales Körper. »Wie?«

»Man braucht die Leiche, ein Fragment und ...« Ich hebe die freie Hand – rot.

Du und ich, wir sind uns nicht nur ähnlich. Laut Nessa teilen wir unser Schicksal. Die ganze Welt ist der Meinung, dass wir ein Mensch in zwei Körpern sind. Ich brauche keine verflixte Leiche.

Ich *bin* die Leiche.

278

Mein Schweigen spricht wohl Bände, denn Gale reimt sich zusammen, was fehlt.

»Bist du bescheuert?« Jetzt tendiert sie deutlich Richtung Ohrfeige. »Auf keinen Fall! Noch einmal ertrage ich das nicht!« Sie drückt meinen Arm fester.

Verflixt, jetzt tut es weh.

»Ich kann ihn retten. Wir müssen nur ...«

Warten.

Mein Atem beschleunigt sich. Wie lange, bis tatsächlich Hilfe eintrifft? Bis sie mich retten, wo ich doch dich retten sollte? Mir läuft die Zeit davon! Ich taste hektisch nach dem Medaillon an meinem Hals. Wenn ich nur schnell genug ...

Eiskaltes Grauen überkommt mich. Das Medaillon ist verschwunden.

»Scheiße«, keuche ich. Horace hat daran gerissen. Es muss im Salon liegen.

Ich setze mich auf. Gale flucht und hält mich fest. Mein Kopf sinkt zurück auf den Steinboden. Scheißescheißescheißeschei... Mir ist so verflixt schwindelig. Ich bekomme keine Luft. Dabei atme ich doch. Die Welt fühlt sich plötzlich an, als hätte sie nach dem Beben einfach nicht mehr aufgehört, sich unter mir zu verschieben.

Hättest du bloß die beschissene Arie nicht haben wollen.

Die Arie!

Ich versuche, mich an die Versatzstücke von dem zu erinnern, was Gale darüber erzählt hat, an das bisschen, was ich Do glauben kann.

An das Programmheft, das Ally mir vorgelesen hat!

Die *Arie der Sirene* basiert auf Volksliedern, stand da. Uraltes Zeug. Älter als alles, was je den Weg ins Antiquariat gefunden hat.

Kann etwas, das nicht greifbar ist, ein Fragment sein?

Bei allen drei heiligen Höllen, ich will es schwer hoffen.

»Gale, kannst du die Arie singen?«

Mir ist bewusst, was ich da fordere. Ich kann das Entsetzen in Gales Gesicht erkennen. Sie reibt sich mit dem Arm über die

Augen. Ihre Lippen beben. Für einen Moment ist sie diejenige, die durchsichtig ist. Nicht ich.

Sie nickt.

So warten wir, ungelenk verknotet, und sie singt für mich. Keine ganze Arie. Nur ein Stück der Melodie. Sie klingt nicht nach Abschied, nicht diesmal.

Bis etwas mich und die Welt auseinanderreißt.

<figure>◄◎►</figure>

Was ich erst für eine leise Stimme gehalten habe, schwillt zu Gesang an wie von tausend Engeln, überirdisch schön. Durch das Echo wird er voll und warm.

Der Schwindel lässt nach und ich öffne die Augen.

Das fahle Tageslicht ist dem Abend gewichen. Es ist kaum etwas zu erkennen. Ich bleibe liegen. In meinem Kopf ist nur Platz für diesen Klang. Die Stimme ist so wunderschön. Ich drehe mich ein Stück, um Gale betrachten zu können.

Sie hat ihre Stirn auf meinen Arm gestützt, als würde sie beten. Ihre Lippen formen Worte in einer Sprache, die ich nicht kenne, und sie malt Bilder in meine Gedanken, die sich wie Erinnerungen anfühlen. Ein seltsames Gefühl von Sehnsucht ergreift mich. Nach etwas, das nicht mehr existiert. Oder das hätte sein können.

Ich will meinen Arm aus ihrem Griff befreien, da schwappt die Nacht durch die Kathedrale und verschluckt uns.

Dunkelheit.

Gesang.

Nichts, nur der Gesang.

Irgendwie komme ich hoch. Es ist anstrengend, aber mit jeder Sekunde fällt es mir leichter.

Schon ist es wieder taghell. Meine Augen schmerzen durch das grelle Licht. Ich bin allein.

»Gale!« Ihr Name wird mir von der Zunge gerissen. Der Gesang ist ein Echo aus weiter Ferne. Ich bin mir nicht mehr sicher, ob sie überhaupt je da war. Die Melodie verwandelt sich zu einem Flüstern direkt an meinem Ohr. Ich wirbele herum, die Bewegung träge wie unter Wasser.

Alles sieht anders aus.

Der Boden ist intakt. Vor mir steht ein Altar aus poliertem Holz, der fast bis unter die Decke reicht, bevölkert mit Bildnissen vergessener Heiliger, die streng auf mich herabblicken. Eine Mahnung – ein Gruß. In ihrer Mitte ist eine Scheibe aus Kristallglas eingelassen, die das Buntglasfenster spiegelt.

Jeder Schritt in die Richtung dauert ewig, jede Bewegung ist eine Tortur. Ein Ziehen in meinem Bauch droht, mir den Magen umzudrehen. Ich verliere das Gleichgewicht und lande auf den Knien.

Die Reflektion der Sonne wandert, wieder und wieder und wieder. Dunkel, hell, dunkel. Mir rinnt die Zeit durch die Finger, immer schneller und schneller, bis alles gleichzeitig passiert. Hinter dem dünnen Glas glitzert es.

Ich stemme mich wieder hoch, gegen den Strom, der an mir zieht, und erkenne Gold hinter der Scheibe: die Krone, die dich so berühmt gemacht hat. Sie sitzt wie ein Strahlenkranz auf dem präservierten Schädel, der dort hängt. Er gehört zu einem Skelett, das in feine Seide und Schmuck gehüllt ist. An Stelle des Kirchenfensters spiegelt sich mein Gesicht im Glas, fast durchsichtig. Etwas daran lässt mich innehalten.

Feine Linien um die Augen. Sie sollten ihnen Wärme verleihen, aber mir läuft Kälte über die Arme, den Rücken.

»Amian!« Ich drehe mich um.

Du stehst hinter mir, ein Lächeln um die Mundwinkel. Dein braunes Haar ist so zerzaust wie meins, und ich glaube, du trägst die gleiche Kleidung wie ich.

»Ich wusste, du würdest mich nicht im Stich lassen.« Du sagst es, als hätten wir uns nur ein paar Tage nicht gesehen und kein ganzes Jahr. Als hätten uns nicht Welten getrennt – als hätte ich nicht alle Hoffnung aufgegeben, dich je wiederzusehen. Du bist das fehlende Stück von mir.

Mit einem Mal fühle ich mich wieder ganz.

Du streckst die Hand nach mir aus und ich mache einen Schritt auf dich zu. Versuche, dich zu erreichen.

Gales Stimme erstirbt.

Der Sog wird unerträglich und reißt mich zurück in die Dunkelheit.

Die Bewusstlosigkeit spuckt mich aus. Für quälende Sekunden habe ich keine Ahnung, wo ich bin.

Oder wann.

Ich liege. Ich liege auf kaltem Stein. Über mir prangen die Reste goldener Engel, Fetzen von Farbe, die niemand abzutragen geschafft hat. Mein Kopf schwirrt. Es ist hell.

Wie lange habe ich geschlafen? Warum in der Kathedrale? Bin ich vom Regen überrascht worden? Er prasselt ohrenbetäubend aufs Kirchendach.

Zwischen den Engeln hängt Tempests Gesicht. Sie hat eine Hand neben meinem Kopf abgestützt.

»Du passt gut dazu. Fast hätte ich dich nicht entdeckt.« Hinter meinen Schläfen dröhnen die Gedanken. »Tempest, bin ich tot?«

»Noch nicht.« Ihr Haar flackert blass und schwerelos um ihre Wangen.

»Keine Geschichte? Keine Erinnerung daran, wie dein letzter bester Freund verblutet ist?« Jedes Wort ist Anstrengung. Die Kirchenfenster drehen sich um mich.

»Wenn du verblutest, wieso bist du aufgewacht?« Ihr Eckzahn blitzt auf. Ich glaube, sie lächelt, doch weil sie beinahe vollkommen durchsichtig ist, ist es schwer zu erkennen. »Du lebst – noch.« Sie streicht mir eine Strähne aus der Stirn. Es erinnert mich an einen Moment vor ein paar Wochen, aber die Details wollen mir nicht einfallen. Sie ist weit weg. So weit weg. Mit meinem nächsten Atemzug verwirbelt sie und ist verschwunden.

»Tempest?« Mein Mund formt den Namen, doch ich bin zu schwach, um zu sprechen. Mein Blut hat eine Lache unter mir gebildet. In meinem Nacken spüre ich die Wärme, die aus meinem Körper gewichen ist, und wie sie zurück durch meine Kleidung dringt.

»Alles kommt in Ordnung.« Tempest reibt sich Schweiß und blondes Haar aus den Augen. »Osian, hörst du?«

Das ist nicht Tempest, sondern Ally. Ally? Sie redet ununterbrochen auf mich ein. Die Wörter stechen, dabei ist kein Gefühl in meiner Haut.

»Alles kommt wieder in Ordnung«, wiederholt sie und zurrt etwas um meinen Arm. »Du wirst nicht sterben. Nicht hier.«

Nein.

Nein, nein.

Ich lebe noch. Das weiß ich jetzt, denn ich spüre, wie heiße Tränen an der Seite meines Gesichts in mein Haar laufen. Es hat geklappt. Beinahe hat es geklappt. Ich drehe mich zu der Wand, an der die Kristallvitrine stand. Im Jetzt ist sie zertrümmert und die Splitter verkauft. Mein Magen zieht sich zusammen. Scheiße.

»Tempest«, flüstere ich. Doch sie erscheint nicht. Ich lasse den Kopf zurücksinken. Nur verblasste Engel über mir.

EPILOG

GRAU

Das Zimmer, in das sie mich gesteckt haben, ist von oben bis unten weiß gestrichen. Sogar der Boden ist weiß. Und meine Kleidung ist weiß, was bedeutet, dass sie mich vermutlich nicht einmal auf den zweiten Blick sehen, wenn sie durch die Klappe in der Tür schauen.

Früh morgens wirkt das Weiß wie Grau, wie die Häuser der Avenue, und ich fühle mich in meine Kindheit zurückversetzt – mit dem Unterschied, dass ich Freiheit geschmeckt habe.

Das Fenster in diesem Zimmer ist noch kleiner als das in der Wohnung im Arbeiterviertel. Es hat keinen Sims, auf dem Tempest Platz nehmen könnte. Außerdem ist es vergittert, ich schätze, weil mancher sonst die Gelegenheit nutzen würde, um auf die eine oder andere Weise zu entkommen.

Ein kaum wahrnehmbares Geräusch hinter mir lässt mich herumfahren. Zuerst glaube ich, es ist Tempest. Manchmal kommt es mir vor, als würde sie mir etwas zuflüstern. Manchmal träume ich von ihrer hauchzarten Berührung.

Das Zimmer ist leer. Seit dem Moment, kurz bevor ich wach wurde, ist sie verschwunden.

Das Türschloss klickt. Ally?

Die Frau mit Klemmbrett, die eintritt, hat feuerrotes Haar, das sich von ihrem Kittel abhebt. Eine weitere Ärztin.

»Dr. Daw«, stellt sie sich vor.

Ich starre sie an.

Es ist Gale.

Ihr Anblick fühlt sich an wie ein Gewicht, das von meinen Schultern genommen wird. Bin ich froh, sie zu sehen. Ich rutsche von meinem Bett und verkneife mir im letzten Moment die Frage, wie sie hier hereingekommen ist oder woher sie den Schlüssel hat. Beides kann ich mir denken; jemand wie sie tänzelt einfach am Tresen vorbei, ohne Aufmerksamkeit zu erregen.

»Ich habe mich schon gefragt, was aus dir geworden ist.« Ich schlucke; meine Stimme ist rau. »Ally sagte, du seist einfach verschwunden.«

Gale geht zum Fenster und greift nach dem Gitter, als wäre sie die Gefangene. »Du kennst den Grund. Deine Freundin hätte mich wieder hierher geschleift und ich säße nebenan.«

»Aber du hast sie gerufen.«

»Das habe ich.« Sie lächelt trotz allem, was ich ihr zugemutet habe. »Wie geht es dir?«

Nun, da sie hier ist? Ich habe sie mehr vermisst, als ich dachte. In den letzten Tagen hatte ich viel zu viel Zeit, mir über Engel und Geister Gedanken zu machen.

»Mir geht es bestens.«

Sie hebt eine Braue. »Wenn das wahr wäre, würde ich dich hier wohl kaum antreffen. Sagtest du nicht, du könntest durch Wände gehen?«

Ich zucke die Achseln. »Die Ärzte haben darauf bestanden, mich noch ein wenig hierzubehalten.« Als wäre das eine Antwort. »Ally ist überzeugt davon, dass ich absichtlich versucht habe, zu sterben.«

»Ganz falsch liegt sie damit nicht.«

Ich hätte ihr nicht von meiner Hoffnung erzählen sollen, dich zu retten. Jetzt glaube ich selbst nicht mehr so recht daran, und dass ich Gale gebeten habe, die Arie zu singen, kommt mir geradezu lächerlich vor.

Das, was dann passierte?

Wie soll ich ihr das erklären? Wie soll ich es Ally erklären, die mit beiden Beinen in dieser Welt steht? Sie sagt, nach einem Trauma spiele manchmal die Wahrnehmung verrückt.

Ich blinzle zu Gale. Sie war real, blutverschmiertes Gesicht und alles. Die Kraft, die sie aufgebracht hat, hätte ich nicht gehabt.

Sie legt das Klemmbrett zur Seite, das sie geklaut haben muss, und tritt näher. Vorsichtig schiebt sie meinen Ärmel hoch, sodass der Verband zum Vorschein kommt.

Die plötzliche Nähe ist mir unangenehm. Ich kann ihre Miene nicht deuten und weiß nicht recht, was ich sagen soll. Die Stille zwischen uns zieht sich in die Länge, bis mir endlich etwas einfällt. »Die Kugel hat eine Arterie erwischt, aber die Wunde ist fast verheilt.«

Gale sieht auf, richtet ihre dunklen Augen auf mich – nein, durch mich. Ich ahne, was sie sieht. Und ich frage mich, ob sie recht hat. Ich wünsche es mir, ich wünsche es mir so sehr.

»Amian«, flüstert sie, und es dauert, bis mir klar wird, dass es eine Frage ist.

In meinen Ohren rauscht es. Schon so lange sind die Grenzen fließend, ein ganzes Leben lang zieht es mich in die Tiefe und ausgerechnet jetzt, da ich mich in die Fluten gestürzt habe, stelle ich fest, dass ich schwimmen kann.

»Osian«, antworte ich leise.

Für ein paar Herzschläge schweigen wir uns an. Sie und ich, wir beide kommen mir so vergänglich vor. Es gäbe viele Dinge, die ich ihr gern sagen würde, doch dafür bin ich nicht der Richtige.

Gale wendet sich ab. »Hat er einen Namen?«

»Wer?«

»Dein Dämon. Du hast ihm zugehört, als ich reinkam.«

»Da war nichts zu hören.« Ich warte darauf, dass mein Gesicht aufflammt. Die Scham kommt nicht. Da ist nur Leere. »Sogar meine Dämonen haben mich im Stich gelassen.«

Gale scheint zu denken, dass ich dem Thema ausweichen will. Dabei bin ich erleichtert. Es gibt niemanden sonst, dem ich von ihr erzählen kann. Den Ärzten nicht und Ally ... Sie hat mich angesehen wie einen vollkommen Verrückten.

»Ihr Name war Tempest«, sage ich, auch wenn sie mich für einen Lügner halten wird.

Gale dreht sich zurück zu mir, halb Misstrauen – und halb Interesse. Es verleiht allem einen Hauch von Realität, wo ich im Stillen schon zu zweifeln begonnen habe.

»War sie ein Geist?«

»Vor allem ein Plagegeist.« Wie ich wünschte, Tempest wäre hier, um mir dafür die Zunge herauszustrecken. »Die Ärzte sagen, sie sei Einbildung gewesen.«

Gale lächelt. »War sie das?«

Als ich nicht antworte, reicht sie mir die Hand. Ich halte sie fest, weil ich weiß, gleich wird sie verschwunden sein, wie die Geister, die mir folgten. Rauch, der verwirbelt, und ein dumpfer Schmerz, den ich nicht betäuben kann. So viele Risse, und ich bin noch immer nicht zersprungen.

»Ich hoffe, du findest es heraus.« Gale streicht sich das Haar zurück ins Gesicht, bis kaum noch etwas von ihr zu erkennen ist. Sie nimmt das Klemmbrett.

Die Tür fällt hinter ihr ins Schloss.

Es ist still bis auf die Geräusche der Stadt hinter dem Gitter. Und ich bin allein mit mir selbst.

VOR EINEM JAHR

Im Licht der Kathedrale konnte sogar ein Sonnenaufgang blau erscheinen. Es flimmerte durch silberne Staubpartikel, sprenkelte den Boden und den ebenso blauen Stoff, der dort wallte.

Amian hatte Gale auf den Boden gebettet. Ein Altar existierte nicht mehr, er war schon lange abgetragen worden. Erst partikelweise, dann in groben Stücken wie der Rest der Heiligtümer. Das Kirchenschiff war leer – bis auf ihn und Gale.

Gale hatte die Augen geschlossen, die dunkle Haut fahl, die Wimpern verklebt. Er hatte ihre verkletteten Locken zur Seite geschoben, sodass sie ihr Gesicht einrahmten, und er hatte ihr das Kleid angezogen. Ein kleiner Zettel hing mit einer Stecknadel befestigt auf der Innenseite. Gale würde ihn schon finden. Amian zupfte den Stoff zurecht, mit einer Zärtlichkeit, die er von sich selbst nicht erwartet hatte.

Er hatte nie geglaubt, lieben zu können. Nicht so. Er liebte sie noch.

Dabei war sie seit drei Tagen tot.

Die Leichenhalle hätte ein Hindernis sein können, doch dieses eine Mal kam Amian zugute, dass er ein Vergessener war. Niemand hatte Fragen gestellt. Er war im angeblichen Auftrag des Krematoriums dort erschienen, seine Vergangenheit hatte ihm die Türen geöffnet und das Geld für ihre gemeinsame Zukunft den Rest erledigt.

Er bückte sich und strich Gale ein einzelnes Haar von der Stirn, wo es nahe der Schusswunde hängengeblieben war. »Für dich tue ich alles.«

Worte, die nur für sie bestimmt waren.

Er legte die Karte auf ihre Brust, mit der er damals Osian freigekauft hatte. Rettung, wieder einmal. Als er seine Pistole vom

Boden aufhob, verursachte die Bewegung ein Scharren, dessen Echo durch den Raum irrte.

»Ich zähle auf dich.«

Er nahm Gales Hand, drückte sich das kalte Metall unter das Kinn und schoss.

DANKSAGUNG

An dieser Stelle möchte ich noch einmal allen danken, die dieses Buch möglich gemacht haben – zuerst Freunden und Familie, die mich bei allem unterstützen und mir nicht übel nehmen, dass ich die meiste Zeit in Wolkenschlössern verbringe.

Ein riesiges Danke geht an Franziska Szmania, Schreibbuddy und Helferin in allen Lebenslagen. Ohne sie hätte ich nie den Mut gehabt, dieses Buch zu schreiben und mehr noch, es tatsächlich zu veröffentlichen. Kurz: die Fragmente existieren nur ihretwegen.

Außerdem möchte ich natürlich meinen Testlesern danken, die sich in das unlektorierte Manuskript einer unbekannten Autorin gestürzt haben und auch noch lobende Worte und hilfreiche Kritik fanden: Danke unter anderem an Jennifer und Sonja Salafica, Kaja Ohl, Moritz, Bine, Flavia und Eva! Großes Danke auch an Josi, die als Gamma-Leserin das fast fertige Buch in Rekordzeit durchgeackert und die letzten Schwachstellen aussortiert hat.

Und natürlich danke ich meiner Lektorin, Raphaela Schöttler-Potempa, die immens viel Zeit und Liebe in dieses Buch investiert und so die bestmögliche Geschichte daraus gemacht hat. Ich bin froh, einen solchen Profi an der Seite gehabt zu haben.

Danke auch an mein liebes Bloggerteam, das sich hochmotiviert für den Erfolg dieses Buchs eingesetzt hat. Und zuletzt an die lieben Leute von der Arbeit, das Team von Tolino und allen, die mich außerdem auf dem Weg unterstützt haben.

MEHR ÜBER DIE AUTORIN UND IHRE BÜCHER:

ISABELAUST.COM

🄞 **@ISABELAUST**

DUNKLE FEDERN, SCHARFE KRALLEN
Anthologie

Klauen, Pfoten, Krallen.
Gefiedert, geschuppt, mit weichem Fell.
Treue Gefährten oder unnahbare Fremde?

Sie leben mit dir oder völlig im Verborgenen,
sind Seelenverwandte, bewunderte Schönheiten oder verfluchte
Plage: Tiere begleiten uns Menschen seit Beginn unserer
Geschichte. Was haben sie zu erzählen?
In sieben fantastischen Geschichten laden dich Katze, Hund,
Schlange, Rabe, Waschbär, Affe und Ratte ein, mit ihnen auf
ihren Pfaden zu wandeln. Doch Vorsicht, nicht alle Wege
verlaufen im Licht.
Traust du dich, mit ihnen zu gehen?

Feuer und Asche: Stella Delaney
Geister der Vergangenheit: Claudi Feldhaus
Stadtgeschichte: Anne Zandt
Schattenflug: Luga Faunus
Zuckerperlen: Juliet May
Die Äffin von Okinawa: Mika M. Krüger
Plage: Anne Danck

ISBN 9783754341902

Alle Einnahmen werden an eine Tierschutzorganisation gespendet.
Erhältlich als Ebook und Taschenbuch ab Herbst 2021.

Mehr Informationen unter dunkelfeder.com/dunkle-tiere

TRIGGERWARNUNG

In diesem Buch werden seelische und körperliche Gewalt,
Angst, Tod und Suizid thematisiert.